Colum McCann

Gesang der Kojoten

ROMAN

Deutsch von Matthias Müller

ROWOHLT

1. Auflage März 1996
Redaktion Tamara Trautner

Die Originalausgabe erschien 1995
unter dem Titel «Songdogs» bei
Phoenix House, London und
Metropolitan Books, New York

Umschlaggestaltung Walter Hellmann
(Foto: Hulton Deutsch Collection Ltd.)
Gesetzt aus der Bembo (Linotronic 500)
Gesamtherstellung Clausen & Bosse, Leck
Printed in Germany
ISBN 3 498 04380 3

Für Allison

«Und so arbeiten wir uns weiter voran, in unseren Booten gegen die Strömung, unaufhaltsam in die Vergangenheit zurückgetrieben.»

F. Scott Fitzgerald
Der große Gatsby

Kurz bevor ich heim nach Irland kam, sah ich meine ersten Kojoten. Sie hingen an einem Zaunpfosten in der Nähe von Jackson Hole, Wyoming. Eine Eruption braunen Fells vor einem Feld schmelzenden Schnees, ihre Körper kopfunter, mit orangefarbener Schnur am Pfosten festgebunden. Zwei Kugeln hatten ihre Flanken sauber durchbohrt, dort wo Braun in Weiß überging. Sie waren blutleer und faulig vor Gestank. Schnauzen und Pfoten hingen im Gras, und ihre Mäuler waren aufgerissen, als wollten sie heulen.

Diese Exekution war die Warnung eines Ranchers an andere Kojoten, dem Feld fernzubleiben. Falls sie in der Nähe vorbeitrotteten, eine Pfote an die Brust gehoben, ein Ohr lauschend aufgestellt, in der Schwanzbewegung innehaltend, würde der Rancher sie dorthin zurückballern, woher sie gekommen waren. Aber Kojoten sind nicht so töricht wie wir – sie betreten keinen Ort, wo die Toten gewesen sind. Sie ziehen weiter und singen anderswo.

DIENSTAG

Das Gesetz des Flusses

Ich saß auf meinem Rucksack, hinter der Hecke, wo mein Alter mich nicht sehen konnte, und beobachtete die Langsamkeit des Flusses und ihn.

Nicht einmal der Fluß wußte noch, daß er ein Fluß war. Breit und braun, mit ein paar Plastiktüten, die im Schilf hingen, gab er in seinen Biegungen keinen Laut mehr von sich. Styropor war um einen der Pfähle des Stegs gebunden. Etwas Öl trieb träge auf der Oberfläche und schillerte farbig in der Nachmittagssonne.

Und trotzdem angelte mein Alter weiter vor sich hin. Die Schnur entrollte sich, blitzte im Licht, und die Fliege landete sanft. Er wedelte sie eine Weile lang aus dem Handgelenk hin und her, ließ nach jedem Wurf den Kopf nach vorn sacken, kurbelte die durchhängende Schnur ein und rieb sich den Unterarm. Nach einer Weile ging er weg und setzte sich in einen rot-weiß gestreiften Liegestuhl unter den Ästen der alten Pappel. Er drehte den Kopf zur Hecke, ohne mich zu sehen. Er lehnte sich im Liegestuhl zurück, begann, mit der Fliege am Ende der Schnur zu hantieren, nahm den Haken und die Federn zwischen die Zähne, pustete, versuchte sie aufzulockern.

Sein Mantel hing anarchisch um ihn herum, und seine Hose reichte bis über die Knöchel seiner grünen Gummistiefel. Als er aufstand, um sich den Mantel auszuziehen, und ich die Umrisse seines Körpers sah, erschrak ich – dünn wie die Schilfrohre, aus denen ich früher in den Februarwintern heilige Kreuze geschnitzt hatte.

Der Nachmittag zog sich hin, und er hielt den Korkgriff träge zwischen die Beine geklemmt, beugte sich vor und spuckte auf den Boden, wischte sich etwas Speichel vom Kinn. Zwischendurch lüpfte er den Hut, hoch zu den Schwalben, die den Himmel durchschnitten, starrte dann wieder auf die Schnur, die im Wasser zwischen dem Müll lag.

Vor langer Zeit, in den siebziger Jahren – bevor die Fleischfabrik da war –, ging er immer morgens mit mir hier runter und ließ mich in dem schnellen Wasser schwimmen, gegen die Strömung. Er war ein guter Schwimmer, hatte einen kräftigen Körper, muskulöse Schultern, einen Stiernacken. Sogar im Winter stieg er in seiner roten Badehose hinein, durchfurchte das Wasser, ruderte mit den Armen wie eine Windmühle. Nasse Haarsträhnen klebten ihm am kahl werdenden Schädel. Die Strömung war so stark, daß er sich nicht von der Stelle bewegte. Manchmal blieb er ein oder zwei Stunden lang einfach nur schwimmend an einer Stelle. Er stieß laute Schreie aus, während meine Mutter am Flußufer stand und zusah. Ihre Haut war dunkel, fast moorfarben, wie das Land. Blaue Gummihandschuhe, die ihr bis zu den Ellbogen reichten. Säcke unter den Augen. Sie stand da und sah zu, winkte manchmal, hantierte zwischendurch mit der bunten Fahne von Gummibändern, die ihr silbernes Haar zusammenhielt.

Ich hielt mich im Fluß, indem ich mich an den Wurzeln der Pappeln festklammerte. Mit meinen sieben Jahren spürte ich den Sog in meinen Achselhöhlen, wie mir das Wasser übers Gesicht schoß, an meinem Körper zog.

Mein Alter bewegte die Arme gegen die Strömung. Wenn er genug hatte, ließ er sich ein kleines Stück flußabwärts fortreißen, bis zur Uferbiegung. Ich ließ dann die Wurzel los und trieb mit ihm zusammen weg. Er langte herunter, packte mich und hob mich am Bund meiner Badehose heraus. Dann zogen wir uns an, bibberten zusammen auf dem schlammigen Ufer, und meine Mutter rief uns zum Frühstück. Mein Alter nickte dem Fluß zu. Es sei das Gesetz des Wassers, sagte er zu mir. Es halte die Dinge immer in Bewegung.

Aber als ich ihm an diesem Nachmittag zusah, dachte ich, wenn er heute versuchen würde zu schwimmen, würde er herumdümpeln wie die ganze Scheiße und der ganze Müll im Schilf.

Als der Abend hereinbrach, hatte der Himmel im Osten die Farbe von Nikotin, im Westen wurde er rot. Ein paar dünne Wolken jagten darüber hinweg. Er holte seine Zigaretten hervor, klopfte mit der Handfläche gegen den Boden der Schachtel, schnippte mit dem Daumen den Deckel hoch, eine berechnete Geduld in der Bewegung. Er griff in seine Manteltasche und holte eine Packung langer Küchenstreichhölzer heraus. Selbst aus der Entfernung konnte ich sehen, daß seine Hände zitterten, und er mußte zwei Streichhölzer anzünden, bevor die Zigarette brannte.

Er blies den Rauch zu den Schwalben hoch, hob wieder die Angelrute. Fuhr mit den Händen liebevoll über die Glasfaserstange, schnippte sie zurück zu einem letzten Wurf. Das Schnurgeschlängel traf geräuschvoll aufs Wasser. Der Fluß hüpfte. Es war ein Augenblick der Übereinstimmung. Das Sonnenlicht fing sich in den aufsteigenden Tropfen und färbte sie, und mir war plötzlich klar, daß mein Alter und das Wasser hier gemeinsame Sache machten – sie haben ihre Leben in der Verkleidung des anderen ausgelebt, der Fluß und er, einst in wilder Bewegung, sich neue Wege bahnend, reißend, bewegten sie sich jetzt langsam dahin zu irgendeinem endgültigen, unabänderlichen Meer.

Eine Frau mit rostbraunem Haar, deren Kleid nur einen Ärmel hatte, gebar meinen Vater im Sommer des Jahres 1918 auf der Spitze eines Kliffs, das über den Atlantik ragte. Sie galt in der Stadt als Verrückte – sie behielt einen Arm in ihrem Kleid, seitlich an die Hüfte gelegt –, und niemand war von den Umständen der Geburt überrascht. Gischt wehte auf das Kliff hinauf, und violette Wildblumen explodierten in Formen, die sie vielleicht an die Bomben erinnerten, die im fernen Flandern hochgingen. Sie hatte gerade einen Brief erhalten, in dem ihr mitgeteilt wurde, daß ihr Geliebter an die Kanonen des Großen Krieges verfüttert worden sei – er war einer aus der Gegend, der sich sieben Monate zuvor in sie hineingepflügt und dann die Stadt Mayo für eine britische Armeeuniform zurückgelassen hatte. Vielleicht taumelte sie in einen verrückten Tanz des Kummers hinein, nachdem sie die Nabelschnur durchschnitten hatte, nicht überrascht von der Tolle schwarzen Haares auf dem Kopf ihres Kindes, den derben roten Lippen, der sehr weißen Haut, den angequetschten Ohren.

Er wurde von zwei protestantischen Damen gefunden, die zusammen in einem riesigen Haus am Meer lebten. Die Damen waren gerade auf ihrem Sonntagsspaziergang, als sie zwischen ein paar zertrampelten Blumen das Bündel Haut entdeckten. Eine von ihnen zog ihren Unterrock aus und trug den Säugling darin eingewickelt nach Hause. Die Verrückte, meine Großmutter, war nirgends zu sehen, obwohl die Spur ihrer Kleidungsstücke, einschließlich des einärmeligen Kleides, landeinwärts in die Berge führte.

Die protestantischen Damen zogen ihn in einem Haus groß, wo es feine Teetassen aus Porzellan, Rundfunksendungen und mit Clotted cream vollendete Scones gab. Sie setzten ihn an ein Piano, leckten sich die Finger feucht und strichen seine Haare zurück, eine widerspenstige Tolle, die ihm lang über die Stirn wuchs. Seine Kleidung wurde aus dem entfernten Dublin bestellt, wunderschöne weiße Hemden, die er zerstörte, während er durch die Sümpfe rannte, Tweedhosen, die an Meeresfelsen zerrissen, herrliche blaue Krawatten, in die er Steine wickelte, um damit nach Brachvögeln zu werfen. Sie tauften ihn in der protestantischen Kirche auf den Namen Gordon Peters, und Jahre später – nachdem er in der Schule wegen dieses Namens zusammengeschlagen worden war – zahlte er es ihnen heim, indem er auf ihre Zahnbürsten urinierte.

Und doch liebte er sie auf eine seltsame Art und Weise, diese alten Damen mit ihren funkelnden flaschengrünen Augen. Er brachte von seinen langen Wanderungen Sträuße zurück, die er an den Ufern dunkler Teiche gepflückt hatte, violette Blumen, die einander in kostbaren Vasen auf dem Eßzimmertisch zunickten. Er nannte beide ‹Mammy›, kam mit Steinen vom Strand nach Hause gehüpft, erzählte Geschichten von Delphinen, die im Wasser die ganze Zeit neben ihm hergesprungen seien. Ein Freund von ihm, Manley, gab ein hohes Quieken von sich, das, wie er behauptete, Delphine anlockte, und sie verbrachten ganze Tage rufend am Strand, den Blick aufs Meer gerichtet. Die Damen brachten ihnen etwas zu essen, breiteten ihre langen Kleider auf dem Felsen aus und beobachteten ihren Adoptivsohn.

Er muß einen seltsamen Anblick geboten haben, mein Vater, in seiner blauen Gürteljacke, mit seinen sehr dunklen Augen, in die bereits eine Geschichte von Unheil und Traurigkeit hineingeschrieben war.

Mit elf, als ihm die Geschichte seiner Mutter erzählt wurde, benannte er sich in Michael Lyons um, ein Name, der unter den Einheimischen verbreitet war und der der Name seines eigenen Vaters hätte sein können. Er stand in seiner kurzen Hose am Rand des Kliffs und spuckte weit über den Ozean, um Britannien als Vergeltung für den sinnlosen Tod seines Vaters in seinem Speichel zu ertränken. Zu dem Zeitpunkt war ihm nicht klar, daß seine Spucke nach Westen zielte – nach Mexiko, San Francisco, Wyoming, New York –, wo sie in späteren Jahren tatsächlich ankommen würde.

Die Damen kamen den Küstenweg entlang, nahmen ihn auf dem Heimweg in die Mitte, schwangen ihn zwischen sich hin und her, ein Engelchen-flieg voller Sommersprossen, das mit kleinen braunen Schuhen in der Luft strampelte.

Im Frühjahr 1934 beschlossen die protestantischen Damen, einigen Inselbewohnern, die auf der anderen Seite der Bucht lebten, in einem Boot Lebensmittel hinüberzubringen. Mein Vater war nicht bei ihnen – er war mit seiner Schleuder auf dem Moor unterwegs, um Jagd auf Brachvögel zu machen, sein Körper jetzt linkisch in seiner Halbwüchsigkeit. Die Sonne ergoß sich safrangelb über das vollkommen stille Wasser. Die Damen traten vom Kai herunter in das Coracle-Boot, weiße Sonnenschirme über ihren Köpfen. Sie tauchten die Ruder ein, die konzentrische Wellenkräusel über das Wasser schickten, und ließen den Kai hinter sich. Niemand wußte, was dann passierte – eine der Damen, Loyola, war eine geschickte Ruderin, wie es allgemein hieß – aber vielleicht beugte sie sich vor, um einen Delphin zu betrachten oder einen treibenden Schuh, oder einen Seestern, oder eine fortgeworfene Flasche, und purzelte dann hinein. Vielleicht folgte ihr ihre Freundin in einem plötzlichen Anflug reiner Liebe, wobei der Sonnenschirm davonflog, eine grauhaarige Frau in einem weißen Spitzenkleid, die mit ausgestreckten Armen die Oberfläche der Bläue durchbrach und hinuntertauchte. Im Wasser blickten sie sich dann vielleicht plötzlich an und erinnerten sich an die wesentliche Tatsache, daß sie beide nicht schwimmen konnten. Der Sonnenschirm trieb auf der Wasseroberfläche, und ich stelle mir vor, wie die beiden Damen sich an den Händen haltend auf den Meeresboden hinuntersanken, voll Bedauern, daß der Junge im Seegras nicht bei ihnen sein konnte.

Ihre Leichen fand man später angespült am Strand, in der Nähe einiger Felsen, wo Seehunde bellten.

Die protestantischen Damen wurden auf einem kleinen Friedhof begraben, in der Nähe der Stelle, wo der Fluß ins Meer stürzte. In ihrem Testament hinterließen sie meinem Vater alles, was sie besaßen – das Haus, das Grundstück, das Porzellan, die traurigen Zahnbürsten, die aus einem Porzellanbecher auf ihn herunterstarrten. Er war sechzehn Jahre alt und saß im Wohnzimmer an einem riesigen Mahagonitisch und ließ das Wummern leerer Häuser, das ihn umgab, auf sich wirken. Gärtner und Haushaltshilfen erschienen, um ihre Arbeit zu machen, und klopften mit dem Messingklopfer gegen die Tür. Wenn er ihnen öffnete, rissen sie sich die Mützen vom Kopf und nickten ihm ernst zu. Er gab ihnen ihren Lohn, bat sie aber, nicht wiederzukommen, sagte, er werde die Arbeiten selber erledigen, sie aber weiterhin jede Woche aus seiner Erbschaft bezahlen. Sie gingen wieder fort, den Kiesweg hinunter, und blickten sich mißtrauisch um. Das Gras überwucherte allmählich die Krocket-Reifen. Schläger verschwanden unter dem Laub. Vorhänge wurden offengelassen, so daß Sonnenstrahlen eindringen konnten und die Möbel bleichten. Die Hemden und Unterhemden meines Vaters bedeckten den Boden. Er ging dazu über, draußen zu schlafen, auf der Veranda, es gab zu viele Geisterstimmen in den oberen Räumen. Das Haus kam ihm fremd vor, aber tagsüber streifte er darin herum, öffnete Schubladen, klopfte Wände ab, kritzelte ‹Michael› in den Staub auf den Fensterscheiben.

Es war die Kamera, die ihn aufweckte. Er fand sie in einer großen roten Schachtel unter einem der Betten. Sie hatte Loyola gehört, aber sie hatte ihm nie davon erzählt. Als er die silbernen Klemmen öffnete, stieg eine Staubwolke um ihn herum auf, und er nahm die Teile heraus und legte sie aufs Bett. Es war ein altes Modell mit einem schwarzen Tuch, Glasplatten, in tadellosem Zustand, einem Holzstativ, stabil, und einem unzerkratzten Objektiv. Auf einem handgeschriebenen Zettel stand die Gebrauchsanweisung. Er verbrachte Stunden damit, das Gerät wieder zusammenzusetzen, und trug es nach unten, schritt über die im Flur verstreuten Kleidungsstücke hinaus vors Haus auf den Rasen. Er grüßte den Himmel mit seiner neuen Entdeckung, streifte auf dem Grundstück umher, übte, betrachtete das lange Gras aus der Kastenperspektive, öffnete und schloß den Verschluß, wischte jedes Staubkorn von dem Gehäuse, verstärkte die Füße des Stativs mit Holzkeilen. Er nannte die Kamera ‹Loyola›, und nachts trug er sie auf die Veranda und starrte durch seine Schlaflosigkeit in sie hinein. Er ahnte es damals nicht, aber die Kamera würde ihn hinaus in die

Welt katapultieren, würde ihm etwas geben, woran er sich klammern konnte, in ihm einen Glauben an die Macht des Lichts entzünden, an die Notwendigkeit des Bildes, an die Möglichkeit, Zeit festzuhalten.

Er bestellte mehr Glasplatten und Laborzubehör aus Dublin, richtete sich eine provisorische Dunkelkammer ein, nahm die Kamera einmal die Woche auseinander, säuberte sie mit den Zipfeln von weißen Hemden, setzte sie wieder sorgfältig zusammen, polierte sie mit einem weichen Lappen, der mit verdünntem Essig getränkt war, darauf achtend, immer nur in eine Richtung zu reiben, damit sich keine Flecken bildeten. In den kalten Wintermonaten stopfte er die Schachtel mit Kleidung und alten Handtüchern aus, um die Ausrüstung vor Frost zu schützen. Im Sommer stellte er sie in den Schatten und verhängte sie mit einem großen weißen Tischtuch.

Ich kann mir meinen Vater vorstellen, damals in den dreißiger Jahren, wie er herumstreifte und wie eine Schwalbe den Kopf unter das schwarze Tuch der Kamera steckte und wieder herauszog. Er trug sie über dunkle Straßen, die achtzig Jahre zuvor gebaut worden waren, von ausgehungerten Männern aus den Armenhäusern. Es waren schmale Straßen, die sich trunken von den Klippen in die Berge schlängelten und auf denen vom Meer hergewehte Gischtböen niedergingen. Und betrunkene Männer liefen sie entlang, manchmal reihenweise, wie sich biegende Gräser durchquerten sie das Jahrzehnt der Weltwirtschaftskrise, regendurchtränkt der Boden, geschunden das Land, Regenbogen über der Bucht. Stürme fegten über das Wasser, manchmal so stark, daß sie Schieferplatten, Balken und gelegentlich ganze Hausdächer durch die Luft trugen.

Sein Freund Manley besaß ein Motorrad, das sich mein

Vater immer auslieh. Und so wie er die Triumph in scharfen Kurven in die Schräge legte und mit flatterndem Schal an Pieren vorbei und über Dorfplätze raste, wurde er zu einer lokalen Berühmtheit.

In den Nebenstraßen von Mayo fing er schwarzweiße Bilder von alten Frauen ein, gebeugten Hauptes unterwegs zur Messe; Blumen, die über schwarzen Pfützen aufragen; Schafe, die in den zerfallenen Gerippen alter Cottages kauern; Cornflakesschachteln, die in Schaufenstern vor sich hin bleichen; Fischer unten am Dock, die sich über Öltonnen die Hände wärmen; ein Kesselflicker, der sich vor einem alten Wohnwagen ausruht, alle viere von sich gestreckt, und sich im Schritt kratzt. Es war eine Welt, die selten ein Objektiv zu Gesicht bekommen hatte, und mein Vater bewegte sich darin, größer jetzt, sein Körper massiger, die Ärmel hochgekrempelt, dramatisch in der Darstellung seiner selbst. Die Haartolle wippte auf seiner Stirn. Blaue Adern, gebirgig und deutlich umrissen, zogen sich über seinen Handrücken. Er konnte den Arm spannen und die Muskeln spielen lassen. Die Mädchen vor der Tanzhalle warfen ihm bewundernde Blicke zu.

Der Besitzer der Tanzhalle – ein Mann mit dem Gesicht eines Schleimaals – erlaubte drinnen keine Kameras. Trotzdem, mein Vater gab sich damit zufrieden, dort herumzuhängen, zu rauchen, zu warten, daß Manley erschien, immer auf der Suche nach Gelegenheiten, seine Loyola einzusetzen. Achtzehn Jahre alt, und die Welt damals war ein großartiger Ort für ihn. Am liebsten hätte er Stücke vom Universum herausgebissen und sie auf eine große photographische Platte gespuckt. Draußen vor der Tanzhalle machte er manchmal Bilder von jungen Frauen, die zum erstenmal rauchten, ihre neuen Hüte keß im schrägen Winkel aufgesetzt, die Lippen kühn über den

Rand geschminkt, damit sie voller wirkten. Manchmal versuchten die Mädchen, ihn zu einem Tanz zu überreden, aber es interessierte ihn nicht, das Tanzen, es sei denn, er konnte eine Aufnahme davon machen.

Einmal wurde er erwischt, als er versuchte, die Wirtschafterin des Priesters im Klohäuschen hinter dessen Haus zu photographieren. Die Tür stand offen und gab die Haushälterin, wie sie mit gespreizten Knien und um die Hüften hochgerafftem Rock dahockte, seinen Blicken preis. Mein Vater hatte sich in einem Gebüsch versteckt, kam aber nicht dazu, auch nur ein einziges Bild zu machen. Der Priester, ein ehemaliger Hurlingspieler, entdeckte ihn und streckte ihn mit einem einzigen Schlag zu Boden, öffnete den Rückendeckel der Kamera, hielt die Glasplatten ans Licht, als würde er die heiligen Schriftrollen lesen. In der folgenden Woche hielt er eine donnernde Predigt, Passagen aus dem Alten Testament über Götzenbilder, fiebrige Worte flogen zwischen den Kirchenbänken umher. Mein Alter drückte sich im hinteren Teil der Kirche herum, den Hut auf dem Kopf. Er tippte leicht an die Krempe, als die Gemeinde zum Abendmahl vorging. Von da an folgte ihm, wenn er durch die Stadt ging, ein dunkler, aber gleichsam heldenhafter Schatten. Er kam aus der Kirche herausstolziert, spuckte mit missionarischem Eifer in Richtung Himmel und schlenderte mit stolzem Schwung in den Schultern davon.

Mit seiner Erbschaft richtete er sich in einem alten Kuhstall am Ende einer Landstraße ein kleines Labor ein. Es war ein uralter Stall, übersät mit Tierscheiße und Holzstücken. In einer Ecke lag der verwesende Kadaver eines Kalbes. Er schaffte ihn hinaus, verbrannte die Knochen, wischte den Stall aus, nagelte die Bretter fest, schmückte die Wände mit Photos und wartete auf Kundschaft, gelangweilt im Türrahmen stehend, rauchend. Manchmal kam Manley, sein Schrotgewehr stolz unterm Arm, angetan mit unmodischen Krawatten und Anzügen von ausbündiger Vulgarität – Kleidung, für die mein Vater ihm Geld geliehen hatte. Manley machte sich beim Stall breit, erzählte von neuen Büchern, die er gelesen hatte. Er verfocht damals die Anarchie – sagte, das sei Demokratie in ihrer höchsten Vollendung – und bekräftigte mit der Faust seine Solidarität mit Sacco und Vanzetti, die gut ein Jahrzehnt zuvor in den Vereinigten Staaten hingerichtet worden waren. Manley träumte davon, nach Spanien zu gehen, sich vielleicht der Internationalen Brigade anzuschließen. Mein Vater nickte zu der Melodie von Manleys Tiraden, immer mit einem Blick auf die Straße, nach Kundschaft Ausschau haltend.

Neuigkeiten kamen spät nach Mayo. Zeitungen kamen spät. Ideen kamen spät. Sogar Vogelschwärme kamen manchmal spät. Irgend etwas in der Schwere des Bodens und des Wetters lud zu Trägheit ein. Er wußte, die Einheimischen würden zu seinem Stall kommen, wenn er etwas Ungewöhnliches tat, und so verkündete er bald, daß Porträts bei ihm umsonst seien. Danach kleckerten ein paar Leute herbei – schuldbewußt und heimlich kamen sie das von hohen Brombeersträuchern gesäumte Sträßchen entlang, betraten die Baracke, wo er einen weißen Vorhang von einem Holzbalken hängte. Durch die Ritzen in den Wänden drangen kleine Lichtwellen und bildeten auf ihren Gesichtern merkwürdige Muster – hagere Bauern, unbehaglich in ihren alten Sonntagsanzügen; Großmütter, die sich die Finger vor die verfaulten Zähne halten; behelmte Polizisten; ein Boxer in bauschigen Shorts, der sich mit dem Handschuh auf die Brust klopft; der Metzger, eine Blume im Knopfloch; Mädchen mit Sicherheitsnadeln in den Kleidersäumen. Da waren sogar ein paar junge Frauen in hölzern-lasziven Posen.

Mein Vater hatte eine alte dreibeinige Chaiselongue aus dem Abfall gerettet. Wenn die Frauen sich darauf hinstreckten, fielen die Haare bis zum Boden. Manley ließ die Politik vorübergehend ruhen und spähte mit lüstern heraushängender Zunge durch die Ritzen in der Stallwand. Sie waren nicht schlüpfrig, die Bilder. Sie hatten eine Schwerfälligkeit, als hätte er sich zu sehr verkrampft – anders als die, die er Jahre später von Mam machte, fließend und sinnlich. Die meisten Frauen bekamen ihre Bilder nie zu sehen. Aber Jahrzehnte später, als er sich schon eines gewissen Ruhmes erfreute, ließ er sie in Frankreich drucken. Das Buch verursachte einen mittleren Skandal in der Stadt, bescherte einem der Gemeinderäte eine leichte Herzattacke, als er ein Porträt seiner Tante sah, deren linke Brustwarze unter einer dünnen Leinenbluse durchschien.

Die Schwalben flogen frei in der Grenzenlosigkeit umher, einige schossen auf der Jagd nach Insekten hoch in die Luft, andere stoben zum Meer hinunter oder flogen einfach hin und her, peitschten den Abendhimmel. Er blickte zu ihnen hoch, als wäre er neidisch, als wollte auch er dorthin nach oben schießen, sich in der lächerlichen Imitation eines Fluges zu ihnen gesellen. Sie hatten die Bäuche voller Insekten, als er sich steif von seinem Liegestuhl erhob, seine Angelrute packte, den Fliegenhaken ins unterste Öhr steckte und den schlammigen Weg entlang zu unserem Haus zurückging.

Als er, mit wehendem Mantel, eine qualmende Zigarette im Mund und in der rechten Hand einen blauen Eimer, ins Schlingern geriet, nahm er den unteren Teil der Angel als Stock zu Hilfe. Auf der Türschwelle lehnte er seine Rute gegen die Glyzinie und entledigte sich mit trägen Tritten eines seiner Stiefel. Auf dem Betonboden zitterte sein besockter Fuß vor Kälte. Er hustete in seine Faust hinein und ließ etwas Spucke in das Loch am unteren Ende der Regenrinne tropfen, beugte sich hinunter, drückte seine Zigarette in einer Pfütze aus, schlug nach ein paar Mücken in der Luft.

Ich hievte meinen Rucksack hoch, trat hinter der Hecke hervor und ging über den Hof. Er legte den Kopf schief wie ein neugieriges Tier, schloß das rechte Auge, kramte im Mantel nach seiner Brille.

«Jesses», murmelte er, «du bist das.»

Ich streckte ihm die Hand entgegen, und er lehnte sich mit seiner Schulter an mich. Er roch nach Erde, Tabak und Köder. Er drückte mit dem Fuß unten gegen die Haustür, schob sie auf, hustete, warf seinen Mantel auf den Kleiderständer.

«Meine Güte, das ist ja wirklich ein Ungeheuer, was du da hast», sagte er.

Ich lehnte den Rucksack gegen den Küchentisch, während er zum Kamin ging.

«So, so, so», sagte er, mit dem Rücken zu mir, im Kamineimer hantierend, «siehst gut aus.»

«Du auch.»

«Hast dir die Haare geschnitten.»

«Ja.»

«Hast auch den Ohrring verloren.»

«Ach ja, den trag ich schon lange nicht mehr.»

«Bleibst du eine Weile zu Hause?»

«Ja.» Ich nahm einen Löffel vom Tisch und zwirbelte ihn zwischen den Fingern. «Eine Woche. Ist das in Ordnung?»

«Wenn du einen alten Mann ertragen kannst.»

«Wenn du mich ertragen kannst.»

«Urlaub?» fragte er.

«Ja, so ähnlich. Bin zurück, um mir die Green Card zu holen. Muß in den nächsten Tagen mal zur Botschaft in Dublin.»

«Dachte, du wärst in London?» sagte er.

«Ja, war ich auch. Jetzt bin ich in den Staaten.»

«Soso. Und was machst du da?»

«Dies und das. Nicht viel.»

Er kratzte sich den Kopf und gab einen kleinen Rülpser von sich. «Hier ist auch nicht mehr viel los.»

«Sieht noch genauso aus, bis auf den Fluß.»

Die Neon-Küchenlampe zischte. «Ich geh jeden Tag angeln.»

«Jeden Tag?»

«Da ist ein riesiger rosa Lachs unten hinter der Biegung. Ich könnte schwören, der Dreckskerl verarscht mich. Hin und wieder taucht er auf und sieht aus, als würde er winken.» Er streckte die Arme aus. «So groß, das Scheißding.»

«Ein Lachs?»

«Genau.»

«Im Fluß?»

«Wieso nicht?»

«Was ist damit passiert?»

«Womit?»

«Mit dem Wasser.»

«Ach, die haben bei der Fleischfabrik noch ein paar Schleusen gebaut.»

«Wieso?»

«Weiß nicht. Um die Kadaver zu reinigen oder so was.»

«Es sieht langsam aus.»

«Aber vollgestopft mit diesem Brocken.»

«Ja.»

«Ich sag dir, so groß, das Scheißding.»

Er breitete wieder die Arme aus, ein Meter Länge zwischen Leberflecken. Aber ich war mir sicher, das einzige in diesem Fluß, das mehr als einen Meter maß, war die Angelrute, die er vor langer Zeit einmal in einem Wutanfall hineingeworfen hatte. Ich war von der Schule nach Hause gekommen, einen Goldring im Ohr, und er hatte die Rute mit dem Korkgriff bis zum Steg geschleudert und gesagt, wenn ich mir das Scheißding nicht aus dem Ohr nähme, dann würde er mir was verpassen, da könne ich Gift drauf nehmen. Was er nie tat und nie tun würde.

«Jetzt mal im Ernst», sagte er zu mir, «du solltest ihn mal sehen.»

«Wo?»

«An der Biegung, hab ich doch gesagt.»

«Wirklich?»

«Ja, eiert da rum wie ein Furz in einer Flasche.»

Ich lachte, während er sich vorbeugte und sich das Knie rieb.

«Ein absoluter Scheißriese», sagte er.

Aber Riesenlachs hin oder her, mir schien, er sollte besser nicht mehr so oft zum Fluß hinuntergehen. Könnte sich eine schlimme Erkältung holen. Oder hineinfallen, vom Wind weggeblasen werden. Er wandte sich vom Kamin weg, sein Hemd war bis zum dritten Knopf geöffnet. Seine Brust war ein Xylophon von Knochen, die unter seiner Haut hervortraten. Im Gesicht und auf den Armen war noch etwas Bräune, aber die Mulde unter seiner Kehle war vollkommen weiß, und seine wenigen Brusthaare kräuselten sich grau. Sein Hals war wie ein schlaffer Sack, und seine Hose war ihm viel zu weit. Nicht gerade gesund für ihn, draußen in der

Kälte zu sein, obwohl es wunderbar wäre, ihn seine Angel auswerfen zu sehen wie früher – selbst wenn ich ihn verachtete, gab es Zeiten, wo es mich verblüffte, ihn einfach beim Auswerfen zu beobachten. Damals, als der Fluß noch lebte, diese schnellen Drehungen des Handgelenks, die glitzernden Haken im Aufschlag seines Mantels, diese ungeheure Traurigkeit in seinem allmählichen Entschwinden, während die Rute peitschte und er leise zählte, eins-zwei-drei-los, die Schnur wie ein Lasso dem Wind entgegenschleuderte, die Spitze der Glasfaserrute hochschnellen ließ, die Fliegen durch einen heftigen Schwung trocknete, schließlich beobachtete, wie sie sich über dem Wasser schlängelten und dann herabsanken und sanfte Kreise in die Wasseroberfläche furchten, während er kurbelnd auf dem Ufer aufstampfte und übers Wasser spuckte, seine Bewegungen voll unterschwelliger Gewalt.

Er hustete wieder, kramte in seiner Tasche nach einem Taschentuch, zog es heraus, wobei ein paar Münzen auf den Boden fielen. Ich bückte mich, um sie aufzuheben. Ich stand da und sah die neuen Zehn-Penny-Münzen an.

«Wann haben die denn die Münzen geändert?» sagte ich.

«Ach, vor einem Jahr oder so.»

«Aha.» Ich betrachtete die Harfe. Die Prägung war sehr fein.

«Schön, daß du zurück bist, Conor», sagte er schließlich.

Seine Lippen zitterten, als er mit dem Schürhaken zum Kamin ging, sich hinkniete, sanft in der Glut herumstocherte. Ein paar große Brocken fielen heraus auf die Betonplatte, und er zerdrückte sie mit dem Daumen, den er dann ableckte, um den Schmerz zu lindern, spuckte ein paar Stücke Asche von seiner Zungenspitze weg. Er hatte

Mühe, sich aus der Hocke zu erheben, und ich legte meinen Arm unter seine rechte Schulter.

«Hör mal», sagte er und fuhr plötzlich herum. «Ich bin kein Scheißinvalide, damit du's nur weißt.»

«Ich weiß.»

«Ich kann also allein aufstehen.»

«In Ordnung.»

«Ohne das kleinste bißchen Hilfe.»

«Okay, okay.»

Er legte die Hand auf den Boden und stemmte sich hoch, den Kaminsims als Stütze benutzend. Eins von Mams Bildern – sie steht an einem Pfosten in Mexiko – lehnte noch auf dem Sims. Er sah es nicht an. Stand einfach auf, mit fiependem Atem, richtete sich auf und gähnte, wirbelte mit den Armen, als wollte er das Universum seines Selbst erweitern.

«Siehst du?» sagte er. «Wie ein junger Gott.»

Er schlenderte in die Küche und kam mit einer Flasche Whiskey und zwei Gläsern wieder, von denen eins einen Sprung bekam, als seine zitternde Hand die Flasche gegen den Glasrand schlug. Goß sich großzügig ein, reichte mir die Flasche. «Hier», sagte er zu mir, «alle anderen Gläser sind schmutzig.» Ich glaube, es war das erste Mal in meinem Leben, daß mein Alter mich Alkohol trinken sah – allerdings habe ich ihm früher, als ich jünger war und Mam schon fort war, immer Pfundnoten aus seinen Taschen gestohlen, nachdem er mir seine Geschichten erzählt hatte. Ich ging in die Stadt und kaufte Flaschen harten Cider, lief dann am Flußufer entlang zurück, um die Namen der beiden protestantischen Damen unter ihrer Explosion kirschfarbener Wildblumen freizulegen.

Er war fast einundzwanzig, als er in einem Faschistenlager stand und zusah, wie große weiße Brotlaibe auf Madrid herunterregneten, der seltsamste Regen, den die Stadt je erlebt hatte. Das Brot sauste durch die Winterluft, über die Felsenränder des Rio Manzanares, brotbeladene Fallschirme sanken herab wie Schnee, bombardierten die Stadt. Es fiel auf die Straßen, ein Wunder der Propaganda, in wunderschönen Bögen aus verborgenen Flugzeugen von Piloten abgeworfen, die 1936 in den Wolken Jesus spielten.

An der Front erfuhren die Faschisten durch entsprechende Berichte, daß das Brot aus einer so großen Höhe herabgekommen sei, daß im Königspalast die Fenster zerbrochen seien. Krater waren in den Schnee geschlagen worden. Vögel und verhungernde Männer balgten sich darum. Ziegel waren von Hausdächern gerissen worden. Bücher, die anstelle von Sandsäcken in den Fenstersimsen gelegen hatten, waren herausgefegt worden. Kleine Jungs in der Stadt hatten aufgehört, Granatsplitter zu sammeln, und waren auf Brot umgestiegen. Ein Kommunist war von einem herabfliegenden Brotballen zerquetscht worden. Ein Priester an der faschistischen Front geriet bei der Nachricht von diesem Engelstod ganz außer sich – wenn sie nun noch heiligen Wein über Madrid regnen ließen, dann könnten sie für all die sterbenden Gottlosen eine Messe halten. Brot, sagte der Priester, sei sogar noch besser als Bomben.

Aber nach wenigen Tagen fielen wieder Bomben. In Madrid tobten Brände. Es kursierte der Witz, daß die Kommunisten sich jetzt Toast machen könnten.

Mein Vater stand in dem Lager, ein Amulett mit einem Heiligen am Hals, und sah zu, wie das Brot und die Bomben seinem Freund Manley entgegenflogen, der irgendwo in der Stadt war. Er stellte sich vor, wie Manley mit seinem an der Schulter angesetzten Lewisgewehr die Flugbahnen der seltsamen Päckchen verfolgte, einen Ballen mit Brotlaiben zerschoß, die in einer Krümelwolke über ihm herunterschwebten. Vielleicht halluzinierte Manley und dachte, es sei ein Schwarm Vögel, die flatterten wie Tauben. Oder vielleicht wurde ihm von einer *novia*, die ihn liebte, ein Laib geschenkt. Oder vielleicht war Manley tot – es war gegen Ende des Krieges, und es waren nicht mehr viele Kommunisten übrig.

Die Belagerung Madrids dauerte den ganzen Winter an, und mein Vater beobachtete sie durch das Auge einer Kamera, während er Eis von den Sohlen seiner Stiefel schlug und Schneeklumpen in seine Franco-Uniform hineinschmolzen.

Manley hatte Irland lange vor meinem Alten verlassen. Die vulgären Anzüge blieben im Schrank hängen, trunken von Marx war er abgezogen und hatte meinen Vater allein in der Stadt zurückgelassen. Manleys Weggang hatte etwas Lähmendes, und es dauerte zwei Jahre, bis mein Vater folgte. Er ging an seinem zwanzigsten Geburtstag, bei seinem Entschluß zu gehen war keine Politik im Spiel, einfach nur Langeweile. Er verkaufte das Haus, besuchte ein letztes Mal das Grab der protestantischen Damen, schenkte die Loyola einem Jungen in der Stadt. Er befestigte den größten Teil seiner Erbschaft mit Sicherheitsnadeln hinten in seinem Hosenbund. Ein paar seltsame Blicke folgten ihm bei seinem Fortgang – die Kamera mit dem schwarzen Tuch war in der Stadt sozusagen eine feste Einrichtung geworden, und vielleicht würden die Leute sie vermissen. Er packte einen Rucksack und zog aus, brutal in seiner Unschuld. Zwei neue Leicas über die Brust geschnallt. Ein energisches Hüpfen in seinem

Gang. Er machte nicht halt, um sich den Segen des Priesters zu holen, der die Tugenden von Francisco Franco und General O'Duffy pries.

Mein Alter fuhr per Anhalter und wanderte durch Stürme an der Küste in Richtung Cork. Ein drahtiger, unrasierter Mann mit einem braunen Hut, der über Wiesen wanderte, auf dem Boden Klatscher von blutroten Mohnblumen, wie eine Vorahnung, sein letzter Blick auf Irland für fast drei Jahrzehnte.

Das einzige auslaufende Schiff war voller irischer Faschisten in blauen Hemden. Lieder wurden angestimmt über die beste Art, auf Weinbergen zu sterben. Bärte wuchsen dicht, während die Wellen das Schiff um die Küste Frankreichs herumschleuderten. Sie landeten in einer blauen und sanften spanischen Bucht, wo eine melancholische Gitarre vom Gebrüll der Männer übertönt wurde. Sie boxten in die Luft und griffen sich in den Schritt, wenn Mädchen ihnen von den Fenstern aus Küsse zuwarfen. Aber die Lieder verstummten, als einer der Soldaten tatsächlich geküßt wurde, von einer Sympathisantin der Kommunisten, die ihm die Zunge abbiß und sie ihm ins Gesicht spuckte. Sie wurde dann bei ihrer Flucht über ein Heufeld erschossen, ein Schweigen senkte sich auf das Regiment, und alle starrten vor sich hin. Am Straßenrand stimmte ein Priester Gebete an und teilte Weihwasser an die Soldaten aus. Sie zogen weiter, unter ihnen einer, dem der Stumpf der Zunge nutzlos im Mund zuckte. Plötzlich gab es Olivenbäume, aufgeblähte Leichen, Zitronenhaine, Butifarra-Würste, Tragbahren, entstellte Gesichter. Mein Vater schickte Photos von abgetrennten Gliedern und Patronenhülsen an Zeitungsredakteure. Die meisten warfen sie in den Papierkorb, aber hin und wieder fand sich eines versteckt in den unteren Ecken einer englischen Zeitung, neben den leidenschaftlichen Artikeln irgendwelcher kühner Jungjournalisten. Die Photos waren dunkel und ernst – ein Kaplan auf einem Feld, über die Toten schreitend, eine Frau, die sich Granatsplitter aus der Hüfte zupft, als langweile sie die Enormität ihrer Verletzung, ein dickleibiger Chirurg, rauchend über eine Tragbahre gebeugt, die in sich zusammengesunkenen Knochen eines Dorfes nach einem Luftangriff.

Mein Alter bestach Ambulanzfahrer, damit er seine Photos machen konnte, er brüllte in Cafés herum, schlief im Freien unter verkrüppelten Bäumen, zog Richtung Madrid, wo Manley und andere Republikaner belagert wurden. Er hatte keinen politischen Standpunkt, mein Vater, er war nur ein Photograph, der Visionen schoß, aber er legte zur Sicherheit sein Amulett um den Hals. Auf eine der Leicas klebte er ein Bild Francos. Der Mann war ihm egal – er war bloß ein bequemes verschwommenes Etwas für ihn, ein sicherer Paß, ein Schützenloch. Manleys Held – Stalin – war ihm genauso egal. Er mag reichlich komisch ausgesehen haben da draußen, auf den Ladeflächen von Militärtransportern sitzend, unterm Hut ein Taschentuch mit Knoten an den Ecken, umringt von Männern mit Gewehren. Sein Rucksack, an dem unten zwei Foxford-Decken festgebunden waren, war seine einzige Verbindung zur Heimat.

Er trug große schwarze Stiefel, die er einem toten walisischen Republikaner von den Füßen gezogen hatte. Die Leiche wurde, schon nach Tod duftend, in einem Gebüsch gefunden. In der Innentasche der Uniform des Toten befand sich ein Brief, in dem er seiner Mutter, im fernen Zuhause an den Ufern des Teifi, geschrieben hatte, wie sehr er ihre Kochkünste vermißte. «Mama, das Zeug würde...», und dort endete der Brief. Mein Alter schnürte die Bänder auf, zog die Stiefel ab – er brauchte neue, seine eigenen hatten angefangen zu schlappen. Zeitungspapier wurde in die Stiefelspitze geknüllt, und er schrieb einen Zettel an die Familie, daß er die Stiefel irgendwann zurückbringen werde. In die rechte Sohle war eine Sichel geprägt, so daß er bei jedem Schritt auf nassem Boden einen Abdruck hinterließ. Er ließ Meilen von Sicheln hinter sich, bis ein Soldat im Regiment, der direkt hinter ihm ging, sein Gewehr auf ihn richtete und ihn zwang, die Stiefel auszuziehen – «Wer kommunistische Stiefel trägt, ist Kommunist.» Er ließ sie auf dem Boden liegen, und der Soldat durchlöcherte sie mit Kugeln. Lederfetzen spritzten umher, und die Schnürsenkel lagen da wie in Trauer. Vielleicht gab es eine Familie am Ufer des Teifi, die jahrelang auf ein großes braunes Päckchen wartete, auf irgendein Totem ihres toten Sohnes wartete, auf irgendeine Geschichte eines heroischen Todes wartete, wartete und wartete, zwischen Bergen von Essen und verschimmelten Resten.

Der tote Soldat hieß Wilfred Owen, ein Echo des Dichters des Ersten Weltkrieges. Jahre später würde mir zum Leben meines Vaters vielleicht ein Vers des Dichters in den Sinn kommen: «Männern blutete die Stirn, wo keine Wunden waren.»

Er erfeilschte sich ein neues Paar Schuhe – jutebesohlte Alpargatas, und als es kälter wurde, Schnee in ländlichen Verwehungen, kaufte er neue Stiefel. Das Amulett glänzte immer noch an seinem Hals, und als er Madrid erreichte, war er wohl in der Lage, singend den Nationalismus zu preisen.

Er wartete draußen vor der Stadt zwischen den Gummibäumen und sah zu, wie das Brot auf Flugzeuge geladen wurde, so daß sich die Nasenlöcher der Piloten blähten. Tausende von Laiben. Teilweise war der Teig noch nicht ganz aufgegangen. Er stand in den Lagern, während die Flugzeuge davonflogen, und fragte sich, wie er eigentlich hierhergeraten war, machte Aufnahmen von Nationalisten, die sich, während sie auf die Rückkehr der Flugzeuge warteten, durch Zeit, Haubitzen und dunkelhaarige Prostituierte hindurchbohrten. Es gab ebenso viele Bilder von Prostituierten wie von Brot. Die Prostituierten übten eine seltsame Faszination auf ihn aus, Mädchen, die ihre Röcke über das Geröll ihrer Schenkel hochrollten. Es war modisch, ein wenig mollig zu sein, so daß die Mädchen manchmal vier oder fünf Röcke übereinander trugen, damit ihre Hüften breiter wirkten. Die Männer um sie herum waren eindeutig, ihre Penisse eine natürliche Fortsetzung vom Lauf des Gewehrs bis hin zu der absurden Sommersprosse auf dem Schaft eines jeden Mannes. Eine der Aufnahmen zeigt eine Reihe von Männern in einem Zelt, Deutsche, Spanier und Marokkaner, ungeduldig und schwitzend, Schlange stehend für die dünne pokkennarbige Hure in ausgebeulter Wäsche, die Unterhose um einen Fußknöchel. Sie kniet vor einem ebenso dünnen Soldaten, den Kopf zwischen seinen Beinen. Hinten in der Schlange hebt ein anderer Soldat die Faust in die Luft, in Erwartung des Höhepunktes des Soldaten. Sein Hosenstall ist schon offen, und sein Hodensack quillt heraus wie eine Meereskrake.

In provisorischen Ambulanzzelten gab es ebenso viele Fälle von Syphilis wie Granatsplitterverletzungen. Jahre später, als ich auf unserem Dachboden Schachteln durchsuchte, fand ich Aufnahmen von Frauen, nackt im Lampenlicht, Frauen, die sich vor seiner Kamera zur Schau stellen, Frauen, die sich keusch in Laken hüllen, Frauen mit schräggelegtem Kopf und einem Zwinkern im Auge.

Damals, als ich sie entdeckte, war ich ein Halbwüchsiger. Dann saß ich da, auf einem Holzbrett auf dem Dachboden hockend, und bearbeitete meinen Körper, der sich gerade erst zu regen begann. Ich wurde zur Kamera, wurde zum Kameramann und haßte meinen Vater die ganze Zeit dafür, daß er mitschuldig war an diesen Visionen. Ich betrat die Photos, teilte die Leinwandeingänge der Zelte, stand zuerst verwirrt da, sprach mit den Frauen. Die Frauen lächelten über mein wundersames Erscheinen, winkten mich zurück in die dreißiger Jahre, stellten mir zweideutige Fragen. Ich hielt mich hinter der Kamera, während draußen die Flugzeuge mit ihrer Beute in den Wolken dröhnten. Die Frauen bewegten sich für mich in den Photos, nahmen mich an die Hand und führten mich an Orte, wo kein Objektiv zusehen konnte, ließen mich sie berühren, öffneten mit einem Fingerschnippen meine Hemdknöpfe, ließen mich herumwandern, neben sich schlafen. Manchmal hätte ich schwören können, draußen das fallende Brot zu hören.

Als sich Madrid ergab, waren die Friedhöfe Spaniens voller Männer, auf die die Welt nicht verzichten konnte – sie wurden für andere Kriege gebraucht.

Manley wurde im Leichenhaus der Stadt gefunden, mit nur einem Bein, in einem ausgebombten Haus, brabbelnd, um sich herum verschimmelte Brotlaibe. Die Türen und Türrahmen waren herausgerissen und zu Brennholz gemacht worden. Manley lag auf einer Matratze, die nach Urin roch. Unrasiert. Riesige Furunkel am Hals. Er spuckte meinem Vater ins Gesicht, als er das Amulett sah, aber mein Alter zog an jenem Tag durch die Stadt und besorgte seinem Freund gefälschte Papiere. Sie waren auf den Namen Gordon Peters ausgestellt. Manley wurde ein Mann, der an Krücken herumhumpelte und eine neue

Vergangenheit für sich erfand. Er und ein paar weitere verirrte Republikaner versteckten sich mit ihren neuen Identitäten in der Stadt. Mein Vater hatte immer noch seine Erbschaft hinten in seiner Hose in Plastik festgesteckt. Er und Manley bereiteten sich darauf vor, gemeinsam die Stadt zu verlassen, aber eines Morgens verschwand Manley, vorgeblich unterwegs, um Vorräte einzukaufen. Mein Vater saß im Gerippe des Hauses und wartete, aus Tagen wurden Wochen, die Kameras verstaubten, die Matratze begann zu schimmeln. Er suchte seinen Freund, irrte in stumpfem Schmerz umher, konnte ihn nicht finden.

Eines Nachmittags fand er Manleys Krücke am Ufer des Manzanares – die Initialen G. P. waren darauf eingraviert –, und er war sicher, daß sein Freund tot war, obwohl die Leiche nicht gefunden werden konnte.

Die Photos, die sie Jahre zuvor in Mayo gemacht hatten, mit Manley in seinen unsäglichen Anzügen, wurden für meinen Vater die lebhafteste Erinnerung an seinen Freund. Wenn mein Alter von Manley erzählte, erinnerte er sich an einen Sechzehnjährigen mit einem lüsternen Glitzern in den Augen und nur selten an einen beinlosen Soldaten, der nachts nach Pisse stank. Das machte mein Alter eigentlich immer – wenn ein Moment als Photographie existierte, präservierte er ihn auf ewig in dieser statischen Geballtheit. Als könnte er, indem er ein Photo machte, zu jeder Zeit ein früheres Leben wiederbewohnen – eines, in dem ein Körper nicht welk wurde oder Haare nicht ausfielen, oder es keine Zukunft geben mußte. Zeit wurde in der Mitte seiner Faust festgehalten. Entweder zerknüllte er sie, oder er ließ sie davonfliegen. Als glaubte er, daß etwas, das gewesen *war*, die Kraft hätte, etwas zu *sein*. Es war seine eigene Art, das Universum zu ordnen, ein Muster, das sich von der Vergangenheit in die Gegenwart bewegte, mit der Leichtigkeit eines Papierbogens, der in ein chemisches Bad gleitet. Manley war einmal sechzehn gewesen, und deswegen blieb Manley für immer sechzehn.

Ich denke, selbst heute könnte er noch glauben, daß da ein Laib Brot im Flug über Madrid unterwegs ist, ein einzelner oder eine ganze Fallschirmladung, die sich im Bauch eines hochfliegenden Bombers bereitmacht, in elegantem Bogen durch die Luft herabzufallen.

Nach dem Whiskey schlief er im Sessel ein. Er wachte auf, als ich in der Küche aus Versehen den Kessel umstieß. Zog die Decke beiseite, schmatzte mit den Lippen, griff in seine Hemdtasche und holte eine Packung Major heraus. Nach ein paar Minuten schlief er wieder ein, während seine Zigarette noch im Aschenbecher brannte. Ich machte sie aus, ging nach oben und nahm ein heißes Bad in dem eisenfarbenen Wasser. Meine Kleider müffelten etwas, aber nicht so schlimm wie bei ihm. Er hat einen ziemlich durchdringenden Geruch. Der Geruch hing im ganzen Haus. Ein tiefer, ungewaschener Geruch, das Verschwinden seiner selbst, ein Geruch wie nach alten Lagerfeuern. Als Mam noch da war, vor all diesen Jahren, wusch sie unsere Sachen in der Spüle – in ihrem Exil in einer Bauernhausküche, die Launen des irischen Wetters beobachtend, eine Reihe schwarzer Krähen, die tief über einen braunen Sumpf flogen, und erzählte Geschichten von der Farbe, die es einst in ihrem Leben gegeben hatte. Dann hob sie mich hoch und setzte mich auf den Rand der Spüle, starrte hinaus auf die Kolonnen von Krähen, redete von anderen Vögeln – Geiern, Falken mit roten Flügeln, Stärlingen – an anderen Orten. Sie hatte ein Paar Sarapes, und manchmal wurden sie an der Wäscheleine lebendig, flatterten über das Land, rot, gelb und grün. Für sie existierte Mexiko an der Wäscheleine, zum Trocknen herausgehängt, die wollenen Ponchos voller Leben neben unseren normalen Alltagskleidern, den Unterhemden meines Vaters, seinen Hosen, seiner Unterwäsche, ihre Banalität mit Holzklammern festgemacht.

Jetzt, wo Mam nicht mehr da ist, hat mein Alter die Ringe von Schmutz um ihn herum sich setzen lassen – elf Jahre davon auf seinen Hemdkragen.

Im Bad klebten Haarklumpen im Abfluß, unter den Schmutzrändern. Ein winziger Seifenrest auf einem Teller. Ich holte etwas Shampoo aus meinem Rucksack, sank ins Bad. Es war schön, diese schwarze Stille draußen vor dem Badezimmerfenster, keine Mücken oder Sandkäfer, die gegen die Luft schlugen. Bloß ein paar harmlose Falter, die sich sinnlos gegen die Fensterscheibe warfen. Ich blieb in der Badewanne liegen, bis das Wasser kalt wurde. Um Mitternacht weckte ich den Alten, um zu sehen, ob er nach oben ins Bett gehen wollte, aber er brummelte schläfrig: «Mir geht's prächtig hier, es ist bequem, ich schlaf immer hier.»

Die Sesselkante hatte ihm eine rote Linie ins Gesicht geprägt, die hinunterlief zu dem spärlichen grauen Bart. Dieser Bart hat vielleicht seine eigene Entropie, so daß er, anstatt nach außen zu wachsen, nach innen in die Haut schrumpfte. Es sah aus wie die Stoppeln von ein oder zwei Wochen, aber wahrscheinlich waren sie schon seit Wochen da. Zwei große nackte Flecken auf seinen Wangen waren eine Art symmetrische Entsprechung zu seinem kahlen Kopf. Ich beobachtete ihn, als er aufwachte. Er massierte die rote Linie auf seiner Wange, hustete, griff nach der ausgedrückten Kippe im Aschenbecher, roch daran, schnipste sie zum Kamin, zündete sich eine neue

Zigarette an. «Die schmecken ekelhaft, wenn sie mal ausgedrückt waren», sagte er. Er hielt den frischen Rauch zwischen den Zähnen, blickte sich im Raum um. «Jesses, ist aber reichlich kühl hier, nicht?»

Ich ging zum Schrank unter der Treppe, um die blaue Stranddecke zu holen. Sie roch etwas muffig. Wartete, bis er zu Ende geraucht hatte, reichte sie ihm. Er wickelte sich darin ein, zog sie sich bis unters Kinn, zwinkerte mir zu. Aber er wischte meine Hand fort, als ich ihm ein Kissen anbot, das er sich unter den Kopf legen sollte.

«Conor», sagte er. «Ich hab gedacht, du wärst tot, Himmel noch mal.»

Er ist derselbe griesgrämige alte Sack, der er war, als ich vor fünf Jahren fortging. Wahrscheinlich ein bißchen blöd von mir, nach Hause zu kommen und zu denken, daß es anders geworden sein könnte. Aber eine Woche ist eine Woche, und so lange können wir uns wahrscheinlich ertragen – außerdem muß ich für ein paar Tage nach Dublin hochfahren, das mit meinem Visum geregelt bekommen. Aber was er wohl sagen würde, wenn ich ihm erzählen würde, daß ich zur Zeit in einer Hütte in Wyoming lebe, Jobs mache, die mir kaum die Miete einbringen, und mich einfach so treiben lasse. Würde ihm aber wahrscheinlich scheißegal sein, würde ihn kein bißchen kratzen. Wie er jetzt so dahinlebt, Tag für Tag mit diesen langsamen Angelwürfen.

Ich saß heute nacht im Schlafzimmer wach und sah aus dem Fenster in die tiefe Dunkelheit der Nacht, die über Mayo herrschte, voller wild blitzender Sterne. Auf eine seltsame Art und Weise ist es schön, wieder hier zu sein – es ist immer schön, irgendwohin zurückzukommen, egal wohin, sicher in dem Wissen, daß man wieder wegkommt. Das Gesetz des Flusses, wie er immer gesagt hat.

Hält die Dinge in Bewegung. Als ich von zu Hause weggegangen bin, habe ich mir geschworen, nie wieder zurückzukehren – am Bahnhof hat er mir eine Zehnpfundnote in die Hand gedrückt, und ich habe sie ihm wieder zurückgeworfen, als der Zug anfuhr. Aber genug davon. Genug Gejammere. Ich bin jetzt zu Hause, und eine Million Möglichkeiten können noch vor meinem Fenster liegen, Brachvögel, ausgestorben und dennoch wieder am Himmel, wenn ich das will.

MITTWOCH

Prächtiger Morgen für die Hunde

Habe ihm heute morgen Frühstück gemacht, aber er wollte keins. Er hat gesagt, ‹sunnyside up› sei eine amerikanische Erfindung, und ich hätte mir zusätzlich zu meinen Kochkünsten auch einen kleinen Akzent angewöhnt.

Er saß einfach mit dieser trägen Starrheit in seinem Blick da und schob mit seiner Gabel die Spiegeleier herum, wobei sich auf dem Teller Fettschlieren bildeten. Ab und zu führte er die Gabel an die Zähne. Sein Mund bewegte sich, als würde er etwas kauen, wobei sich die Unterlippe über die obere schob, es war ein trockenes Schmatzen, das dann jäh verstummte. Er schob den Finger durch das Fett und wischte ihn am Ärmel seines blauen Arbeitshemdes ab, starrte mich unvermittelt an. Sagte mir, die halbe Stadt habe inzwischen schon Green Cards oder beziehe Arbeitslosenunterstützung. Nur noch alte Männer übrig. Die Söhne und Töchter kämen alle nur noch zu Weihnachten nach Hause, dehnten ihre Wörter und füllten ihre Reden mit fremden Kraftausdrücken. Sagte, es wundere ihn, daß zwischen hier und Shannon Airport nicht schon alle Welt «gee-whizz» sagte.

Wir schwiegen lange, bis zwei streunende Hunde durch den Vorgarten gebellt kamen. Ein schwarzweißer Collie und ein gelber Labrador mit einem roten Halsband. Sie liefen bei der Scheune herum, jagten sich schwanzwedelnd in engen Kreisen. Mein Alter erhob sich und schlurfte zum Fenster hinüber, schmatzte wieder mit den Lippen, lehnte sich gegen den Rahmen, rieb die Gardine zwischen Daumen und Zeigefinger, beobachtete die beiden. Wo früher die Dunkelkammer gewesen war – jetzt eine ausgebrannte Hülse –, trieb der Collie die Labradorhündin in die Enge, vollführte einen kurzen rituellen Tanz um sie herum und bestieg sie.

Mein Alter kicherte, rieb sich mit der Gardine die Hände und wandte sich vom Fenster ab, während sie weiterbalgten.

«Jedenfalls ein prächtiger Morgen für die Hunde», sagte er.

Wir lachten, aber sein Lachen war seltsam und hielt nicht lange an. Er warf das Kichern irgendwie in die Luft hinaus und schluckte es sofort wieder in seine faltige Kehle hinunter. Er schlenderte in die Speisekammer und sammelte seine Ausrüstung zusammen, während draußen das Gekläff lauter wurde, durch die Morgendämmerung hackte. Fragte ihn, ob er heute Gesellschaft haben wolle, aber er schüttelte den Kopf, nein. Er sagte, es sei viel besser, wenn es ruhig ist, das störe die großen Fische nicht, sie hätten ein sehr feines Gehör, sie könnten einen über Meilen hinweg spüren, das habe alles mit Schwingungen und Schallwellen zu tun. Lachs sei besonders empfindlich. Ich wußte, er erzählte Unsinn, aber ich beschloß, ihn in Ruhe zu lassen. Er zog los zum Fluß, den Hunden im Vorbeigehen zubrüllend, daß sie verschwinden sollten.

Er gab dem grünen Tor einen sanften Stoß mit dem Fuß, kletterte mit Mühe über den Zauntritt. Er hatte in den Fuchsien einen Weg bis zum Ufer ausgetreten. Der Weg war vom Geniesel der letzten Nacht in der Mitte matschig geworden, und er mußte zuerst breitbeinig laufen, die Füße rechts und links der Pfütze. Dann gab er es einfach auf und schlappte schläfrig durch den Matsch, wischte sich die Stiefel an dem langen Gras ab. Er stellte seine Ausrüstung auf und begann auszuwerfen, ließ sich im grauen Senkkasten seiner Einsamkeit nieder. Die Hunde verschwanden die Auffahrt hinunter, hielten noch einmal für ein weiteres Lustgejapse an, unten bei der Biegung, wo die großen Schlaglöcher sind.

Mein Alter trieb sich verwirrt in Madrid herum, bis ihn im Sommer 1939 ein Soldat aus Mexiko – ein Kommunist, der an der rechten Hand nur noch zwei Finger hatte – zu einem anderen Kontinent winkte. In ganz Europa waren weitere Kriege ausgebrochen, und der Soldat sagte, er kenne einen Ort in der Chihuahua-Wüste, wo man von allem weg wäre, wo man einfach dasitzen und sich betrinken könne, sich einen Hut ins Gesicht schieben und träumen und einen vollen Satz Finger über eine Flasche oder eine Gitarre oder ein Pferd oder eine schöne Frau gleiten lassen.

Mein Vater war weder an Pferden noch an Gitarren interessiert, aber der Soldat hatte ein Bild von seiner Schwester in der Innentasche seiner Uniform. Er hielt es behutsam zwischen zwei Fingern, wie eine kostbare Zigarette, ein Photo von einer jungen Frau, nicht älter als siebzehn, in einem bauschigen weißen Leinenrock, Mehl an den Händen. Das Photo war ein guter und hinreichender Grund, einem spontanen Drang zu folgen und zu gehen. Und es war genug gestorben worden. Er wollte die Sache mit Manley vergessen. Europa den großen Gemetzeln und den Gebeinen überlassen, seinen mörderischen Massakern. Er füllte seinen Rucksack mit Filmen, tauschte seine Kameras gegen eine weitere Leica um, ein neueres Modell, und bot dem Soldaten eine große Summe für das Photo von seiner Schwester an. Das Bild war an den Rändern schon vergilbt, aber der Soldat wollte sich nicht davon trennen. Statt dessen machte mein Vater eine Aufnahme von dem Soldaten, wie er das Photo hielt. Sie waren auf einem Marktplatz an der südspanischen Küste, um sie herum Gemüse, der Soldat stehend, klein und drahtig, mit einem faltigen Gesicht, das einem alten Gemüsebeet nicht unähnlich sah. Wenn er lächelte, entblößte er sehr schlechtes Zahnfleisch und die allerdunkelsten Zähne.

Der Mexikaner und mein Vater nahmen ein Schiff, das mit einer Ladung verfaulter Bananen zum grünen Hals der Welt zurückkehrte. Die Ladung war im spanischen Hafen wegen irgendeiner Fehde zurückgewiesen worden. Der Kapitän kippte die Bananen unweit der Küste ins Meer – mein Vater sagte, sie seien wie groteske schwarze Fische ins klare Wasser geplumpst. Auf Deck spielten er und der Soldat Poker und träumten gereizte Träume, legten sich mit anderen Passagieren an, warfen Zigarettenstummel ins Kielwasser, sahen zu, wie sie in der Luft verglommen, ließen sich von den Matrosen die Porträts bezahlen, die unten im Maschinenraum aufgenommen wurden, machten zusammen ein bißchen Geld. Der Mexikaner ging auf dem Deck herum, starrte auf das Photo seiner Schwester, versprach meinem Vater Großartiges, ein Haus am Ufer des Rio Grande, einen Tamariskenhain, zwölf kerngesunde Hühner, ein Motorrad, das nicht stotterte.

Er verlor den Soldaten in einer Menschenmenge am Kai in Veracruz, als das Schiff im Golf von Mexiko anlegte.

Ein Freitagnachmittag, der Tag irgendeines Festes, und Leute schoben meinem Vater gigantische Flaschen in die

Hände, während er über den Köpfen der Menge nach seinem Freund brüllte. Über Feuern wurde Fisch gebraten, Frauen in Schals führten Esel, ein neumodischer Wagen hupte sich durch den Markt, wo Papageien und Schlangen verkauft wurden. Schlägereien und Lieder waren voller Mescal. Er suchte zwei Tage lang, aber von dem Soldaten keine Spur. Und so ging er durch die Stadt und hinaus, die Küstenwege entlang. Gehen war etwas Heiliges – es reinigte den Geist. Er wanderte gen Norden, durch kleine Städte voller Fischerboote und über Netze gebeugter Menschen. Sie nahmen ihn mit zu sich nach Hause, gaben ihm ein Lager für die Nacht, fütterten ihn mit dicken Bohnen, weckten ihn mit Kaffee, gemahlener Mais auf Metatesteinen für den Weg. Zu anderen Zeiten spuckten Männer ihm vor die Füße – für einige von ihnen war er nicht mehr als irgendein Idiot von einem Gringo, ein *fuereño* mit einem lächerlichen Hut. Aber ich kann ihn mir vorstellen, wie er durch die sonnengelben Straßen schlenderte, drahtig und mit ausholenden Schritten, Schweißflecken in den Achseln, sein Geld immer noch im Hosenbund festgesteckt, die Krempe seines Huts wirft eine Vielfalt von Schatten auf sein Gesicht, dünne rote Linien von Müdigkeit im Weiß seiner Augen, plaudert er in seinem gebrochenen Spanisch mit Frauen, gestikuliert Männern zu, trinkt, albert herum, unablässig gepackt von den Strömen der Augenblicke, die ihn forttragen, die ihn von einem Ufer zum anderen schleudern, mit ungebändigter Wildheit setzt er über ins Irgendwohin.

Er machte Aufnahmen, während er kreuz und quer durch das Land wanderte, die Ostküste entlang – eine Prostituierte mit einer blonden Perücke, die aus einem Fenster lehnt; ein Junge, der allein in einem Gäßchen Fußball spielt; ein Mann in einem Boot, der ein totes Kind, mit Kalk bedeckt, ins Meer kippt; Männer in Baumwollhosen; Jungen im Regen, Steine nach Vögeln schleudernd; politische Parolen an den Mauern; ein Schwein, das am hinteren Ende einer Kirche geschlachtet wird; eine Frau in einem Adelita-Kleid, die sich äußerst akkurat unter einem Sonnenschirm bewegt. In seinen Schwarzweißaufnahmen schien es Farbe zu geben, die irgendwie in den Schatten und die Schatten seiner Arbeit gesickert zu sein schien, so daß ich Jahre später – als ich auf dem Dachboden saß – fast sicher war, daß der Sonnenschirm gelb war, er fühlte sich so für mich an. Seine Photos sprachen in dieser Weise zu mir. Viele andere Dinge in meiner Vorstellung vom damaligen Mexiko waren gelb – die Blätter, die Überbleibsel der Malaria, die Sonne, die rötliches Gelb übers Land ergoß.

Er verbrachte einige Monate bei Fischern in der Nähe von Tampico, lebte unten am Wasser in einer Hütte mit einer Front aus Palmenblättern. Einer von ihnen, Gabriel, war auf fast allen seiner Photographien. Gabriel, Ende Sechzig, ein Flecken Haare vorne auf der Stirn, steckte sich Köder in den Mund, um sie warm zu halten. Würmer oder manchmal sogar Maden, zwischen Zahnfleisch und Lippe festgehalten, so daß die Unterlippe sich vorwölbte. Als hätte er eine zweite Zunge, die sich über einem Grübchen im Kinn abzeichnete. Selbst wenn er mit Netzen oder Hummerkörben fischte, behielt er den Köder im Mund. Es war ein Trick, den er als Kind gelernt hatte – warmer Köder, behauptete er, ergebe einen besseren Fang. Dann lehnte er sich über den Bootsrand und ließ faulig aussehenden Speichel übers Wasser spritzen.

Er brachte meinem Vater alles über Netze und Kurbeln, über Haken und Fliegen bei, in der Tasche einen Zettel, auf dem auf spanisch stand: «Wenn du für eine Stunde glücklich sein willst, betrinke dich; wenn du für einen Tag glücklich sein willst, schlachte ein Schwein; wenn du für eine Woche glücklich sein willst, heirate; wenn du dein ganzes Leben lang glücklich sein willst, geh fischen.»

Gabriel hatte eine Aversion gegen Land entwickelt. Seine Beine wackelten, wenn er auf festem Boden lief, und so blieb er die meiste Zeit in seinem Boot, die Beine über den Rand gelegt, holte seine Würmer aus einer alten Tabakdose und schob sie in die Tasche seines Mundes. Hin und wieder besuchte er seine Frau in der Stadt, zog es vor, in einer Hängematte mit ihr zu schlafen, wegen der Schaukelbewegung. Gabriel und seine Frau hatten acht Kinder. Gabriel hatte seinen jüngsten Sohn Jesus genannt, mit dem Gedanken im Hinterkopf, daß er eines Tages übers Wasser gehen würde. Aber Jesus war woandershin gegangen, zusammen mit anderen Söhnen und Töchtern, so daß Gabriel niemanden mehr hatte, den er mit aufs Meer nehmen konnte – seine Frau wurde schon in der Badewanne seekrank.

Jeden Sonntag nahm Gabriel meinen Vater mit aufs Boot, anstatt zur Messe zu gehen. Während die Kirchenglocken läuteten, verließ mein Vater seine Hütte und zog hinunter zum Kai und hinaus aufs Meer. Der alte Mexikaner kniete dann zwischen zwei kleinen Schreinen, die er zu beiden Seiten der Dollen aufgestellt hatte. In die Bretter waren Heilige aus Holz genagelt. Sie schwebten über dem blauen, kristallenen Meer. Gabriel sprach Gebete, während das Boot auf dem Ozean schaukelte, und behauptete, daß seine Garnelennetze sonntags immer am vollsten seien. Mein Vater sah ihn täglich, aber es gab nicht so viele Photos von Gabriel, wie er es gern gehabt hätte – die Filme wurden knapp. Gabriel war fast wie ein Vater zu ihm. Sie füllten einander eine innere Leere. Gabriel wollte meinem Vater Balladen beibringen, aber er merkte bald, daß seine Stimme der Stimme der Raben, die sich an den weggeworfenen Fischköpfen satt fraßen, nicht unähnlich war. Und so bestand der alte Mexikaner darauf, daß mein Vater einfach nur zuhörte, anstatt zu singen. Rauhe Klänge rollten aus ihm heraus, Lieder, die er beim Singen erfand, den Blick aufs Meer gerichtet. Er sang von anderen Zeiten, als er in große Tiefen tauchen und kostbare Dinge vom Meeresboden hochholen konnte, von Traditionen, von seltsamen Bewegungen der Wellen. Zu zweit ruderten sie durch Buchten und Meeresarme, Monate vergingen, das Gesicht meines Vaters wurde im reflektierten Sonnenlicht zuerst rot, dann dunkel, sein Spanisch, das er von Gabriel lernte, der die Vokale um die Parasiten in seinem Mund herumrollte, wurde immer besser.

Gabriels Frau brachte Essen zum Kai hinunter, die Teller waren mit einem alten Tuch bedeckt, um sie warm zu halten. Sie brachte gerade genug für ihren Mann und hatte für den Gringo mit den Kameras meistens nicht einmal ein Nicken übrig. Manchmal blieb sie, um dem klagenden Klang der viersaitigen Gitarre ihres Mannes zu lauschen.

Mein Vater wußte dann, daß es Zeit war, weiterzuziehen, aber vorher geschah etwas Seltsames. Ein Schwarm Landkrabben kam das Ufer hoch, um die Hütten am Meer zu überfallen. Sie krabbelten im Gleichschritt, eine Formation, fast ein ganzes Heer, kletterten über Steine, eine Welle beweglicher Augen. Gabriel war zu dem Zeitpunkt an Land, den Köder zwischen Zahnfleisch und Lippe. Das Meer hatte mit Stürmen gedroht, und er war gerade draußen, um auf einem Landesteg Netze zu flicken und sein Boot festzutäuen, als sich die Invasion ereignete. Er wollte nach Hause rennen, zu seiner Frau, sah sich aber von den Tieren umzingelt. Auf dem Photo hockt Gabriel verschreckt auf einem Zaunpfosten, wie ein Vogel, den Blick nach unten gerichtet, auf die vorbeiziehenden Krabben starrend, die Unterlippe vorgewölbt, und läßt Schlieren madiger brauner Spucke auf sie heruntertropfen. Seine schäbige Jacke hängt um ihn herum. Auf seinem Kopf sitzt schräg ein abgewetzter schwarzer Sombrero mit breiter Krempe und zuckerhutförmigem Kopfteil. Er sieht verwirrt aus. Die Krabben wirken bizarr und fehl am Platz, ein bißchen wie mein Alter, der sich im Krebsgang durch das Leben anderer Menschen bewegt, ewig zur Inkongruenz verdammt.

Zu seiner Hütte zurückgekehrt, stellte mein Vater fest, daß sie geplündert worden war. Er verdächtigte Gabriels Frau, konnte aber nichts beweisen. Der Rucksack, ein paar Kleidungsstücke und die Foxford-Decken fehlten. Zum Glück trug er seine Kameras und sein Geld immer bei sich – aber der Einbruch war ein böses Omen. Gabriel begleitete meinen Vater aus der Stadt heraus, und nach ein paar Meilen – ein großes Opfer für einen Mann mit einem epileptischen Zittern in den Beinen – schenkte er meinem Vater als Andenken die Schale einer Landkrabbe. Die Krabbe war auf Gabriels Veranda hochgerutscht und dort verendet. Mein Vater hängte die Schale an seinen neuen Rucksack und ging weiter Richtung Norden, an der Küste entlang, die Städte dünnten sich aus, in der Ferne erhob sich schon die Sierra Madre.

Nachts schlief mein Alter mit seiner Ausrüstung ziemlich so, wie er mit einer Frau hätte schlafen können, legte sich beschützend um seine Kameras, alles von ihm eingekuschelt, der Film in einer separaten Tasche, selbst das Stativ war zu seinen Füßen gebettet und mit einem Faden an seinen großen Zeh gebunden. Er hatte immer noch genug Geld übrig, um zu gehen, wohin er wollte, aber er behielt es in seinem Hosenbund für den Notfall. Er zog landeinwärts, arbeitete bei einem reichen Rancher im Grasland als Zaunanstreicher, schlief zusammen mit zehn Vaqueros in einem Pferdestall. Die anderen Männer spielten abends Poker. Acht lange Monate hielt er sich abseits, drückte sich bei der Koppel herum, bis er wieder genug zusammenhatte, um weiterzuziehen. Während er an den Zäunen arbeitete, mit einer Ramme Löcher in den Boden trieb, dachte er oft an die Schwester des mexikanischen Soldaten. Das Photo hatte sich wie Magnesium in sein Gedächtnis eingebrannt. Hin und wieder wachte er auf und sah wie im Traum zwei Finger, die ihm winkten. Er würde das Mädchen finden. Er wanderte ganz in den Norden, zur texanischen Grenze, ab und zu hielt er irgendeinen grauen Kleinlaster an und ließ sich ein Stück über die Berge mitnehmen. Manchmal erzählten ihm Männer von einem riesigen Krieg, der auf der anderen Seite der Welt ausgebrochen sei, Gerüchte von mageren Frauen, die barfuß in Gaskammern hineingingen, reihenweise, so bleich wie Lilien, kleine Minen, die auf dem Pazifik schaukelten, von einer Explosion von Stacheldraht, gleichsam ein Heiligenschein, der Europa umgab – aber all das war eine Ewigkeit weit weg, und er konnte nicht begreifen, wie Männer nach den Agonien von Spanien ihre Lust am Sterben fortsetzen konnten. Er bewegte sich auf dem schmalen Grat zwischen Ziellosigkeit und Feigheit, nehme ich an. Er hätte nach Europa gehen können, um zu kämpfen oder zu photographieren, aber statt dessen setzte er seine Wanderung fort, nach Westen, weg vom Geruch des Meeres, Wind in der endlosen Leere, quer durch die Berge, über Coahuila, zur östlichen Seite der Chihuahua-Wüste.

Er bastelte sich aus einem weißen Hemd und einem Zweig einen Schutz gegen die heruntersengende Hitze, er sah aus, als würde er sich dem Land ergeben, weiße Ärmel flatterten zwischen Lecheguilla-Pflanzen und Beifuß und Meilen von Mesquitestrauch, er stolperte durch endlose Trockentäler, salutierte den Fährten von Springmäusen und Wüstenfüchsen. Es lebte niemand in diesem endlosen roten Land. Sonnenuntergänge fielen durch einen westlichen Himmel, die Farbe von Blut durch eine Faust voll Wasser. Gras wuchs durch die Schädel von toten Tieren, Klapperschlangen lagen zusammengerollt unter Felsen. Er brachte sich auf diesen langen Wanderungen das Überleben bei – lernte, auf das Grollen in den Bergen zu lauschen, das eine Springflut ankündigte, tüftelte Fallen für kleine Tiere aus, fing Eidechsen zwischen seinen Fingern, entzündete ein Feuer mit trockenem Mesquite. Morgens stand er früh auf und saugte Tau oder die Feuchtigkeit der Nacht aus kleinen Steinen. Manchmal konnte er mit den Fingern Tau von den langen Wüstengrashalmen streifen. Wenn es schlimm wurde, schlitzte er mit seinem Messer einen Kaktus auf und versuchte, die Restfeuchtigkeit herauszusaugen. Während der heißesten Zeit des Tages ruhte er aus und machte sich Wasser: Er grub ein kleines Loch in die Erde, pinkelte hinein, stellte eine Büchse in das Loch und bedeckte es mit einem Stück Plastikfolie. Er beschwerte die Folie mit einem kleinen Stein, in der Sonne verdunstete die Feuchtigkeit, sammelte sich und fiel dann langsam, Tropfen um Tropfen, in die Büchse.

Er war von allem berauscht, von diesem Sich-selbst-Trinken, diesem Wandern, dem Bart, der über seine Wangen zu kriechen begann. Nachts wurde es in der Wüste bitter kalt, und er versteckte sich hinter Felsen oder in natürlichen Unterschlupfen, zündete kleine Feuer an, wanderte manchmal auch nachts ein bißchen, beobachtete den Polarstern, Polaris, wedelte mit den Armen, um die Kälte abzuhalten. Er verbrachte eine Woche bei einem Fluß, siebte Wasser durch sein Taschentuch, beobachtete die Rhythmen des Landes um sich herum, Felsen, Täler, Fossilien. Einmal trabte ihm ein Wolf über den Weg, hielt inne und starrte ihn an, legte den Kopf schief und trottete weiter.

Im hochgelegenen Wüstenland kam er schließlich in eine Stadt, drei Tage Fußmarsch von der Grenze entfernt. Niedrige Häuser wurden von großen Staubwogen gestreichelt, die durch schmale gewundene Straßen rollten. Pappeln und Tamarisken reihten sich am Ufer des Flusses auf, eines Nebenarms des Rio Grande. Oberhalb der Bäume sammelte sich um trockene braune Straßen die Stadt, es kam ein Platz, dann ging es wieder hinaus. Ein paar große Häuser säumten die äußeren Straßen, aber der Rest waren hauptsächlich Lehmhütten, unterbrochen von einer katholischen Kirche, Läden, ein paar Bars und einem Rathaus. Am Stadtrand warfen barfüßige Kinder in einem großen Kreis Steinchen um ihn herum. Schließlich, als er sich an einem niedrigen Zaun ausruhte, eine Zigarette rauchend und den Hut über die Augen gezogen, weil sich die Sonne durch den Himmel schnitt, sah er ein junges Mädchen, das hinter einem alten Haus hervorglotzte, gefolgt von einer Traube älterer Jungs. Sie sah der Schwester des Soldaten kein bißchen ähnlich. Ihr Haar war kurz geschnitten, und unter ihrem Auge war eine kleine Narbe von einem Streit. Sie hatte blaue Flecken und Schnitte an den Beinen, einen Leinenrock, der hoch über die Knie gerafft war, ein Stück Pferdehalfter als Gürtel, mit einem Seemannsknoten fachmännisch zusammengebunden.

Sie machte für seine Kamera einen lasziven Schmollmund, die Bluse aufreizend geöffnet, den Kopf schiefgelegt wie eine Filmschauspielerin. Ihre Mutter brüllte ihn von der Veranda ihres Hauses an, wo sie gerade im Schatten ein Kaninchen häutete.

«Schauen Sie nie wieder meine Tochter an, verstanden?» sagte sie auf spanisch.

Das Messer fuhr geschickt vom Hals des Kaninchens bis hinunter zwischen die Hinterbeine, und sie hängte den Kadaver mit dem Kopf nach unten an eine Wäscheleine. Er nickte, setzte den Hut wieder auf und ging weiter, rasierte sich in einem verschlammten Bewässerungsgraben. Am nächsten Morgen winkte er das Mädchen heran, als es herauskam. Sie bewegte sich für seine Kamera und legte die Arme hinter den Kopf, ohne Scham für ihre gerade erst sprießenden Achselhaare.

Mein Vater schlug in der Nähe des Bewässerungsgrabens sein Lager auf. Später in jener Woche erfand das Mädchen die fabelhafte Lüge, daß mein Vater mit John Riley verwandt sei, einem Iren, der im Mexikanisch-Amerikanischen Krieg das San-Patricio-Bataillon befehligt hatte. Mein Vater wurde als leibhaftiger Revolutionär willkommen geheißen, obwohl er noch nie von Riley gehört hatte. Er band sich für seinen Besuch eine rote Krawatte um, auf einem weißen T-Shirt. Die Mutter des Mädchens trug eine frische Schürze und begrüßte ihn an der Tür, wischte sich Mehl von den Händen, hielt sich einen Unterarm vor die Brust, winkte ihn mit der anderen Hand herein. Mein Alter durfte am Kopfende des Tisches Platz nehmen, bei seinem Gedeck lag säuberlich zusammengefaltet eine neue bestickte Serviette. Lachen erschallte in dem kleinen Lehmziegelhaus, als ein gekochtes Kaninchen in die Mitte des Tisches gestellt wurde und die Mutter ein Messer in den Bauch steckte, wo es einen Moment lang vibrierte. Frische Maistortillas wurden vor ihm ausgebreitet, mit großen Mengen Bohnen. Aus den Hälsen dunkler Tonkrüge wurde getrunken. Es wurden Lieder gesungen und noch mehr Lügen erzählt. Mein Vater versicherte der Mutter in seinem gebrochenen Spanisch, daß Riley in seinem Haus in Irland geboren worden sei, vor Generationen, die Geburt sei durch irgendeine geheimnisvolle Großmutter ermöglicht worden, die aus Blumen Zaubergetränke machte, Löwenzahnmilch habe die Geburt erleichtert.

Er durfte in einer kleinen Hütte in der Nähe des Hauses wohnen, beobachtete die Sterne durch ein Loch im Dach, das die Form eines auf dem Kopf stehenden Apfels hatte. Er erinnerte sich immer, daß das Licht des aufgehenden Mondes zuerst unten im Stiel erschien, dann allmählich den Rest ausfüllte, als würde das Loch geschält, während es sich mit Licht füllte. Er hatte einen Holztisch und eine mit Kaninchenfellen ausgestopfte Matratze. Aber er ging immer noch in der Wüste wandern. Eine Woche wanderte er nach Norden und über den Fluß nach Texas, um Filme zu kaufen – eine lange Reise nach Fort Stockton, wieder zu Fuß unterwegs, und per Anhalter. Als er wiederkam, stand das Mädchen schamlos vor seiner Kamera, dicke rote Lippen, markante Backenknochen, eine kleine Stupsnase, umspielt von einem Gewirr bunter Kleidungsstücke.

Sie setzte sich nicht für die Kamera in Szene, sondern für ihn. Sie bat nie darum, die Abzüge zu sehen. Es lag keine Spur Eitelkeit in ihren Posen.

Frühmorgens stand sie mit verschränkten Armen draußen vor ihrem Haus und wiegte sich in das Wetter, die besonderen Muster der Wolken, die über den mexikanischen Himmel eilten, Winde, die aus tausend verschiedenen Richtungen bliesen, fremde Düfte mit sich trugen, Geräusche, Regenschauer, Staubteilchen. Der Wind hatte Besonderheiten, die sie sich zu eigen machte. Mit elf hatte sie dem Wind verschiedene Farben zugesprochen. Ein roter Wind trug Wüstensand, ein brauner kam den Fluß entlang, ein grauer brachte den Duft von Mesquite, ein seltsamer grüner kam eines Sommers und trug Schwärme von Heuschrecken herbei. Ihr Lieblingswind damals war ein schwarzer – ein Wind, der überhaupt nichts tat, der nicht existierte, wenn die Stadt schwarz und benommen wurde von seiner statischen Hitze. Sie dachte immer, der Wind würde sich für sie in einem Mann sammeln – vielleicht verliebte sie sich deswegen in meinen Vater, ich weiß es nicht. Sie nannte ihn *mi cielo*, mein Himmel, und ein träger schwarzer Wind blies hindurch.

Vielleicht besuchte sie meinen Vater spätnachts in seiner Hütte, das Wetter vorübergehend vergessend, ihre Bluse ganz geöffnet, ihr Kopf im Kerzenlicht zurückgelegt, die Narbe unter ihrem Auge verstummt, während sich das Loch mit Mondlicht schälte, ich weiß es nicht. Ich habe es nie herausgefunden, aber ein Jahr später heirateten sie. Sie war achtzehn, er siebenundzwanzig. Es war das Jahr, als der Krieg zu Ende ging, Politiker mit teigigen Gesichtern, die sich über einen Tisch beugen, um einen angespannten Frieden zu unterzeichnen, ein Flugzeug, das im Schatten einer Pilzwolke vom westlichen Rand Japans davonschwebt – aber sie hatten kaum eine Vorstellung davon, was in der Welt passierte, und waren etwas entsetzt, als sie Monate später herausfanden, daß sie an genau dem Tag geheiratet hatten, als in einer Stadt namens Nagasaki buddhistische Mönche in orange Roben und Reisstrohsandalen bei lebendigem Leibe verbrannt waren.

Am Morgen der Hochzeit wurden zwei Dutzend Kaninchen an die Wäscheleine gehängt, wie eine Reihe dunkelroter Lungen, mit riesigen Wäscheklammern befestigt, bereit, beim Fest verspeist zu werden. Auf dem Photo bei der Kirche lächeln sie. Seine Haare sind glatt zurückgekämmt, aber um seine Augenbrauen spielt eine Tolle. Ihre Füße nach außen gedreht unter dem Saum ihres weißen Leinengewandes, gehäkelte Blumen an den Rändern, Fäden und Schleifen in ihr Haar geflochten, die Ärmel unten hauteng und an den Schultern gebauscht, ihre Hände, die in fingerlosen Spitzenhandschuhen auf den Hüften ruhen, als würde sie schon darauf warten, daß etwas Wunderbares geschieht, daß ein weiterer seltsamer Wind hereinbläst. Eine Gruppe von Männern umringt die beiden, sie alle unbehaglich in ihren Anzügen, die Jacken an den Ellbogen glänzend, eine Frau faßt ihrem Mann ins Gesicht, wischt vielleicht einen Rest Rasierschaum von seinem Ohr oder streicht ein Haar zurück. Sie bewegten sich in einer langen Prozession von der Kirche zum Haus hinunter, meine Mutter und mein Vater voran, ein Akkordeon erschallte, eine Trompete, eine Gitarre, Kinder hoben Münzen auf, die hinter die Kavalkade geworfen wurden, ein Esel hinterließ eine gesunde Spur Dünger entlang des Wegs, kleine Mädchen mit schwingenden Rocksäumen neben ihnen, irgend jemand schmetterte ein Lied von einem Fenster. Eine rote Brise wehte an ihrem Hochzeitstag für meine Mutter, winzige Körnchen Wüstenstaub stachen ihre bloßen Knöchel. Und sie behaupteten, sie hätten in der Ferne einen Kojoten singen hören, ein prächtiges Heulen, das sich durch die Luft Bahn brach. In jener Nacht wurde sicherlich endlos getanzt, gekämpft, geliebt und getrunken, Leute in weißen offenstehenden Hemden, die schwitzend auf dem trockenen Boden und der braunen Haut eines Landes herumtraten, das Jahre später auch mich mit seiner Hitze überschütten sollte.

Er kam zum Mittagessen vom Fluß zurück und aß wieder keinen Bissen. Habe ihm gesagt, er wird eines Tages einfach verschwunden sein, wenn er so weitermacht.

«Jesses, das wär doch was», sagte er.

Er ging hinaus zu der Feuerstelle aus grauem Stein, um den Müll zu verbrennen, in der Hand eine Spar-Tüte, randvoll mit Brotrinden und Teebeuteln und kaum etwas anderem. Er sagt, das sei der Müll von zwei Wochen. Er biegt sich so komisch zur Seite beim Gehen, sieht vollkommen schief aus. Der Wind wütete, und er hatte seinen Kragen hochgestellt. Ich ging hinaus, um ihm zu helfen, aber er war schon an der Feuerstelle, kippte die Tüte aus, die Rinden, dicke braune Stangen, fielen in die Asche. Ich trat hinter ihn.

«Kann ich dir helfen?»

Er drehte sich zu mir um: «Was machst du denn ohne Mantel hier draußen, verdammt? Du holst dir noch den Tod.»

Ich griff nach dem roten Benzinkanister, der neben der Feuerstelle stand, und schraubte den Verschluß auf, aber er nahm ihn mir weg. «Ich kann das selber.» Er sprenkelte Benzin über den Müll, holte ein altes Zippo-Armeefeuerzeug aus der Tasche, hockte sich hin, zündete die Spitze eines langen Strohhalmes an, hielt ihn ran. Das Feuer loderte kurz auf, ein saugender Sog nach oben, und erstarb dann wieder.

«Geh ruhig, ich mach das schon», sagte er und blickte auf die Flammen hinab, als könnte er da tagelang stehen, in unermeßlicher Geduld.

Ich wollte ihn nicht provozieren, und so schlenderte ich

zum Haus zurück, setzte den Kessel auf und sah ihm vom Wohnzimmer aus zu, wo er im Kamin ein weiteres Feuer gemacht hatte. Seine Photos von Mam in Mexiko sind noch da, obwohl sie jetzt müde aussehen, eine ganze Sammlung davon im Zimmer. Der Anstrich, den wir mal gemacht haben, ist verblaßt.

Ich zog einen Stuhl zum Fenster, stützte meine Ellbogen auf die großen hohen Armlehnen und beobachtete ihn draußen im Hof. Als er mit dem Verbrennen fertig war, drehte er sich um, um zum Haus zurückzugehen, und immer noch war er ganz gebeugt, er ging abgeknickt, als zolle er der Erde irgendeinen Tribut. Er schlurfte den kleinen schlammigen Pfad entlang, blieb stehen und kratzte sich den Kopf, fuhr sich dann mit den Fingern neugierig über die rechte Wange, als wollte er, daß sie Farbe bekämen, ging zur Schubkarre hinüber. Er packte die Griffe und hob sie an. Er schob die Karre ein paar Meter, als wäre sie ein leerer Sitz irgendeines Karussells, aber mitten auf dem Hof bohrte sie sich in ein Loch, gab ein paar Funken von sich und blieb stehen. Er kaute auf seinen Lippen herum, Spucke troff ihm aus dem Mundwinkel. Nahm seine Brille ab, blickte auf seine Uhr, zog sie auf, schaute sich zum Haus um. Ich winkte ihm, aber er reagierte nicht, selbst dann nicht, als er die Brille wieder aufhatte. Vielleicht reflektierte das Licht auf der Fensterscheibe, ich war mir jedenfalls sicher, daß er mich nicht sehen konnte – wahrscheinlich sind seine Augen auch schon halb hinüber. In dem Alter fällt ein Körper wie Regen – Tropfen kollidieren miteinander.

Auch seine Mundwinkel sind herabgefallen. Er sieht eher so aus, als wäre er bald neunzig anstatt siebzig.

Er hielt einen Moment inne und zündete sich eine Zigarette an – nicht ich werde mir den Tod holen. Im Wohnzimmer roch es modrig und feucht, trotz eines Hauchs von Torf, der Tabakgeruch war schon ins Holz eingezogen. Ich leerte alle Aschenbecher draußen in der Mülltonne aus, säuberte sie mit einem Lappen. Machte sie glänzend und schwarz. Vielleicht merkt er so, wieviel er raucht – früher hat er immer nur ein paar Züge genommen und die Zigaretten dann wieder ausgemacht, aber jetzt raucht er sie ganz, bis der Filter ankokelt. Die werden ihn wegraffen, bevor er's selber merkt, von seinem eigenen Rauch verschluckt. Ich hab gehört, es ist schlimmer, mit dem Rauchen aufzuhören, als auf Turkey zu kommen. Kurz nachdem ich Irland verlassen hatte, lernte ich in einem Billighotel in der Bedford Street in London einen Algerier kennen. Er versuchte, von Kokain runterzukommen. Er hatte im Zimmer neben meinem eine Dartscheibe aufgestellt, um sich zu beschäftigen. Aber eines Nachmittags verkaufte er die Dartscheibe für eine Linie Koks, die er sich in der öffentlichen Toilette in der Victoria Station reinzog. Zahlte sogar seine Tenpence, um in die Kabine reinzukommen. Danach hatte er nichts mehr, er schloß sich in seinem Zimmer ein, wo ich ihn an den Wänden kratzen und nach Koks und Zigaretten brüllen hörte.

Diese Tage in London waren lang und grau. Achtzehn Jahre alt, frisch von zu Hause weg. In einem Bahnhof, in schwarzen Röhrenhosen und einem Hemd von zaghaftem Blau, brütete ich über mein doppeltes Erbe, den Iren in mir und den Mexikaner. Eine Explosion von Blut hatte sich blütenförmig um meine Nase herum ausgebreitet, wo es mir nicht gelungen war, ein Loch für einen kleinen Silberknopf zu stechen. Ich hatte mein Mannwerden mit einem Nasenring verkünden wollen. Eine alte Wirtin führte mich zu einem Badezimmer, um Dettol auf die Seite meines Gesichts zu tun, wohin sich Blut verirrt hatte, und sagte: «Du hast dir ja das verdammte Gesicht zerhackt, mein Sohn, was um alles in der Welt ist mit dir los?» Und ich dachte dabei, es hätte meine eigene Mutter sein können, die mir da zaghaft mit einem Wattebausch die Nase betupft. Ich bewegte mich durch London wie ein Verwundeter, arbeitete auf Baustellen, wo sie meinen Namen, weil ich Ire war, in Paddy änderten. Paddys in Hülle und Fülle auf den Gerüsten, mit Strickmützen und Werkzeuggürteln. Überall in der Stadt hatte ich für kurze Zeit ein Zimmer. Ging mit einer Haut des Zweifelns herum – dunkel, aber mit einem Feld von Sommersprossen über den Wangenknochen. Eine kindliche Stimme in mir fragte: «Wer bist du überhaupt?» In Buchläden in der Charing Cross Road sah ich mir Reiseführer für Mexiko an, fragte mich, ob wohl meine Mutter aus den Seiten heraustreten und mir erscheinen würde, vielleicht mit einem Sarape um sich herum, vielleicht unter einer Wäscheleine stehend, zitternd und dünn am Rand der Chihuahua-Wüste. In diesen Buchläden – erfüllt vom Geruch von Wörtern, vom Versprechen auf ein Woanderssein –, während ich zwischen einem Gewimmel von Füßen im Schneidersitz auf dem Boden saß und die Verkäufer von der Kasse auf mich herabstarrten, beschloß ich, daß meine Reise ins Land meiner Mutter gehen sollte, daß ich sie finden, sie wieder für mich existent machen würde.

Und jetzt frage ich mich, welche Erinnerungen mein Alter noch an sie hat. Vielleicht keine. Vielleicht hat ihn die Stille von der Erinnerung geheilt. Vielleicht liegt ein absolutes Vakuum im Anathem des Alters.

In der Küche gab der Kessel ein schrilles Pfeifen von sich. Als ich hinausging, um ihm zu sagen, daß der Tee fertig sei, wandte er mir den Rücken zu – «Der Tee wird kalt!» –, aber er hörte mich überhaupt nicht, sein Schatten glitt von der Schubkarre weg, streckte sich über den Hof, faltete sich die Aluminiumwand der Scheune hoch. Er sah recht zufrieden aus, während er zur Seitentür schlurfte und sich herabbeugte, um der Katze irgendwas zum Fressen zu geben. Die Katze rannte wie besessen um seine Füße herum. Er packte sie hin und wieder am Schwanz, zündete sich eine Zigarette an, die zwischen seinen Lippen vor sich hin qualmte. Aus ein paar rattengrauen Wolken nieselte es auf ihn herunter.

Ich trat hinter ihn und berührte ihn an der Schulter, und er fuhr erschrocken herum. Als hätte er vergessen, daß ich da war. Die Zigarette fiel ihm aus dem Mund.

«Tee ist fertig», sagte ich.

«Mann, hast du mir einen Schrecken eingejagt.»

«Ich hab Kekse gesucht, konnte aber keine finden.»

«Hab schon lange keinen Keks mehr gegessen.»

«Ich geh morgen einkaufen.»

«In Ordnung», sagte er. «Hört sich gut an.»

Er beugte sich herab und versuchte die Zigarette vom Boden aufzuheben, aber seine Finger kamen nicht ganz ran. Ich griff danach, aber sein Fuß zerdrückte sie vor mir, pflügte sie in den Boden.

«Ich brauch auch was zu rauchen, Conor.»

«Brauchst du nicht.«

«Ach komm, laß das. Tu mir das jetzt nicht an.»

«Was?»

«Hin und wieder muß ich einfach rauchen», sagte er.

Wir schwiegen eine Weile, dann rieb er die Hände aneinander: «Jesses, du wirst schon wie Mrs. McCarthy.»

Ich steckte die Hände in die Taschen, spürte, wie sich die Brise in mich hineinlispelte: «Na komm jetzt, sonst wird der Tee so stark, daß wir drauf tanzen können.»

«Einen Moment», sagte er, wobei er den Schwanz der

Katze packte. «Habe lange niemanden gesehen, der so hungrig war wie dieses Mistvieh.»

Die Stadt war mager. Die Hunde und Katzen knochig. Bei den Eseln, die uralte Wege entlangtrotteten, standen die Rippen wie braune Stangen hervor. In den staubigen Straßen hing Wäsche vor Fenstern, hielt Siesta in der Sonne – ärmliche Plünnen, die Ellbogen durchgescheuert, Knie gerissen oder fadenscheinig. Selbst die Geier, die oben in den heißen Winden schwebten, waren mager. Sie zogen Spiralen am Himmel, ihre Flügel schlugen kraftlos gegen die Hitze an, sie blickten auf die Magerkeit unter sich hinab, bizarre schwarze Flugdrachen mit roten Schnäbeln. Jungs zielten mit Schleudern auf die Geier, versuchten, sie oben in der Luft zu halten, sie zu erschöpfen. Aber sie flogen weiter, eine Generation der nächsten weichend, eine Dürre der anderen.

Ein Priester, ein Mestize mit einem Gesicht wie ein Mohnbrötchen, kam einmal die Woche, spät am Sonntag, um die Messe zu halten. Er kurvte auf einem Fahrrad durch die Stadt, von Kirche zu Kirche, in den Ohren den Nachklang aller möglichen Beichten. Verkaterte Männer mit kurzen Ärmeln wichen zurück, wenn das Fahrrad vorbeikam. Musik, die aus alten Spieltruhen in den Bars herausquoll, erstarb ehrfurchtsvoll. Mein Vater hat den Priester photographiert, als er gerade über einen Abwassergraben hinter einer der Bars stieg, seine schwarze Soutane ist hochgerafft, man sieht ein Paar sehr dunkle Beine und dünne Fußgelenke, graziös tritt er über den Fluß von Urin, mit verzogenem Mund und gerümpfter Nase. Irgend etwas am Klerus provozierte meinen Alten immer dazu, das Jämmerliche zu zeigen. Besonders stolz war er auf ein Photo von Meßdienern, die sich am Meßwein betranken, die Haare zerzaust, die Gewänder vorne voll roter Flecken. Aber eines Morgens, kurz nach dem Sonnenaufgang, bekam er großen Ärger mit meiner Großmutter, weil er sie photographieren wollte, während sie sich zum Kirchgang zurechtmachte. Sie hatte nur ihre Unterwäsche an, ein Korsett, das aus einem anderen Jahrhundert hätte stammen können. Es war aus zickzackförmigen Spitzen gewirkt und schon ein wenig grau, ihre Brüste waren wie eine Wurst hineingepreßt. Sie stahl sich gerade hinaus auf die Veranda, um sich ihr Sonntagskleid zu holen, das in der Sonne trocknete. «Du Schwein!» brüllte sie ihn an. «Geh in deinen Schweinestall zurück!» Sie war winzig, knapp eins fünfzig groß, aber mit ihrer Stimme, die aus der Tiefe ihres busenbeschwerten Körpers dröhnte, hätte sie Generationen von Toten zum Leben erwecken können. «Hau ab und friß Abfall!» Sie warf eine Flasche nach ihm, verfehlte knapp seine Kamera. Später, als sie die Straße entlang zur Messe ging, lief er neben ihr her, versuchte sich zu entschuldigen, nahm seinen Hut ab, aber sie spuckte nur vor ihm auf den Boden und rückte sich ihren Hut zurecht. «Du Schwein!»

Vier Wochen später erklärte sie sich wieder bereit, mit ihm zu reden – aber erst nachdem er gelobt hatte, für den Rest seines Lebens zur Messe zu gehen, jeden Sonntag, ohne Ausnahme. Die Stützpfeiler ihres Lebens waren der Glaube und der Rosenkranz. Meine Mutter stand kichernd in der Küchenecke, als sie das Versprechen hörte. Sie war damals neunzehn Jahre alt und immer noch kicherig. Danach nannte sie ihn ‹*Obispo* Michael› – Bischof Michael, und schenkte ihm ein Skapulier, damit er sein Versprechen nicht vergaß. Er trug es, aber respektlos, warf es über, wenn er sich zu Hause das Hemd ausgezogen hatte, so daß es über Büscheln schwarzer Brusthaare hin- und herrutschte. Aber er war gezwungen, jeden Sonntag zur Messe zu gehen, die Straße hoch, an der Billardhalle vorbei und über den kleinen Aquädukt, der vom Fluß in die Stadt führte. Er durfte sich nicht auf den hinteren Bänken herumdrücken, sondern wurde zu meiner Großmutter in die vorderste Bank geschickt, die darüber so begeistert war, daß sie ihm ihre Lieblingsrosenkränze schenkte, zwei schwarze Ketten, für die er sich schämte, wenn er in seinen Taschen nach Kleingeld kramte. Sie waren aus Obsidian und reflektierten auf geheimnisvolle Weise das Licht.

Meine Großmutter lebte mit ihnen in dem Adobehaus am Stadtrand. Ihr Mann war seit zehn Jahren tot, man hatte ihn nach einem heftigen Streit mit durchgeschnittener Kehle in einer alten Öltonne gefunden. Sie übernahm seinen Zeitvertreib, Kaninchen zu häuten – wobei sie mit dem Messer herumfuhrwerkte, als wollte sie seinen Tod rächen. Jedesmal, wenn in der Stadt ein Kind geboren wurde, überreichte sie den Eltern ein Glas mit einer konservierten Kaninchenpfote. Angeblich schützte dieser Fetisch gegen die Cholera. Nur ein Junge hatte keine Kaninchenpfote bekommen – sein Vater wurde des Mordes verdächtigt, aber es war ihm nichts nachzuweisen –, und als das Kind in seinem zweiten Sommer an Durchfall und Muskelkrämpfen starb, betrachtete man meine Großmutter mit einer Mischung aus Ehrfurcht und Mißtrauen. Danach, wenn in der Stadt eine Frau schwanger wurde, eilte man mit Geschenken zu meiner Großmutter und machte Anspielungen auf Glücksbringer.

Wenn es gerade keine Kaninchen zu schlachten gab, saß meine Großmutter auf der Veranda und ließ einfach das Messer durch die Luft zischen, hin und her, endlos, und wiegte sich dabei mit dem ganzen Körper. Über ihr kreisten die Bussarde.

Eines Morgens, als sie draußen spazierenging, schleuderte sie einen Stein auf ein vorbeihüpfendes Kaninchen, traf es am Kopf, humpelte hin, um das bewußtlose Tier zu erledigen, stolperte aber in einem Schlagloch und brach sich ein Bein. «Wenn ich das Biest bloß erwischt hätte», sagte sie dem Arzt, «dann wäre ich glücklich gestorben.» Am meisten ärgerte sie, daß sie das Kaninchen den schwarzen Vögeln überlassen mußte, die sich sofort auf den Kadaver stürzten – nicht einmal das Fell war mehr zu finden. Der Arzt verordnete ihr eine monatelange Bettruhe, aber man brachte ihr Kaninchen zum Häuten. Auf Kissen gestützt, legte sie alte Getreidesäcke um sich herum aus, für das Blut und die Felle. Vom Nachttisch starrte die Jungfrau von Guadalupe herunter. Wenn meine Großmutter fertig war, legte sie den Kopf ins Kissen zurück und ehrte die kleine weiße Figurine mit einer gemurmelten Melodie seltsamer Gebete. Sie bestand darauf, einen großen Strohhut zu tragen, sogar im Bett.

Meine Großmutter versuchte, Mam in der Kunst des Kaninchenhäutens zu unterweisen und so die Tradition zu erhalten, aber meine Mutter interessierte das nicht.

In alten Farbtöpfen, die an der Veranda hingen, wuchsen Geranien. Neben der Haustür, vor dem rostigen Fliegengitter, hing ein bunt geschmückter Kuhschädel. Auf dem Dach war eine Wetterfahne befestigt, die klemmte, immer nur nach Osten zeigte, selbst beim stärksten Wind. Mein Vater kletterte aufs Dach und versuchte, sie zu reparieren – Mam hatte ihn gebeten, damit sie die Richtung ihrer Winde beobachten konnte –, aber es war nichts zu machen. Während der Hochzeit war ein Betrunkener aufs Dach geklettert und hatte für sie Gitarre gespielt, aber er war gestürzt. Er landete mit der Seite auf der senkrechten Spindel, verletzte sich, was eine häßliche Narbe auf seiner

Brust hinterließ. Seine Frau sagte, die Wunde sei nie verheilt, er würde noch immer den Wind durch die Wunde pfeifen fühlen, und sie verlangte, daß mein Vater – weil er ein Gringo war – ihm irgendeine Entschädigung zahlte. Als meine Mutter den Mann draußen vor der Bar sah, zeigte sie auf seinen Brustkorb: «Na, Benito, aus welcher Richtung weht denn heute der Wind?» Der Mann hob das Bein und ließ einen Riesenfurz los, zum Vergnügen einiger Männer, die auf dem Boden hockten. «Ich glaube, er bläst Richtung Süden», sagte sie bloß, wandte sich ab und ging. In der Nacht stellte sie dem Mann einen Teller Bohnen vor die Tür – es sei eine gerechte Entschädigung, sagte sie, und die einzige Entschädigung, die er bekommen würde.

Wenn sie durch die Stadt ging, warfen ihr die einheimischen Jungs immer noch eindeutige Blicke zu. Vielleicht hielten sie den Mann mit dem großen braunen Hut für eine Art böse Erscheinung und dachten, eines Morgens würden sie aufwachen und er wäre genauso leicht und geheimnisvoll verschwunden, wie er gekommen war.

Aber sie sahen, wie sie sich in ihr neues Leben fügte, Stück um Stück. Ihre Haare wuchsen länger. Sie begann in der Nähe der Veranda Gemüse anzubauen – sich an die Erde zu binden. Es war eine rauhe und bittere Arbeit, sie kniete in gemusterten Kleidern auf dem Boden, während räudige Hunde am Zaun herumscharrten, die Erde war so hart, daß sie ihr die Haut unter den Fingernägeln aufriß. Sie erleichterte sich die Arbeit mit Tequila, aus großen Flaschen genippt, während sie auf Händen und Knien weitermachte. Wenn ihr Staub ins Gesicht kam, spuckte sie ihn auf den Boden. Trotzdem, sie hatte pechschwarze Haare und war wunderschön. Männer verspürten bei ihrem Anblick noch immer Begierde in den Lenden. Sie saßen dem Haus gegenüber auf Veranden, warteten darauf, daß sie sich von ihrer Arbeit erhob und man sah, wie das Sonnenlicht durch ihr dünnes Kleid schien, die Rundung einer Brust zeigte, eines langen Beines, eines gebogenen Rückens, wie sie sich die Hände aufs Gesäß legte, um sich zu lockern und zu strecken. Irgendwer fing an, ihr spätnachts Schokolade auf die Türschwelle zu legen, zwischen große Eiswürfel gewickelt, damit sie nicht schmolz. Teller mit *pollo en mole* und Blumen erschienen, daneben mehrdeutige Briefchen. Sie aß die Schokolade und das Huhn und steckte die Blumen in eine Vase, versuchte nicht, ihren Verehrer zu enttarnen, es war ihr egal, sie war glücklich. Insgeheim fragte sie sich, ob es mein Vater war, der die Geschenke vor der Tür hinterließ.

Daß sie nicht mehr zu haben war, offenbarte sich den einheimischen Männern auch, als sie die Hühner anschaffte. Sie trafen eines Tages in Holzkisten ein, acht Hennen und ein Hahn. Aus Abfallholz wurde ein Hühnerstall zusammengebastelt. Sie benannte die Hühner nach Leuten in der Stadt. Der Bürgermeister war das dickste, mit einem riesigen fleischigen Kehllappen. Es legte sehr wenige Eier. Viele der Vögel wurden nach Männern benannt, die über die Grenze gingen, um auf riesigen Ölbohrtürmen und Ranches in Texas zu arbeiten, und mit Fäusten voll Geld zurückkamen. Der Frisör war ein seltsames Huhn ohne Kamm, völlig kahl. Und die Frau des Frisörs war ein ganz wildes, das beim geringsten Geräusch hochflatterte.

Es gab auch einen seltsamen Hahn, der morgens nie krähte. Sie nannte ihn José, nach einem lokalen Unikum, dessen Lippen zusammengenäht worden waren, nachdem er in einer Bar eine Wette verloren hatte. Selbst nachdem die Fäden gezogen worden waren, sagte José kein einziges Wort mehr. Er lungerte stumm herum, sein ebenholzschwarzes Haar mit Kochfett zurückgeglättet, hämisch grinsend, die Unterlippe mit Narbenlöchern gepfeffert. Wenn er am Haus meiner Eltern vorbeikam, starrte José seinen gefiederten Namensvetter mit einer großen braunen Bitterkeit an. Eines Morgens fanden sie den Vogel erdrosselt auf der Türschwelle, mit einem Zettel, auf dem auf spanisch stand: «Jetzt reden wir.»

Nach einer Weile liebte meine Mutter ihre Hühner ebenso wie meine Großmutter ihre Kaninchen. Sie waren in zwei Gruppen eingeteilt – die einen zum Eierlegen, die anderen zum Verkaufen –, und hin und wieder wurde eins geschlachtet und gekocht. Meine Großmutter übernahm das Schlachten, drückte ihre Finger geschickt auf einen Punkt am Hals und brach dem Tier das Genick. Mam beobachtete das Wetter und leitete aus seinen Launen die besten Zeiten fürs Eierlegen ab. Die Farben des Windes waren dabei entscheidend. Ihr träger schwarzer Wind war eine unruhige Zeit. Der braune, der vom Fluß kam, brachte nichts als Probleme, denn der Fluß kam von einem fremden, unergründlichen Ort.

Meine Großmutter lachte über den seltsamen Aberglauben ihrer Tochter, fragte sich, warum sie den braunen Wind nicht Benito und seinen Bohnen zuordnete. «Bist du überhaupt meine Tochter?» Sie saßen draußen auf der Veranda und redeten mit den Hühnern, während sie auf dem Boden herumhackten, wobei sich eine seltsame Art von Seifenoper zwischen ihnen entspann, vor allem in der Brutzeit. Der neue Hahn wurde ‹*Obispo* Michael› genannt, nach meinem Vater, der manchmal aus seiner Dunkelkammer kam, um sich das Brutspektakel anzusehen, wobei er die Hände in sein Unterhemd steckte und sich vergnügt hin- und herwiegte. «Schöne Methode, muß ich schon sagen», sagte er. Meine Großmutter beäugte ihn mißtrauisch und sagte etwas über Riley und die trockenen Salven junger Revolutionäre – sie rechnete täglich mit einem Enkelkind, aber das einzige Enkelkind würde noch Jahre auf sich warten lassen, in einem anderen Land, fast einem anderen Universum.

Während meine Mutter sich um die Tiere kümmerte, arbeitete mein Alter an seinen Photographien. Er lieh sich einen kleinen Laster, verbrauchte den größten Teil seines restlichen Geldes für eine weitere einwöchige Reise, um in San Antonio Zubehör zu kaufen. Er richtete sich im hinteren Teil des Hauses eine Dunkelkammer ein – er behauptete immer, es sei die beste in der nördlichen Hemisphäre. An diesem Ort starken Lichts – Licht, das in einem harten Gelb über das Land strömte – drang nicht der kleinste Strahl durch eine Ritze. Er baute Doppeltüren ein. Die zweite Tür ließ sich von innen verriegeln, so daß die Photos nicht ruiniert werden konnten, wenn er gerade beim Entwickeln war. Er tränkte sich mit rotem Licht. Nur meine Mutter durfte hinein. Als Witz hängte er über die Tür einen Keuschheitsgürtel, den er auf einem Müllplatz gefunden hatte. Auf einem Schild stand auf spanisch: «Eintritt verboten.»

Manchmal hämmerten Säufer an seine Tür. Es machte ihnen Spaß, ihre leeren Flaschen in den Keuschheitsgürtel zu stecken. Die Flaschen klirrten wie eine sonderbare Klingel, aber er machte selten auf. Die Säufer lungerten draußen herum, Münder flappten unter dichten schwarzen Schnurrbärten. Sie hatten es auf Geld abgesehen – ein Mann, der es sich leisten konnte, Photos zu machen, mußte reich sein. Er hatte nicht viel zu geben, aber er befestigte eine Reihe Hängematten vor der Tür der Dunkelkammer. Die Männer flätzten sich hinein, ließen kostbare Zigaretten rumgehen und spekulierten darüber, was er wohl für Photos machte. Sie lauschten den schwebenden Stimmen meiner Mutter und Großmutter, während im Hof die Hühneroper ertönte, *Obispo* Michael, der bei jeder Gelegenheit losschmetterte, was das Zeug hielt, ein paar begeisterte Kreischer erhoben sich, wenn er hinter der Frau des Frisörs her war, die im wirklichen Leben eine Gaumenspalte hatte und zu Körpergeruch neigte.

Einer der Säufer, Rolando, stand in seinen Huarache-Sandalen immer am vorderen Zaun, feuerte sie brüllend an, wobei er sich heimlich vorbeugte, um auf das Huhn zu spucken, das nach dem Bürgermeister benannt war. Aber wenn mein Vater herauskam, um dem Theater zuzusehen, verzog sich Rolando, schlich sich heran und schnippte meinem Vater ans Ohr oder kniff ihm in die Nase, vor allem wenn *Obispo* Michael einen hektischen Tag hatte. Nach dem ersten Schnipsen starrte Rolando meinem Vater ins Gesicht, griff hoch und schnipste oder kniff ein weiteres Mal. Aber eines Nachmittags hörte das Kneifen auf, als Rolando, betrunkener denn je, eine brennende Zigarette an ein Muttermal auf dem Unterarm meines Vaters hielt. Mein Vater fuhr zurück und traf Rolando – er sagte, es sei aus Versehen geschehen – am Mund. Der Schlag war im Grunde harmlos gewesen, aber Rolando hatte ein verfaultes Gebiß. Zähne wurden auf den Boden gespuckt. Schuldbewußt hob mein Vater Rolando vom Boden auf, während meine Großmutter auf der Veranda zeterte: «Du Tier! Du Schwein! Laß Rolando in Ruhe!» Rolando setzte sich in den Staub und befingerte seinen Mund. Mein Vater scheuchte meine Großmutter davon, machte einen Spaziergang, um einen klaren Kopf zu bekommen, und kaufte Rolando eine Flasche Tequila. Sie suchten den Boden gemeinsam nach den Zähnen ab, fanden aber keinen einzigen. Während sie suchten, verbrannte Rolando das Muttermal meines Vaters mit drei weiteren Zigaretten und gluckste in den Hals der Flasche hinein.

Trotzdem, langsame Zeiten lagen für meinen Alten in diesem trockenen Boden – Staub wölkte sich auf, wenn seltene Autos oder Pickups auf der schlaglöchrigen Straße vorbeikamen, unterwegs zur Tankstelle, wo das Benzin per Hand aus einer uralten amerikanischen Pumpe gepumpt wurde. Wenn er mit der Arbeit fertig war, saß er manchmal mit Mam auf den Stufen ihres Hauses, sie tranken mit den Männern, schlugen nach Moskitos und starrten die Fahrzeuge an, sich fragend, wohin sie unterwegs waren, während sich der Staub um sie herum wieder setzte. Sie legten die Arme umeinander, und er erzählte ihr von anderen Orten. Sie sahen zu, wie die Sonne am Horizont nach Süden sank, Monat folgte auf Monat, Jahreszeit auf Jahreszeit. Es war ungewöhnlich für meinen Vater, so lange an einem Ort zu bleiben, und er fragte sich, wo sie beide als nächstes hingehen sollten. Hin und wieder wurden im Himmel über der Chihuahua-Wüste Flugzeuge gesichtet, und die ganze Stadt stand dann wie gebannt da. Aber trotzdem setzte sich der Staub auf das Gewöhnliche. Die Nacht legte sich über das Banale. Die Tage mündeten oft in Lethargie, während sie miteinander dasaßen, sich an den Händen haltend. Auch der Anblick eines Esels oder eines Karrens lösten in ihm das Verlangen nach Bewegung aus. Es wummerte in ihm, trieb ihn um, wie es ihn immer umtrieb – und es vielleicht immer noch tut.

Unten jenseits der Scheune landete ein gelangweilter Rabe auf dem Telegrafendraht, und mein Alter betrachtete ihn sehr lange, während er die Katze streichelte. Ich dachte an diesen Draht und wie eine Milliarde unbekannter Stimmen unter den Füßen des Raben hindurchströmen könnten, durch den langen schwarzen Körper, durch die struppigen Halsfedern, durch hohle Knochen und zähe Sehnen, bis hinunter zu dem keilförmigen, schwarz-violett glänzenden Schwanz, Stimmen, die bis ins Innerste drangen, bis ins Herz. Die Menschen aus diesem Städtchen in Mexiko könnten hier binnen Sekunden zu hören sein, wie sie sich über die neuen Cafés mit ihren riesigen Weinregalen unterhalten, über Miguels Kronleuchter, die asphaltierten Straßen, die kreischenden Stärlinge, die Losverkäufer, das stillgelegte Kino, die niedrigen Adobe-Bars, die heimtükkische Hitze. Ich kann sie noch immer spüren. Diese ganze Hitze. Während ich jene Straßen entlangging. In jenem Hotelzimmer mit dem tanzenden Ventilator redeten andere Stimmen zu mir. Als ich nach ihrem Haus suchte, war keine einzige Wetterfahne zu sehen. Und Mam war nicht da, weder sie noch ihr Geist, noch ihr Bild, kaum mehr ihre Erinnerung. Und der Name meines Vaters wurde nur noch von einigen wenigen Kehlen ins Gedächtnis zurückgeholt. Die Straßen hatten in der Morgendämmerung einen Nachschatten von Rot, wie ein Fleckfieber, das sich über den beginnenden Tag zog. Ich ging weiter, unter Bäumen, unter der Sonne, unter einem Universum von Neugier und Zweifel, in mir ein gurgelnder Telefondraht.

In der Stadt gab es einen Jungen, Miguel, Rolandos Sohn, der gern Landkarten zeichnete, und mein Alter kaufte sie ihm ab, hängte sie an die Wände des Hauses. Sie waren aus einem Schulatlas abgemalt, aber seine Versionen waren voller fabelhafter und ungewöhnlicher Farben. Miguel malte tiefrote Meere, weiße Berge, grüne Flüsse, violette

Straßen, eine rote Flußzunge, und manchmal rieb er etwas Erde auf die Karten, um die Landschaft braun einzufärben. Wenn man die Nase an die Karten hielt, konnte man die Erde riechen. Die Städte waren kleine Metallstücke, die einem die Fingerspitzen aufreißen konnten, wenn man mit den Händen darüberfuhr. Mein Vater hängte die Karten von einer Wand zur anderen um, erst in die Küche, dann ins Wohnzimmer und wieder zurück, um das Gefühl zu bekommen, sich fortzubewegen. Es war das Jahr 1949, und er war weit über Dreißig – wenn er in der Wirklichkeit nicht reisen konnte, würde er in seiner Phantasie reisen. Manchmal nahm er meine Mutter an die Hand und führte sie in diesem kleinen Haus durch die ganze Welt, brachte ihr unterwegs Englisch bei, so daß sie schnell einen irischen Akzent übernahm, dessen Klang sich mit der Melodie ihrer eigenen Sprache vermischte. Neue Wörter schrieb sie in ein Spiralheft und fragte sich dabei, wann sie Gelegenheit bekäme, sie zu benutzen. In Wahrheit machte ihr das alles ein bißchen angst, diese Möglichkeit wegzugehen. Sie war erst Ende Zwanzig – der Unterschied von neun Jahren war manchmal wie eine Schlucht zwischen ihnen –, und sie hatte noch kein einziges Mal den Fuß aus der Stadt gesetzt. Selbst wenn sie gewollt hätte, vorläufig kam Wegziehen nicht in Frage, nirgendwohin – dafür sorgte meine Großmutter.

«Du kannst fortgehen, wenn die Sonne im Westen aufgeht», sagte sie und seufzte tief. «Und vielleicht erst ein paar Tage danach.»

Miguels Landkarten waren ein Zeichen, daß es meinen Vater wieder in den Beinen juckte. Er lud das junge Genie sogar ein, ein paar Landkarten auf die Wände seiner Dunkelkammer zu malen, aber Rolando verbot seinem Sohn, dort hinzugehen. Ein Huhn war nach Rolando benannt worden – zuerst war er begeistert gewesen, kam jeden Tag zum Haus hinüber, lehnte sich über den Zaun, zog eine graue Augenbraue schief, redete davon, wieviel häßlicher der Bürgermeister sei. Aber dann war der Hahn scheinbar wie besessen davon, Rolandos Namensvetter zu besteigen und zu begatten, und Rolando wurde Zielscheibe derber Witze, vor allem unter den anderen Säufern. «Du hast heute aber einen komischen Gang, Rolando.» – «Sieh nur, wie aufgeplustert mein Gefieder heute wieder ist!» – «Was machen denn die Eier?» Er kam nie mehr zum Haus hinüber, auch nicht, als das Huhn umbenannt wurde. Der junge Miguel schlich sich nach der Schule zur Dunkelkammer hinüber, saß dort und redete mit meinem Vater, aber er schaffte es nie, die Landkarten fertigzustellen. Er versuchte einen bestimmten Erdhügel so hinzubekommen, daß er hochstand – aber sein kleiner Berg fiel ständig bei den Bottichen von Chemikalien herunter, selbst nachdem er für die Erde aus winzigen Holzstückchen eine Stütze gemacht hatte. Eines Tages fand er im Keuschheitsgürtel über der Tür einen Zettel. «Tut mir leid, Miguel, vorübergehend geschlossen.»

Mein Alter nahm in einer kleinen Kupfermine weit südlich der Stadt einen Job an. Er wollte dort Photos machen, und jeden Sonntagmorgen fuhr er zusammen mit einer Lkw-Ladung voller Männer los, im schmutzigen Unterhemd, seinen Hut auf dem Kopf. Ein paar der Männer halfen ihm, seine Kamera in die Schächte zu schmuggeln. Wenn er am Wochenende nach Hause kam, hustete er roten Speichel, und sein Unterhemd war völlig verdreckt. Kupfer färbte seine Haut. Er und Mam schlossen sich in der Dunkelkammer ein, arbeiteten zusammen, und manchmal schliefen sie ein, wachten am nächsten Tag auf, und draußen vor der Tür stand ein kalt gewordener Teller mit Eintopf von meiner Großmutter. Die Arbeit verzehrte sie beide. In den chemischen Bädern wurden gequälte Gesichter lebendig, die Kiefer schmutzbeschmiert, die Augen leuchteten wie Heiligenscheine. Die von der Arbeit gekrümmten Rücken in ihre Zukunft gerichtet, standen die Männer auf ihre Spitzhacken gestützt, während sie sich die Lungen mit Kupfer vollsaugten. Sie starrten mit der Wut der Besitzlosen in die Kamera, eingefallene Wangen, der Zorn der Armut in ihren verfärbten Lippen. Aber er fing sie auch in den Bars und Bordellen ein, manchmal sogar zu Hause mit ihren Kindern, fröhlich vor einer Hütte Fußball spielend. Die Minenarbeiter mochten ihn, grüßten ihn, wenn er die Stollen herunterkam, und alle halfen ihm, die Ausrüstung zu verstecken. Aber eines Nachmittags kam er blutend nach Hause. Er hatte einen Kampf mit einem Vorarbeiter verloren, nachdem er ein Photo von einem toten Jungen gemacht hatte, der aus dem Bergwerk getragen wurde. Der Junge war höchstens zehn, genauso alt wie Miguel. Meinem Vater war mit dem langen Lauf eines Gewehrs ein Schlag versetzt worden, der eine kleine gondelförmige Narbe an seiner rechten Schläfe hinterließ. Er versuchte noch ein paarmal zurückzukehren, aber jedesmal blieb der Abzug desselben Gewehres gespannt.

Er kam zum Haus und zu den Hühnern zurück, streifte murmelnd durch den Hof, verstreute seine Spucke wie Körner. «Scheißspiel.» Mam kam heraus und fuhr mit den Fingern über die Narbe, küßte sie vielleicht. Sie zogen sich in die Dunkelkammer zurück, um an seinen Photos zu arbeiten. Mehr Teller mit Eintopf stapelten sich vor der Tür.

Nach einiger Zeit verkauften sie zwei Kameras und drei Dutzend Hühner und schafften sich ein klappriges Auto an, um Eier in die benachbarten Ortschaften bringen zu können. Mein Alter trommelte mit den Fäusten auf das Lenkrad, während der Motor ratterte, die Armaturen mit Draht zusammengehalten, das Dach von Vogelscheiße bedeckt. Das Auto – ein 1928er Model A – würde ihn wieder nach draußen schleudern. Sie fingen an, Geld zu sparen, und der Radius ihrer Fahrten wurde allmählich größer. Zuerst waren es nur ein paar Meilen, dann öffnete sich der Kreis immer weiter, bis Jimenez, Delicias, Chihuahua und schließlich Torreón im Süden. Ein paarmal fuhren sie sogar bis nach Mexiko City, drei Tage lang, wo sie Vorräte kauften, Filme, Papier, Schalen, Fixiermittel. Ich kann mir die Verkäufer vorstellen, mit ihren dünnen Oberlippenbärtchen, kurzgeschnittenen Haaren, in sorgfältigst gebügelten Hemden und Ärmelschonern, wie sie meinen Vater von Kopf bis Fuß taxierten, während er sich über die Theke beugte, in Kleidern, die manchmal noch leicht nach Hühnerscheiße rochen.

An diesen Abenden in der Stadt gingen sie zusammen feiern – meine Mutter erzählte mir von verrückten und herrlichen Abenden in den Cafés und Bars, mit Akkordeons und Gitarren und Wein und weißen Tischtüchern und Kellnern und allem, was man für eine Faustvoll Geld bekommen konnte. Diese paar Abende in Mexico City waren in ihrer Erinnerung reine Farbe – wie die Stadt sich aus ihrem Krater erhob, der dichte Verkehr, die Reihen von Blumentöpfen aus rotem Ton, die endlose graue Stadtlandschaft, die gestreifte Dunkelheit der Armut, die Männer in Blau, die aus den Fabriken kamen, die braunen nackten Kinder vor ihren Hütten, Soldaten und Polizisten, die mit ausholenden Schritten, ihre Mützen auf dem Kopf, die Straßen entlangstolzierten, die leichtbekleideten Huren, aufgereiht in engen Gassen, den Blick ins

Dämmerlicht gerichtet, die pubertierenden Freier, die doppelreihigen Anzüge, der Geruch verfaulenden Obstes, das Rülpsen von Stahl – der Schwung, der in allem pulsierte –, die lebendig-bedrückende Röte des südlichen Himmels, die Häuser der Reichen mit ihren blaßblauen Swimmingpools, die Heuschrecken, die von einer alten Frau auf einem Markt gebraten wurden. Mein Vater machte Aufnahmen von Mam unter hellen Straßenlaternen und vorüberflitzenden Wolken, ihre Augen selbstbewußt in die Linse gerichtet, die Haare zurückgeworfen wie der Schweif eines Pferdes. Auf einer der Aufnahmen, unten beim Palast der Schönen Künste, entdeckte ich, daß sie Blumen in der Hand hält, weiße Wildrosen. Auf der langen Heimfahrt blieb sie auf dem Beifahrersitz wach, reichte meinem Alten Colaflaschen, während ein Mesquitewind durch die geöffneten Fenster blies.

Meine Großmutter hatte Kaninchen gegen ein paar Flaschen Wein getauscht, und sie schenkte sie meinen Eltern in der Hoffnung, daß vielleicht der Alkohol die Geburt eines Enkelkindes beschleunigen könnte. Meine Großmutter, uralt wie die Vorstellung von Liebe, ging früh zu Bett, Fruchtbarkeitsgebete flüsternd. Meine Eltern tranken. Mam hatte ihren eigenen Becher – einen aus Ton, den sie Jahre zuvor selbst gemacht hatte, aber mein Alter zerbrach ihn eines Nachts bei einem Streit, schmetterte ihn gegen die Badezimmerwand, als sie sagte, er hätte zuviel getrunken. Eine Weile schlief er draußen im Freien, und sein Verschwinden versetzte meine Großmutter in Hysterie. Nachts war es eisig kalt, keine Wolken am Himmel, die die Wärme hätten halten können, und manchmal mag mein Vater sich überlegt haben, auf eine ewige Wanderschaft zu gehen, durch die Trockentäler und die Kakteen und die Blumen zu gleiten, die mit erstaunlichem

Geiz das Wasser hielten. Es gab Pflanzen, die nur alle hundert Jahre blühten. Er suchte, fand aber niemals eine, die in Blüte stand. Eines Abends wanderte er zu weit und verirrte sich, fand eine kleine Höhle und machte dort ein Feuer. Die Hitze dehnte den Stein aus, löste ein Stück aus der Höhlendecke, das herunterfiel und ihn an der Schulter traf. Er machte aus seinem Hemd eine provisorische Schlinge, wanderte verloren umher. Ein Polizist fand ihn schließlich – ein Suchtrupp war ausgeschickt worden, ihn zu suchen, weil es eine schlechte Nachricht gab.

Meine Großmutter war gestorben. Sie hatte, darauf wartend, daß er wiederkäme, auf der Veranda gesessen, als ihr eine starke Böe den Hut vom Kopf geweht hatte. Bei dem Versuch, ihn zu fangen, war sie gestürzt. Sie war mit ihrem Stock in einem Spalt in einer Verandastufe steckengeblieben und kopfüber gegen einen spitzen Stein gestolpert, der ihr die Stirn weit aufgeschnitten hatte, eine Wunde, die über beide Augen reichte. Es hieß, ein seltsamer Wind habe über ihrer Leiche geweht, eine kreiselnde Böe, die den Kaninchenpfotenhut um sie herumwirbelte, wie ein Gebet, ein Rosenkranz aufgewirbelten Staubs.

Mein Vater fand Mam am Stadtrand, außer sich, die Fäuste gen Himmel schlagend – sie dachte, sie hätte auch ihn verloren. Zu Hause versorgte sie seinen Arm und versank dann in eine tiefe langröckige Trauer um ihre Mutter. Sie schmiegte sich in die Glieder des Hauses, lauschte auf Kirchenglocken, sah zu, wie sich auf grünen Holzstühlen die Farbe schälte, erinnerte sich an Dinge. Kaninchen und wie sie gehäutet wurden. Seltsame Umschläge für aufgerissene Knie, als sie ein Kind war. Wie man Pudding umrühren mußte. Blaue Azaleen, auf einen Kissenrand gestickt. In ihrer Familie war es Tradition, nach einem Todesfall ein Jahr lang zu trauern, und Mam beendete diese Zeit keinen Tag früher. Meinem Vater ging es anders – er hatte die exzentrische alte Frau geliebt, aber sie war der Anker gewesen, der ihn und Mam an das Land fesselte, an Stillstand, an die unbeweglichen Momente. Sie waren jetzt allein, es gab keine Verpflichtung mehr gegenüber der Familie meiner Mutter, und so schlug er ihr Reisen in der ganzen Welt vor, zu fremdartigen exotischen Orten, deren Namen sie nur im Lichtspieltheater geflüstert gehört hatte. Meine Mutter wollte nichts davon wissen, sie zog sich ihre Trauerkleider höher um die Schultern, weigerte sich, vor Miguels Landkarten herumzuwandern, bis die Trauer vorbei war.

Erst achtzehn Monate später legte sie sie zugunsten einiger dezenter Röcke ab, die ein weiteres Mal zu Farbe führten, und dann begann sie, auf die Einflüsterungen zu hören.

Anfang 1956 kam ein besonderer Brief an – die halbe Stadt war unten beim Postamt versammelt, um zuzusehen, wie mein Vater ihn öffnete. Seine Schulter war immer noch nicht ganz verheilt, und er öffnete den Umschlag mit einer Hand, wobei er mit dem Fingernagel des kleinen Fingers unter die Klappe fuhr. Der Brief war von einer Zeitschrift in San Francisco, die ihn mit einer Riesensumme Geldes hofierte, zumindest nach damaligen Maßstäben. Ein wöchentliches Gehalt. Er sollte namentlich erwähnt werden. Eine Explosion seines eigenen Namens. Es war die Folge der Photos aus der Kupfermine, die er eingeschickt hatte – er versicherte den Einheimischen, daß auch sie berühmt werden würden, ihre Gesichter und dicken Arme würden in Zeitschriftenkiosken in Kalifornien erscheinen. An diesem Abend wurde ihm zu Ehren ein Fest veranstaltet. Es wurde sich gegenseitig auf die Schulter geklopft. Krüge wurden herumgereicht. Musik hustete überall in der Stadt, und mein Vater klapperte dazu mit Löffeln – in seinen großen braunen Hut wurden Münzen für die Reise geworfen. Rolando erhob sich und sang *Las Golondrinas*, ein Abschiedslied, in dem einer verirrten Schwalbe Unterschlupf angeboten wird. Meine Mutter stand mit anderen Frauen am Rand dieser Menge, sah zu, lauschte dem Lied. Sie mag sich über das geringe Ausmaß der Trauer gewundert haben, die mein Vater, wie er da herumwirbelte und sang, angesichts des Fortganges zeigte. Ein Wind ohne irgendeine bestimmbare Farbe muß sie umfangen haben, als sie ihre Hände tief in die Taschen ihres Kleides stopfte.

Rolando strahlte mit einem zahnlosen Grinsen – er empfand die Lücken jetzt als eine Art Autogramm und trottete neben meinem Vater her. Ein Photo wurde von Rolando gemacht, sein Finger zeigt stolz auf seinen Mund, die andere Hand ist zur Faust geballt, ein Hut schief auf dem Kopf, sein Gesicht ein Stoppelfeld.

Aber die großartigsten Bilder waren weder die aus der Kupfermine noch die von den Leuten in der Stadt. Es waren die von Mams Körper. Mein Vater hatte sie in ihrem Schlafzimmer aufgenommen, sie war nackt, nicht ganz, aber ihr Bauch war glatt und dunkel, er hatte keine Falten, ihre Beine hatten einen weichen Schwung, zwischen weißen Laken waren kleine Haarbüschel sichtbar. Einige der Aufnahmen waren dank Moskitonetzen verschwommen, so daß sie eine viktorianische Stimmung von träger Lust ausstrahlten, als würde man durch eine Gardine spähen, Schwarzweißbilder, die einen nicht im entferntesten an Farbe denken ließen, eine Wange auf eine Hand gestützt, der Körper ein Strombett, das von dort herunterlief, sich durch Bettlaken schlängelte, ein Canyon des Verlangens, hier und da eine Andeutung stiller Lüsternheit, eine an die Lippe gelegte Zunge, Finger, V-förmig um eine dunkle Brustwarze gelegt, eine Seitenaufnahme von ihr am Waschbecken, ihre Hand auf der Bräune, die Finger gespreizt; ein verschwommenes Bild von ihr im Unterhöschen, wie sie gerade in ein langes weißes Kleid steigt, die Brust hineinschiebt, die Augenbrauen schelmisch hochgezogen. Als ich sie zum erstenmal sah – das ist jetzt Jahre her –, wurde mir übel. Ich erkannte zuerst kaum, daß sie es war, und anders als bei den Bildern von den Frauen in Spanien sah ich sie mir nie wieder auf dem Dachboden an, ich empfand mich nie als ein Teil von ihnen. Ich wußte, was sie in ihr angerichtet hatten, und ich konnte nicht verstehen, warum sie sich so hatte aufnehmen lassen.

Sie schien sich geradezu ins Objektiv hineinzuschmiegen, mit einem brütenden Schweigen ihres Körpers, einer Billigung von Gefahr, einer Bereitschaft, alles zu werden, was er von ihr verlangte – ohne auch nur ein einziges Mal das Gefühl zu vermitteln, es nicht tun zu wollen. Die Photos zeigten eine seltsame Faszination für einen Leberfleck unterhalb ihrer rechten Hüfte. Noch heute schaudert mich bei der Vorstellung, wie sie lachend ihren Kopf zurückwirft, in irgendeinem dunklen Raum, der vor Moskitos und Spannern verschlossen ist, ein billiger Schirm reflektiert das Licht, sie leckt sich die Lippen und blickt in die Kamera, ihr Kleid in einer formlosen Pfütze zu ihren Füßen, während draußen unter einem wurmstichigen Fenster eine Reihe weißer Hortensien ihre Blüten schließt.

Kurz bevor sie die Stadt verließen, brach José mit den zusammengenähten Lippen in die Dunkelkammer meines Vaters ein und fand einige von den Abzügen, die etwas unterbelichtet waren. Er rannte brüllend herum – er hatte endlich seine Stimme wiedergefunden, sagten die Leute –

und warf die Photos von meiner Mutter auf dem Marktplatz wie Konfetti in die Luft. Ein Bild von ihr wurde unten bei den Stufen des Gerichts gefunden – auf einem Pfahl aufgespießt – und es kursierte der Witz, daß es eine neue Kandidatin für das Bürgermeisteramt gebe. Aber der Priester mit dem Mohnbrötchengesicht war nicht glücklich, und die Frauen in der Stadt waren nicht glücklich, und obwohl die Säufer und die Männer im Billardsalon begeistert waren, taten sie alle so, als seien sie auch nicht glücklich, und so reisten meine Eltern am nächsten Morgen ab, sehr früh, bevor das Café aufmachte, bevor vernichtende Gerüchte aus Fenstern mit weißen Läden und dicken Mauern heraussprangen. Sie mußten nicht viel zurücklassen – ein paar Holzstühle, einige Haarklammern, die roten Geranien, Fässer mit Entwicklerflüssigkeit, ein paar Hühner, die auf dem Boden herumpickten, während sie das Auto ankurbelten. Vom Rücksitz flogen Federn auf, als sie losfuhren, Schmutz rieselte von dem mit Draht festgebundenen Trittbrett herunter, Vogelscheiße musterte immer noch das Dach.

Er kleckerte sich heute abend beim Essen Ei übers Kinn. Ich briet sie auf beiden Seiten, nicht ‹sunnyside up›, damit er sie auch aß. Das Eigelb war innen noch weich, und es floß ihm zwischen den Stoppeln hinab. Wischte es sich mit dem Ärmel weg. Er sagt, seine Fingerspitzen seien ein bißchen taub. Hin und wieder kniff er Daumen und Zeigefinger zusammen, um sie wieder zu beleben. Trotzdem rutschte ihm die Gabel aus der Hand, und er brauchte eine Ewigkeit, um seinen Stuhl zurückzuschieben und sie vom Boden aufzuheben. Ein Klumpen Haare und Staub klebte daran. «Keinen großen Hunger», sagte er und legte die Gabel zurück auf den Teller neben die

Eier. Er sah auf die gelbe Schliere, die auf seinem Ärmel trocknete. «Ich saug's später raus.» Dann spannte er seine Lippen zu einem Lächeln. Wenigstens ist sein Geist noch da, wirbelt in einem Haus aus Haut vor sich hin. Er lehnte sich im Stuhl zurück und zündete sich eine Zigarette an, blies den Rauch zur Decke. Aber seine Finger waren zittrig an seinem Mund, Leberflekken waren in verschwommener Bewegung. Er saß schweigend da und zwinkerte mir zu, wie früher. Ließ seine Zigarette wieder bis zum Filter im Aschenbecher herunterbrennen.

Die Küche wirkte wie in Formaldehyd versunken, eingelegt in irgendeinem riesigen Faß voller Jahre. Das schwarzweiße Linoleum war so kalt wie eh und je, die Kupfertöpfe hingen an denselben Nägeln, und an der Wand über dem Herd waren sogar noch die Streifen von damals, als Mam die Pfanne hatte anbrennen lassen. Ein Marmeladenglas stand auf dem Regal über der Spüle – eins aus den Sechzigern mit einer Negerpuppe vorne drauf, im Innern blühte der Schimmel. «Wie wär's, wenn wir ein Museum eröffnen?» Er nickte und lächelte, wobei ich mir nicht sicher war, ob er mich überhaupt gehört hatte. Ich ging in der Küche herum. Die schwarze Bratpfanne war schmierig vor Fett. Das Mehlglas. Mamas wollener Teewärmer mit daraufgestickten Bäumen, die völlig unproportioniert waren, die oberen Äste dicker als der Stamm, ein genähtes Bild, das vielleicht an ihre Welt erinnerte, immer kurz davor umzukippen. Die Teetassen mit allen möglichen Flecken an den Rändern. Ein paar Dosen Katzenfutter. In der Speisekammer ein Rest Brot und eine Schachtel Tee. Ein paar Scheiben Michelstown-Käse im Kühlschrank. Ich verteilte sie auf den Regalen, damit die Speisekammer voller aussah, aber es machte keinen

Unterschied. Kein Wunder, daß er so dünn ist. Wahrscheinlich ißt er nur hier und da mal einen Happen, obwohl er mir gesagt hat, daß Mrs. McCarthy ihm an manchen Tagen Essen bringt.

Ich machte mich daran zu putzen, als er hinunterging, um seinen Riesenlachs zu jagen. «Heut abend erwisch ich den Dreckskerl», sagte er. Und dann ging er fort, die Angelruten über der Schulter, nachdem er in einem aus dem Kessel schießenden Dampfstrom die Haare und Federn an seinen Fliegen entzerrt und aufgelockert hatte.

In dem Mop, den ich aus dem Schrank holte, hausten Spinnen. Nahm ihn mit nach draußen und hielt ihn unter den Wasserhahn. Sie rannten davon. Seltsames Gefühl, wie sich der Nieselregen auf meinem Haar niederließ. Der Wind blies ihn vom Sumpf her, während ich den Eimer ausspülte. Das ist ein Geruch, der immer in mir gelebt hat – die scharfe schwarze Erde, von den Torfstechern zerfurcht, obwohl ich auch die Rülpser der Fleischfabrik riechen konnte. Sie spuckte einen Geruch von Innereien in die Luft, der sich über dem Land ausfächerte.

Als die Fabrik kam, hörten mein Alter und ich auf mit dem Schwimmen, unserem frühmorgendlichen Wettrennen gegen die Strömung. Eines Morgens waren wir da draußen und bibberten am Ufer – ich war elf Jahre alt –, als Innereien von den geschlachteten Kühen an uns vorbeischwammen, Blutschlieren im Wasser, zähe Sehnen und Gedärme wirbelten auf der Oberfläche. Sie kamen stoßweise, eine durchstochene Vene auf dem Fluß. Mein Alter starrte darauf, fuhr sich mit den Händen über den Körper, entfernte sich angewidert vom Fluß. Mam sammelte ein paar Stücke, trug sie in einem Eimer zur Fabrik und leerte sie auf dem Fabrikboden aus. Danach gingen wir nie wieder schwimmen. Mam stand früh am Morgen auf, ging allein hinunter zum Ufer und sah zu, wie die Stücke vorbeischwammen. Sie hatte damals schon silbriges Haar, und ich nehme an, viel von der Bitterkeit hatte sich schon in ihr festgesetzt.

Aber sie haben inzwischen ihren Betrieb umgestellt, ich sehe keinen Schaum mehr auf dem Fluß, aber die Schleusen haben das Wasser zu einem erbärmlichen Getröpfel eingedämmt.

Ich sah ein paar Männer in blauer Arbeitskluft auf ihren Fahrrädern am Ende der Auffahrt vorbeifahren, auf dem Heimweg von der Fleischfabrik. Ich holte mir eine der Kameras von meinem Alten, eine mit Teleobjektiv, um besser zu sehen, konnte aber keines der Gesichter erkennen. Sie radelten träge dahin. Es waren auch ein paar spielende Kinder unterwegs. Hin und wieder erschienen ihre Köpfe hinter der Hecke. Vier Jungs kamen unsere Auffahrt hoch und fingen an, Kastanien zu sammeln. Sie balgten unter dem Baum, alberten herum, kräftige Boxhiebe, die danebengingen. Von weitem sah einer aus wie Miguels Sohn – mit einem wilden schwarzen Haarschopf. Ich ging vom Fenster weg in die Küche, tat Spülmittel in den Eimer, rührte mit dem Griff eines Holzlöffels um und begann den Boden zu wischen, während sich der Abend dahinzog. Sonst versinkt das hier alles in Dreck, und er wird für den Rest seiner Tage darin herumwaten. Den Mop kreiseln lassen, ganz locker zwischen den Händen.

Es war ein heißer Sommermorgen, vor vier Jahren, als ich mit Miguel durch die Stadt ging, auf der Suche nach ihrem alten Haus. Ich war neunzehn Jahre alt, frisch aus London angekommen, dumm vor Hoffnung.

Miguels Sohn – ein weiterer Rolando, nach seinem verstorbenen Großvater benannt – hielt Miguels Hand, als sei er daran festgeklebt. Der kleine Rolando trug einen Matrosenanzug und bohrte sich in der Nase. Er hatte Angst vor all den fremden Worten, die wir von uns gaben. Ich konnte nur ein paar Worte Spanisch, aus einem Sprachführer, den ich in London gekauft hatte, und Miguels Englisch war nicht zu gebrauchen. Wir gingen langsam die Straße entlang, in der zunehmenden Hitze; über den Markt, wo Schweinerippen an Haken in der Luft baumelten und Männer in blutbefleckten Overalls brüllten, als würden sie selbst geschlachtet; vorbei an Frauen mit sonnengegerbten Gesichtern, die Bananen und Äpfel verkauften und Gemüse, durch Kartons geschützt vor den herumbrummenden Fliegen; hinaus auf die Straße, wo ein Lastwagen Abgase aushustete, vorbei an einem riesigen weißen Adelshaus, in dessen Hof Rosen wuchsen und wo eine schwerhüftige Frau rote und weiße Geranien goß, vorbei an einem Café, das Tamale anbot; an einigen Wohnbaracken entlang, wo ein Hund zwischen Mülleimern herumschlich; die Sonne brannte herab, während wir an einem ausgedörrten Park vorbeigingen, wo zwei alte Männer Schach spielten. Kinder waren auf Fahrrädern unterwegs – sie waren zerlumpt, aber wenigstens gab es keine Abwassergräben mehr, die sie hätten überqueren müssen. Die Stadt war nicht mehr die, von der mir Mam und mein Vater erzählt hatten. Unter der mexikanischen Fahne auf dem Platz flatterte die amerikanische. Ein Boulevard in der Stadt war umbenannt worden, um amerikanische Unternehmen willkommen zu heißen.

Miguel hatte ein aufgedunsenes Gesicht, das sich in Schweigen packte. Er muß es von Anfang an gewußt haben – es war, als versuchte er, mich hinzuhalten –, jedenfalls war das Haus durch eine Klinik ersetzt worden, die ein junger Italiener leitete. Ein Regenbogen von Sommersprossen zog sich über seine Wangen, und die Haare lagen ihm schwarz und glänzend um die Ohren. Er hatte das Haus mitsamt der Dunkelkammer abreißen lassen und die Klinik erbaut, ein niedriges weißes Gebäude, wo er kostenlos seine Dienste anbot. Ich warf einen Blick durchs Tor, scharrte mit dem Fuß im Kies. Miguel fuhr sich mit der Hand über die von Schweißperlen bedeckte Stirn.

Eine Reihe magerer Kinder wartete mit ihren Müttern vor dem Haus, wo früher die Hühner gepickt hatten. Der Italiener wickelte gerade einem Mädchen einen weißen Verband ums Bein, wobei er vor sich hin summte, vielleicht irgendwas über die Berge in seiner fernen Heimat. Er sah mich, mit meinem riesigen Rucksack auf dem Rükken, und forderte mich mit einem Kopfnicken auf, zu ihm zu kommen. «Los», sagte Miguel und ergriff meinen Arm, «du mußt Antonio kennenlernen.» Aber ich wollte Antonio nicht kennenlernen, ich wollte niemanden kennenlernen. Der kleine Rolando schrie aus vollem Halse. Miguel haute ihm auf die nackten Beine, und er hörte auf. Wir gingen die Straße entlang zurück, ein großes Schweigen zwischen uns.

«Ist sie jemals wiedergekommen?» fragte ich später in seinem Haus.

«Sie nix wiedergekommen», sagte Miguel mit Nachdruck.

«Bist du sicher?»

«Du viele Fragen», sagte er.

«Tut mir leid.»

«Kein Problem. Nimmst du *una cabita*? Sie nix wiedergekommen.»

Seine Frau, Paloma, brachte uns Gläser mit Rum und Coca-Cola. An den Wänden hingen Landkarten. Sie hingen verstreut im Flur, beleuchtet von einem verschnörkelten Glaslüster. Miguel hatte sich entwickelt. Inzwischen schuf er Gesichter aus Profillandkarten – geologische und amtliche topographische Karten, aus denen die Augen der Geschichte herausstarrten. Alle möglichen mexikanischen Revolutionäre waren in die Täler und Senken hineingezeichnet, manche Städte dienten als Augen, Hügel als Haare, Flüsse als Arme. Er zeigte mir Riley, eine winzige Gestalt, aus den Konturen eines hängenden Tales gezeichnet. Sein Kopf lehnte gegen das Knie von General Santa Anna, der unter den Schultern von Emiliano Zapata kauerte. Erstaunlicherweise hatte Miguel die Grundformen nicht verändert – die Gesichter fügten sich fließend in die Begrenzungen ein. Er verdiente gut damit, verkaufte sie an Galerien im ganzen Land. Jemand hatte ein Porträt von Salinas in Auftrag gegeben. Miguel arbeitete gerade daran. Er sagte, seine Kunst habe nichts mit seiner politischen Anschauung zu tun, aber das Gesicht von Salinas wirkte fett und konturenlos, und es sah aus, als säße ein amerikanischer Adler auf seiner Schulter, mit Fernsehgeräten als Augen.

Das Getränk wurde in geschliffenen Gläsern mit Goldrand serviert. Ich setzte mich und nippte. Die Hitze des Tages drückte uns nieder. Paloma hielt ihr Glas mit geziert abgespreiztem kleinem Finger. Ein Smaragdring wippte darauf. Ihre Finger streichelten die Luft, während sie sprach. Sie gab Quietschlaute von sich, hörte sich an, als würde sie Helium einsaugen.

«Sie bleiben?»

Sie boten mir ein Bett auf ihrer Veranda an, rundherum ein Moskitogitter, so daß es wie eine Art Freilichtzimmer war, in der Ecke eine alte Armeepritsche mit einem blütenweißen Laken, eine Bibel auf einem Nachttisch, daneben Kerzen in silbernen Leuchtern.

Aber ich zog weiter – wollte allein sein – und nahm mir ein Zimmer in einem Hotel unten beim Gerichtsgebäude, in der Altstadt.

Das Mauerwerk des Hotels war arthritisch. Teile davon bröckelten in die Straße hinunter. Der Läufer in der Eingangshalle war voller Brandlöcher. Aus Nachbarzimmern ertönten Seifenopern. Hinter dem Hotel in einer blauen Plastikplane, die über dem Patio hing, war eine Wasserlache. Die Moskitos sammelten sich in der Plane wie zur Kommunion. In der Abenddämmerung drangen sie in mein Zimmer ein, selbst durch den Rauch einer Insektenspirale. Ich schlug sie mit einem Handtuch tot, hinterließ Flecken auf den Wänden, neben tausend anderen von früheren Zimmerbewohnern. Selbst die Decke war gesprenkelt, eine Collage roter Flecken. Eines frühen Morgens, als ich noch schlief, kam eine Putzfrau herein. Schwerhüftig in ihrem Arbeitskittel. Sie blickte zur Wand hoch und zählte die frischen Flecken. *«Te la pasaste matando moscas anoche, verdad?»* sagte sie zu mir. Du hast die ganze Nacht damit verbracht, Moskitos umzubringen, stimmt's? Ein dicker brauner Finger wackelte in der Luft, und sie lachte. Sie kam zu meinem Bett und zerstrubbelte mir das Haar, fuhr mir mit dem Finger die Wange entlang, und für einen Augenblick dachte ich, sie würde zu mir ins Bett steigen. Statt dessen tunkte sie ihren Lappen in einen Eimer und wischte ein paar von den Flecken an der Wand weg, sagte, sie käme später wieder, um das Bett zu machen. Ich ging über den Flur zu dem kaputten Pinkelbecken, wo ständig die Spülung lief, feuchtete im Waschbecken mein Bandana an und kehrte in mein Zimmer zurück, um die Flecken wegzuwischen, schlief aber statt dessen in der Hitze ein.

Graffiti rollten rot an den Mauern des Gerichtsgebäudes herunter. Polizisten, wie Chamäleons in den Schatten, flitzten zwischen dem Gekritzel hin und her. Alte Männer saßen gestikulierend vor den Cantinas. Ein Labyrinth von Wegen führte zu einem brandneuen Einkaufszentrum. Ich zog die Gardinen zurück und streckte den Kopf hinaus, spürte einen leichten Wind. Ein junger Mann saß auf den Hotelstufen, auf den Knien einen Ghettoblaster, der Heavy metal herauspumpte. Passend zur Musik stießen die Stärlinge in den Bäumen schrille Schreie aus, ließen ihre Exkremente auf die Straße fallen. Ich hatte ein großes Messer griffbereit in der Seitentasche meines Rucksacks, für alle Fälle. Ich hatte Dinge über Mexiko gehört – Ausländer, ausgeraubt und ins Gefängnis geworfen, mit Stahlklingen gestopfte Bäuche, Menschen, die im Straßengraben landeten, den Truthahngeiern überlassen, die diese riesigen hungrigen Spiralen über der Welt zogen. Ich befingerte die Stahlklinge, steckte sie in meinen Hosenbund, entschied mich dann dagegen, ging hinaus in die alte Stadt meiner Eltern.

Niemand störte mich. Vielleicht lag es an meiner dunklen Hautfarbe und meinen Haaren, die ich von Mam geerbt habe, aber ich glaube nicht. Die Stadt war friedlich zwischen Fremden, Sonnenuntergängen und sich setzendem Staub.

Auf einer Plaza voll roter Blumentöpfe und verstreutem Müll stand ein Junge und spielte Geige. Das Lied war heiser und kahl, Laute, die von einem Waldtier hätten stammen können. Eine ältere Frau und ihr Mann – er siechte in einem kragenlosen Hemd schick dahin – blieben neben mir am Bordstein stehen, während ich zuhörte.

Der Mann hakte seine Frau unter und tanzte mit ihr. Sie behielt ihre Hände zaghaft am Ärmel seines Hemdes, aber sie lachten, als sie vom Bordstein heruntertraten und zwischen zwei geparkten Pickups hindurchgingen. Seine Füße waren langsam, sein Körper knarrte. Löcher öffneten und schlossen sich in seinen Schuhspitzen, zwei braune Siebe, unter denen hornhäutige Zehen hervorguckten. Er legte den Kopf an die Schulter seiner Frau, lächelte, bewegte sein Gebiß im Mund auf und ab. Sie reckte sich und drückte die Lippen auf die Stoppeln seiner Wange, küßte sein Ohr, tanzte weiter. Ich versuchte mir vorzustellen, wie meine Eltern einst den gleichen Tanz tanzten, aber es gelang mir nicht.

Der Junge mit der Geige verlängerte das Lied für uns, spielte mit unbändiger Lust, nickte kurz, als ich ihm einen Schein in seinen Geigenkasten warf. Der ältere Mann grüßte mich mit einer Verbeugung, als ich wegging, wischte seinen Hut über die Beine, und seine Frau lächelte.

Die Stadt war größer, als ich sie mir vorgestellt hatte. Ich streifte tagelang herum, durch Bars und Cafés, zog knisternde Scheine aus der Tasche, bestellte kleine Gläschen Tequila, versuchte mir vorzustellen, wie ich hier vierzig Jahre früher gewesen war, mit Schlapphut und Stiefeln. Aber die schlichte Wahrheit war, daß ich angetrunken an einer Bartheke lehnte, einen goldenen Ring im Ohr, an den Füßen rote Doc Martens, auf dem Kopf eine umgedrehte Baseballmütze, in einer Stadt, wo ich kaum verstand, was die Leute sagten. Nur wenn ich reichlich Tequila intus hatte, ergaben die Geschichten, die meine Eltern mir erzählt hatten, gaben ihre endlos beschworenen Erinnerungen einen Sinn. Ich saß auf einem Barhocker, sah mir ein Photoalbum an, das ich mitgebracht hatte, ließ meine Gedanken schweifen. Irgendwo war *Los Golondrinas* gesungen worden. Draußen war der Pfosten, wo ihr Bild aufgespießt gewesen war – aber bei dem Gerichtsgebäude gab es gar keine Pfosten mehr. Vorher hatte ich Heuschrecken gesehen, die von Würgern auf einem Stück Stacheldraht aufgespießt worden waren. Die Vögel hatten saubere Arbeit geleistet, die Heuschrecken steckten in regelmäßigen Abständen auf den Stacheln, ein seltsamer Wind wehte über sie hinweg, eine von Mams farbigen Böen. Ich blieb stehen und grüßte die Wüste. Weiter draußen waren die Stellen, wo vielleicht die Kojoten gesungen hatten.

Ich schlenderte mit gesenktem Kopf, überall um mich herum wirbelte in Kalypsos eine fremde Sprache. Würde sie plötzlich erscheinen? Würde sie die Straße entlangkommen? Würde jemand sie in mir wiedererkennen? Essensgeruch hing in der Luft. Ich atmete ihn ein, saugte ihn in meine Lunge. Salsa. Ein dicker Salsageruch. Die hatte sie gemacht, wenn sie sich, über den Herd gebeugt, in unsere Küche in Mayo zurückzog.

Als ich in die Billardhalle hereinschneite, hörte ich, wie das Klicken von Elfenbeinkugeln verklang wie die letzten Töne eines schäbigen Kirchenliedes. In der Ecke stand ein uralter Mann mit sehr seltsamen Lippen und trank eine Coca-Cola. Ich fragte mich, ob es José mit den zusammengenähten Lippen war. Ich versuchte, etwas auf spanisch zu sagen, aber er brach bloß in schallendes Gelächter aus, legte den Arm auf sein Queue, als sei es eine Krücke, pfiff seinen Freunden zu und zeigte auf mich. Blauer Rauch bildete Spiralgalaxien über den Billardtischen. Jemand spuckte. Ich drehte mich um und ging hinaus, während ein Mann in einer roten Baseballmütze auf mich zukam und mir einen leeren Kugeluntersatz hinhielt, als sollte ich meine Augäpfel hineinlegen, damit sie damit herumballern konnten. Auf der Straße verkaufte ein Junge Kupferstücke und seltsam geformte Steine. Er wog sie auf einer Messingwaage. Ich kaufte etwas Obsidian, tat es in den Aschenbecher in meinem Hotelzimmer, zog die Gardinen zu, legte mich aufs Bett, verschränkte die Hände hinterm Kopf, beobachtete den Ventilator, schlief ein.

Ich wachte auf, verkatert, Moskitos schwirrten fröhlich um mich herum.

In meinen Schuhen, am Rand bei meinem kleinen Zeh, bildete sich ein winziger Riß. In meinem Hotelzimmer klebte ich ihn. Ich schnüffelte den Kleber aus der Tube tief ein, sog ihn tief in meine Brust, versuchte, high zu werden – kam mir blöd und unreif vor –, warf die Tube weg, duschte extrem kalt, hockte mich hin, ließ das Wasser auf meinen Rücken heulen, dachte an Feuerwehrautos in den Straßen einer anderen, sehr fernen Stadt.

In der Stadtbücherei waren Platten in Kästen gestapelt. Ich verstand sie nicht – die junge Frau hinter der Theke hatte keine Zeit, mir zu helfen. Sie sah auf akademische Weise gut aus, kurzgeschnittene Haare, eine zu große Bluse, eine kleine goldene Nickelbrille. Ich wollte sie einladen, aber die Worte blieben mir im Hals stecken. Ich sah sie ein paar Tage später in der Hotelhalle. Sie saß in einem Sessel und nippte an einem Drink, eine große Stange Sellerie drückte dabei gegen ihre Oberlippe. Sie winkte mir knapp zu und drehte sich dann weg. Ich ging durch die Halle, meine Tasche über die Schulter geworfen. Die Wärme draußen traf mich wie ein Schlag. Es war die ganz normale Frage eines anderen Mannes, die mich anfiel: Was mache ich hier?

Ich ging weiter, führte Selbstgespräche.

Die beiden Männer im Park spielten immer noch Schach. Sie erinnerten sich an meine Eltern. «Er war verrückt», sagten sie auf spanisch, «groß und verrückt, immer mit seinen Kameras. Sie war auch verrückt, nicht so verrückt wie er.» Sie sagten, das Haus habe jahrelang leergestanden, nachdem Mam und mein Vater fortgegangen waren. Bis der Italiener mit seiner Klinik eingezogen sei. Die Männer stopften die Schachfiguren in ihre Taschen und führten mich zu einem Friedhof. Sie deuteten auf ein hölzernes Kreuz am südlichen Ende des Friedhofs. Ich dankte ihnen, und einer der Männer kniff mich in die Wange und drehte, bis es fast weh tat. «Du bist jung», sagte er, «sehr jung.» Er zwinkerte mir zu und öffnete einen Beutel, der ihm um den Hals hing, nahm einen Zahn heraus. Er sagte etwas von wegen die Münder der Toten auf der Brust tragen. Ich bat ihn, es mir zu erklären, aber er schüttelte nur den Kopf. Ich sah zu, wie die Männer die Straße hoch entschwanden, in ihre Tage hineingekrümmt, in ihre Spiele, ihre Wiederholungen.

Das Kreuz meiner Großmutter war weiß und schlicht. Es stand zwischen tausend anderen. Die schwarzen Buchstaben ihres Namens waren verblaßt. Ich kniete mich nieder und stellte mich ihr vor.

«Hallo, ich bin Conor. Die Sonne ist im Westen aufgegangen.»

Im Hotel gab es Wanzen, und eine Kette von Bissen, wie rote Perlen, zog sich meine Beine hinunter. Tagelang stiefelte ich herum, der Kleber hielt gut. Ich trieb mich einen ganzen Nachmittag bei einem verlassenen Kino herum, saß gegen die Wand gelehnt unter einem verblaßten Kung-Fu-Plakat, unter einem schwarzen Bogen. Ich stellte mir vor, wie die Filme, in Blechdosen, von einem verschmutzten Transporter geliefert wurden, imponierende Jungs in Shorts, die unter einer heißen Sonne warteten und die Luft mit Tritten und seitlichen Armhieben durchschnitten. Eine Frau gab mir eine Flasche Wasser. Sie hatte lange knochige Hände: «*Has de tener sed; toma.*» Hier, du siehst durstig aus. Ihre Augen leuchteten – wußte sie etwas? Ich versuchte, mit ihr zu reden, aber sie zuckte bloß mit den Achseln, ein wenig verwirrt, ein wenig belustigt über mein Gestammel.

Eine Glocke läutete zur vollen Stunde. Ein Mann in einem Eiscremewagen sang. Es war Zeit zu gehen. Das sang er: Es ist Zeit zu gehen. Ich habe es deutlich gehört: Es ist Zeit für dich, zu gehen. Hier gibt es nichts.

Im Zimmer versuchte ich zu schlafen, nachdem ich eine Insektenspirale angezündet hatte. Der Rauch schwebte zum Ventilator hoch, auf dem Boden bildete sich eine spiralförmige Aschenspur. Von der Straße schallte Musik herauf. Es war wieder der Eisverkäufer, der sang: Es ist längst Zeit für dich, zu gehen.

Ich schaute noch ein letztes Mal, wartete darauf, daß ein Gesicht hinter einer Ecke erschien, graue Haare, geschwungene Augenbrauen, gefleckte Augen. Ich sah aber nur den Jungen mit der Geige, der an diesem Tag seltsam abgewürgt klang und kaum sang. Nur ein paar Pesos in seinem Geigenkasten. Er zuckte mit den Achseln, als ich mehr Geld hineinwarf, und eilte davon. An einem Freitag morgen, als die Thermometer in den Gärten gefährlich nach oben stiegen, begleitete mich Miguel zum Busbahnhof.

«Viel Glück», sagte er.

Er schüttelte mir locker die Hand. In den Achseln seines Hemdes hingen große feuchte Ovale. Als der Bus losfuhr, pfiff der Busfahrer eine Melodie, immer dieselbe Melodie, die ganze Strecke bis nach Monterrey, als wäre eine Grammophonnadel in seinem üppigen Adamsapfel hängengeblieben. Der Fahrer wechselte, und wir rasten nach Süden, Richtung Mexico City. Nach einer Weile setzte ich mich in die Mitte des Busses, wo die Stöße von den Furchen in der Straße sanfter waren. Die Fenster waren vollständig offen, ein Gähnen, durch das der Fahrtwind hereindrang. Wir ratterten durch die Finsternis, durch die Wüste, durch kleine Städte am Rand von spektakulären Canyons und in riesige Vororte. Ich erhaschte einen Blick auf einen Zirkus, der gerade seine Zelte aufschlug, ein Mädchen, das auf einem Einrad herumfuhr, Federn wippten auf ihrer Frisur, ihre Brüste wölbten sich unter einem engen Top. Ich wollte nach ihr greifen, sie berühren, sehen, ob sie wirklich war, aber der Bus hämmerte weiter.

Im Busbahnhof von Mexico City ging ich mit gesenktem Kopf herum – der Boden war ein Gewimmel von Sandalen. Ich hatte sie vorher schon bemerkt, junge Ausländer in Plastik-Teva-Sandalen, ihre Lonely-Planets-Reiseführer an die Brust gedrückt, neidisch die großen Rucksäcke der anderen beäugend. Ich ging hinaus in die Stadt, Buckelreihen von Wolkenkratzern, Smog, granitgrauer Himmel, weiße Tauben, die unter Bogen pickten. Ich streifte wie benommen umher, immer noch darauf wartend, daß Mam ihren Kopf um irgendeine Ecke streckte, mich herbeiwinkte. Mein Flug nach San Francisco ging erst am nächsten Tag, aber ich wußte, daß es eine völlig dämliche Idee war, diese Sucherei nach ihr. Auf einer belebten Straße sah ich, wie eine Zeitung zertrampelt wurde, und plötzlich fiel mir ein, daß es mein Geburtstag war, mein zwanzigster. Ich kaufte mir eine Flasche Tequila, setzte mich in eine Ecke des Flughafens und nippte verstohlen. Alle möglichen Geräusche waren zu hören. Summer, Lautsprecheransagen, Maschinen. Mir ging auf, daß ich den Klang von Flughafen-Metalldetektoren besser kannte als den schrillen Ruf der Kojoten, über den ich von meinen Eltern soviel gehört hatte.

Jahre später, in Amerika, erfuhr ich, daß die Navajo-Indianer glaubten, die Kojoten hätten mit ihrem Gesang den Beginn der Welt eingeleitet, sie hätten am Rande des Nichts gestanden, vor der Zeit, ihre spitzen Schnauzen hochgestreckt, und die Welt zu ihren Füßen ins Dasein geheult. Die Indianer nannten sie Singende Hunde. Ihr Heulen habe sich in das Universum eingeprägt, Klänge, die in andere Klänge übergingen, der Anbeginn aller Lieder. Vor langer Zeit erzählten sie mir ihre Geschichten über Mexiko, Mam und Dad, ich glaubte, daß sie wahr waren. Und vermutlich tue ich das immer noch. Sie waren meine Singenden Hunde – meine Mutter bei der Wäscheleine, mein Vater, der gegen die Strömung strampelte. Sie waren sehr bemüht, mir zu erzählen, wie sehr sie ineinander verliebt gewesen waren, wie gut das Leben gewesen war, daß es wirklich Kojoten gab und sie in ihrem Universum an ihrem Hochzeitstag gesungen hatten. Und vielleicht hatten sie es ja auch getan. Vielleicht gab es ein riesiges Geheul, das über die ganze Wüste schallte. Aber die Vergangenheit ist ein Ort voller Kraft und Phantasie. Im Erinnern können wir das Gedächtnis destillieren. Wir bekommen die Gewalt über unser Universum, indem wir es in seine Urmasse zurückzwingen, zum Punkt des Zerplatzens.

Es ist die Lethargie der Gegenwart, die uns in Panik versetzt. Die Langsamkeit, die Banalität, der Trott eines jeden Tages. Wie die endlosen Stunden, in denen ich durch Mexiko wanderte. Und die ständige Angelei meines Vaters. Sein eigener kleiner Hundegesang in einer Angelleine, die durch die Luft zischt.

Ich merkte nicht, als mein Alter nach Hause kam. «Tut mir leid», sagte ich und lehnte den Mop gegen die Tür, «ich war in Gedanken gerade ganz woanders.» Er nickte, rieb sich die Finger über den Schädel. Er staunte über den Boden. Er blitzte zwar nicht, aber wenn er wieder seine Gabel fallen läßt, wird sie nicht mehr so schmutzig.

«Keine Spur von dem Großen heute», sagte er, während er seinen Mantel, an dessen Ärmel ein Grashalm klebte, an den Haken an der Innenseite der Tür hängte. Er öffnete mit einem dramatischen Schwung seine Brotdose. Ich war sprachlos, denn in der Dose lag eine kleine Forelle, vielleicht ein Pfund schwer. Es gab also doch noch Fische im Fluß. Ich sagte, die Forelle sei vielleicht nicht allzu gesund, mit diesem ganzen Dünger und der Scheiße, die die Bauern und die Fleischfabrik da reinkippten, aber er verdrehte bloß die Augen.

«Jetzt mach mal halblang, mein Junge», sagte er, «du und all die andern Ökos. Die Fluß ist sauber wie ein frischgewaschener Babyarsch.»

Er schlitzte den Fisch mit einem langen Küchenmesser auf, hakte seinen Finger hinein, um die Gedärme herauszuziehen, spülte ihn unterm Wasserhahn, machte sich ein schönes Filet. Ich sagte ihm, daß ich nichts essen wolle, aber er erwiderte, das sei ihm scheißegal, er würde den Fisch trotzdem braten. Er briet die Filets, setzte sich an den Tisch, aß schnell, zündete sich eine Zigarette an.

«Und? Was hast du den ganzen Tag gemacht?»

«Hab ich doch gesagt, den Boden geputzt.»

«Oh.» Er erhob sich, um das Radio einzuschalten, überlegte es sich anders, lehnte sich gegen die Spüle, drückte die Zigarette am Rand seiner Teetasse aus. «Ich meine danach. Was hast du dann gemacht?»

«Ich hab den ganzen Tag dafür gebraucht.»

«Er ist jedenfalls schön glatt», sagte er, zog einen bestrumpften Fuß aus dem Pantoffel und ließ ihn über die Kacheln gleiten. «Hoffe, daß ich nicht hinfalle und mir den Hals breche.»

Vom Küchenfenster aus beobachtete ich, wie der Wind durch das lange Gras am Rand der Auffahrt rollte, wie sich die Halme krümmten, als würden sie den Fluß anflehen.

Die rote Katze scheint ihn schrecklich gern zu mögen – sie rieb sich an seinen Waden, nachdem er ihr den Fischkopf zu fressen gegeben hatte. Sie sei ihm zugelaufen, sagte er, sei vor einem Monat hereinspaziert, nachdem eine andere gestorben war, sei einfach zu ihm gekommen und habe angefangen zu schnurren. Er scheint ihr keinen Namen gegeben zu haben, nennt sie einfach Katze. Hob sie vom Boden auf und begann sie mit langem, hartem, kräftigem Griff zu streicheln, als könnte das das Zittern seiner eigenen Hände unterdrücken. Sie wollte noch mehr zu fressen haben, miaute vor sich hin. «Hast du immer noch nicht genug, Katze?» Plötzlich blickte er hoch, die Augen zu dunklen, faltigen Schlitzen verkleinert, und sagte: «Heutzutage kommen und gehen die einfach so, das glaubst du nicht.»

Ich folgte ihm, als er schwerfällig die Treppe hinaufging, die Dielenbretter knarrten. «Also gute Nacht. Hast du toll gemacht, mit dem Boden.»

«Danke.»

«Morgen wird's schön.»

«Wieso?»

«Roter Himmel am Abend.»

«So rot war er auch wieder nicht.»

«Na, jedenfalls war er ein bißchen rot», sagte er und wischte sich die Brille an seinem Hemd ab.

«Morgen putz ich weiter.»

«Bloß nicht, um Himmels willen.»

«Was?»

«Du bist ja wie 'ne alte Frau. Putzen! Ein bißchen Staub hat noch niemandem geschadet.»

«Stimmt wohl.»

«Das wird ein optimaler Tag zum Fischen», sagte er.

«Optimal.»

«Conor?» sagte er auf dem Treppenabsatz. «Wann fährst du nach Dublin?»

«Nächste Woche. Willst du mich schon loswerden?»

«War doch bloß 'ne Frage», sagte er zornig. «Hör mal.»

«Ja?»

«Ich will was wissen.»

«Schieß los.»

«Wieso hast du nie geschrieben?»

«Ach, ich und schreiben, du weißt schon.»

«Nein, das ist es gerade, du und schreiben, das weiß ich nicht.»

«Ach, ich kann's einfach nicht besonders gut.»

Er nickte und legte eine Hand an die Wand, um sich am Treppenabsatz zu stützen. «Ich dachte, du würdest schreiben.»

«Tut mir leid.»

«Ja», sagte er.

«Wirklich.»

«Ich glaub's dir», brummte er und wandte mir den Rücken zu.

Heute nacht habe ich tief unten in meinem Rucksack eine Mückenspirale gefunden, zu kleinen grünen Stückchen zerbröselt. Die Moskitos in Mexiko waren immer ekstatisch in der heißen Luft. Warteten. Schwebten. Wichen dem Rauch unter dem Deckenventilator aus. Sie war wirklich höllisch, diese Hitze, aber auf eine seltsame Weise mochte ich sie auch. Als ich in San Francisco ankam, war es in erster Linie die Kühle, die mir zusetzte. Der Beamte am Flughafen betrachtete den mexikanischen Stempel in meinem Paß. «Hoffe, Sie haben sich nicht den Tripper geholt», sagte er und winkte mich schnell durch, nachdem er mir eine sechsmonatige Aufenthaltsgenehmigung in meinen Paß gestempelt hatte.

DONNERSTAG

Ein tiefes Bedürfnis nach Wundern

Wahnsinnig romantisch, klar, aber er hat jedes einzelne von Mams Kleidern aufgehoben. Sie hängen in einem bunten Gemisch von Farben zwischen einem Dutzend Mottenkugelbeuteln. Der Schrank in seinem Zimmer war offen, als ich heute morgen auf dem Weg nach unten bei ihm hineinschaute. Über den Boden gegossene Säume, immer wieder aufgetrennt, immer um ein paar weitere Zentimeter ausgelassen, bis sogar ihre Röcke ihre Waden bedeckten. Der Ärmel eines alten Adelita-Kleides stak heraus. Ein paar Blusen. Ein Morgenmantel, der nur mit einer Schulter an einem Bügel hing. Ihr Sarapes ordentlich zusammengelegt auf dem Regal, neben ein paar zusammengerollten Gürteln. Ich starrte auf den alten schlafenden Mann, neben ihm auf dem Kissen die Katze. Sein Hut lag auf dem Nachttisch, neben einer vollen Flasche Bushmills. Im Zimmer stank es – er hat jetzt oft Blähungen. Fällt ihm schwer, es unter Kontrolle zu halten. Hat gestern sogar am Küchentisch einen fahrenlassen.

«Huch!» hat er gesagt. «Hier muß irgendwo eine bellende Spinne sein!»

Aber ich merkte, daß ihm der Geruch peinlich war – er wurde sogar rot, bevor er nach oben in sein Zimmer ging. Aber wenigstens kann er schlafen. Als Mam noch hier war, gab es Nächte, in denen sie wieder aufstand – sie schlief inzwischen schon in dem Zimmer am Ende des Treppenabsatzes –, manchmal ging sie hinunter, um an ihrer Steinmauer zu arbeiten, und die schwarzen Ringe unter ihren Augen wurden immer größer.

Mam war zum erstenmal im Nordosten Mexikos, und der Model A kurvte über schmale Straßen, die oft in trockenen Flußbetten endeten. Sie fuhren über rissige Schlammplacken, an umwucherten Kirchen vorbei, durch weite Prärien, wo sich weißgetünchte Haciendas gleißend vor Grasflächen erhoben. Morgens erwachten die Städte unter spektakulären roten Wolkenriffen, durch die Schwärme von Zugvögeln zogen, und einmal folgte ihnen ein weißer Kranich mit lautem Flügelschlag meilenweit, der dann wegdriftete und mit einem anderen fortflog. Mam drehte sich auf ihrem Sitz um – sie wollte noch einmal die Rhythmen ihres Landes spüren, bevor sie nach *El Norte* fuhren.

Es war eine ruhige Fahrt, bis auf das Knirschen, als auf einer Staubstraße in Sonora drei Eselhasen unter die Räder des Wagens gerieten. Mam wollte den Hasen am Straßenrand die Pfoten abhacken – irgendein Tribut an ihre Mutter –, aber mein Alter fuhr gereizt weiter, beunruhigt, weil die Kupplung heulte und ratterte. Außerdem hatte Mam schon ein ganzes Glas voller Hasenpfoten dabei, und auf der Fahrt nach Westen befestigte sie ein halbes Dutzend an der Krempe seines Hutes. Es sah lächerlich aus – wie sie um seinen Kopf herumbaumelten –, aber mein Vater beugte sich dem Aberglauben meiner Mutter und setzte den Hut beim Fahren auf. In den unendlichen Weiten feilschten sie mit hageren Tankstellenbesitzern um den Preis für das Benzin. Kinder in zerrissenen Hemden starrten dem rauchspuckenden Auto hinterher. Reiter wichen mit ihren Pferden in den Straßengraben aus. Manche von ihnen hatten Gewehre, und mein Vater drosselte das Tempo, als er vorbeifuhr, Gelächter erschallte, wenn sie seinen Hut sahen. Beim Fahren trommelte er mit den Fingern kräftig auf das Lenkrad, wurde ungeduldig, wenn es durch Ortschaften ging, dann bildeten sich kleine Schweißspuren in den Falten seiner Stirn.

In unserem Vauxhall Viva, mit dem wir Jahre später in Mayo herumfuhren, hingen eine alte mexikanische Pfote und eine Medaille mit dem heiligen Christophorus am Rückspiegel. Manchmal schwang die Pfote herum, als sei sie lebendig, schlug gegen die Windschutzscheibe, und Mam beobachtete sie, als könnte die Pfote ihr einen Weg durch die Scheibe brechen, sie zu jenen Augenblicken in ihrer Heimat zurückbringen. Wenn wir im Auto allein waren, Mam und ich, dann schmiegte sie sich in ihren dicken Pullover, erzählte mir Bruchstücke über die Reise nach Amerika im Jahr 1956, wie sie ihr Auto stehenließen und es nie wiedersahen.

Sie schafften es bis zu einer Hafenstraße in der Nähe von Tijuana, als plötzlich der Motor dampfte. Das muß ein Anblick gewesen sein – mein Alter, wie er mit seinem Hut über der geöffneten Motorhaube herumwedelt, meine Mutter, wie sie sich mit vorgeschobener Unterlippe Luft über das Gesicht bläst, um zu prüfen, was für ein Wetter hereingeweht kommt, welche Farben sie erschaffen könnte. Während es am Kai dunkler wurde, wollte mein Vater den Schlauch reparieren, aber sie hatten kein Klebeband. Er kroch unter den Motor, hämmerte mit den Fäusten gegen den Unterboden des Model A. Mam riß einen Streifen vom Saum ihres Kleides, vielleicht würde es damit gehen. Es war ein weißer Saum, erzählte sie mir später, zweieinhalb Zentimeter Baumwolle. Sie erinnerte sich so lebhaft daran, daß es sie richtiggehend verfolgt haben muß – von dem, was sie in Mexiko getan hatte, war dies eines der letzten Dinge, an die sie sich erinnern konnte. Fuß auf der Stoßstange, das Knie gebeugt, ihr Kleid zerreißend, um das Auto zu reparieren, das sie aus ihrer Heimat brachte.

Während sie das Kleid zerriß, näherte sich ihnen ein Fremder mit rabenschwarzem Haar – der Kapitän eines Kreuzschiffes, das in der Nähe angelegt hatte, um Notreparaturen durchzuführen. Der Kapitän bot ihnen eine kostenlose Überfahrt nach San Francisco an. Einige Mitglieder seiner Besatzung waren in den engen Gäßchen Tijuanas im Suff verlorengegangen, verschluckt von Flaschen voller Mescal. Als Gegenleistung könne mein Vater an der Bar arbeiten und meine Mutter bedienen. Mein Alter kroch unter dem Auto hervor, schüttelte dem Kapitän die Hand und warf die Autoschlüssel fort.

Sie segelten den restlichen Weg nach Amerika. Schirmchendrinks wurden von Kellnern in weißen Hemden serviert. Jazztöne kopulierten wild in der Luft, Bruchstücke von Al-Jolson-Songs rieben sich an Nummern von Billie Holiday. Am ersten Abend wurde der gähnende Kopf eines Schweins aufgetischt, mit einem roten Apfel im Maul. Mein Vater stand mit einer schwarzen Fliege hinter der Bar, das Haar zurückgegelt, so daß der Ansatz seiner Geheimratsecken zu sehen war. Er erfand Cocktails, mixte sie mit theatralischem Schütteln. Mam war nicht in der Lage zu arbeiten, sie war die ganze Zeit seekrank, übergab sich an der Reling. Während des Abendessens blieb sie in der Kabine. Ein grauer Wind blies für sie vom Meer her, das Schiff kämpfte sich anderthalb Tage lang über die Wellen. Gelegentlich schien die Sonne, aber die meiste Zeit zogen trübe Wolken mit ihnen. Als sie sich dem Hafen von San Francisco näherten, bürstete sich Mam mit einem alten Kamm die Haare und machte sich in einem erdbeerfarbenen Kleid und einem breitkrempigen Hut fein. Als sie an der Reling lehnte, schlug das Schiff gegen den Pier, sie wurde zur Seite geschaukelt, und wieder drehte sich ihr der Magen um.

Mein Vater schleppte schwere Koffer die Gangway hinunter. «Prächtiger Tag für einen Spaziergang», sagte er zu Mam, während die Menschen an ihnen vorbeiströmten, «prächtiger Tag für einen Spaziergang.»

An jenem Nachmittag gingen sie zu einem alten, heruntergekommenen Gebäude in der Nähe der Mission, wo die Zeitschrift, die meinem Vater geschrieben hatte, ihre Büros hatte. Mein Alter hatte seinen Termin, und Mam verschwand auf die Toilette. Während sie sich vor einem gesprungenen Spiegel die Haare kämmte, muß sie sich gewundert haben, was die Sprünge mit ihrem Gesicht anstellten, sie schoben ihre Augen an die Nase, ließen die Wangenknochen abwärts sausen, verlegten ein Ohr nach oben, so daß es fast über ihrem Kopf schwebte. Vielleicht fuhr sie sich mit ihren braunen Fingern über die gebrochenen Teile, griff nach ihrem Ohr, beobachtete, wie es wieder davonschwebte, vielleicht hatte sie das Gefühl, daß dieser Körper nicht mehr der ihre war, daß die Rhythmen des Schiffes noch in ihm lebendig waren. Vielleicht konnte sie Salz in ihren Augenbrauen riechen und in ihren Zähnen Möwen spüren, die sich von einem rosafarbenen Deck zuckend in die Luft erhoben. Ich kann mir vorstellen, wie ihr Mund sich zu einem kleinen schwarzen o formt, dann wieder in blutleere Lippen auseinanderfällt, wie ihr Gesicht im Wogen der imaginären Wellen in weitere Brechungen zersplittert, als wäre es ein Kaleidoskop, oder eine Million Menschen, die ihr ein Stück ihres Gesichts leihen, sich verflechtend und entflechtend, bis es nicht mehr sie war, die sich da anstarrte. Vielleicht ein grünes Auge, ein braunes, ein blaues, ein rotes. Wasser spritzte hoch und bildete Tropfen in den Sprüngen, Tropfen, die die gleichen zerbrochenen Bilder enthielten, Spiegel in Spiegeln. Während sie nach dem Waschbecken griff – sich schwer atmend darauf stützte, das erdbeerfarbene Kleid gegen das weiße Porzellan gedrückt –, fühlte sie, wie sich ein Paar Arme um sie schlang.

«Alles in Ordnung?»

Mams Gesicht blitzte wieder im Spiegel auf, verflochten mit dem Gesicht der Frau hinter ihr, so daß es zugleich braun und weiß war, glatt und pockennarbig, voll und mager.

Von Cici Henckles Lippen baumelte eine Zigarette, die der zertrümmerte Spiegel in fünf Teile zerschnitt. Sie drückte meine Mutter über das Waschbecken, erbrochener Schleim besprenkelte ihre Finger. «Machen Sie ruhig, muß alles raus», sagte Cici, wobei Rauch ihr aus dem Mund quoll. Sie war ganz in Schwarz gekleidet, Rollkragenpullover, Obsidiankette, langer Rock mit Troddeln. Ihr Haar war ebenfalls dunkel, lag ihr schief und dünn auf den Schultern. Lange Hände hielten Mam eine halbe Stunde lang über dem Waschbecken. «Sie sind ja weißer wie 'n Laken», sagte Cici, während sie sich die Hände wusch und Mam etwas Rouge auf die Wangen rieb.

Mam sagte nichts. Sie lehnte gegen das Waschbecken, ließ sich das Rouge aufschmieren, sah zu, wie der Spiegel sich beruhigte. Weiße Flecken überzogen Cicis Fingernägel, die auf Mams Wangen kreisten wie Noten. «Mit wem sind Sie da?» sagte Cici. Mam deutete mit einem knappen Kopfnicken zur Tür des Toilettenraums.

Draußen saß mein Vater niedergeschlagen in einem

Sessel, den Hut auf dem Kopf. Bei der Zeitschrift hatte man ihm gesagt, daß es einen Irrtum gegeben habe, sie bräuchten ihn in New York, sie hätten ihm nach Mexiko geschrieben, der Brief sei wohl nicht angekommen. Sie hatten ihm für die Aufnahmen in der Kupfermine Bargeld gegeben und ihm gesagt, er solle einen Bus nehmen.

«Ihrem Mädchen hier ist hundeelend», sagte Cici, als sie aus den Toiletten herauskamen.

«Komm, Liebes», sagte mein Alter, ohne Cici zu beachten. «Wir müssen gehen.»

Cici führte Mam irritiert zum Sessel. Einen Arm hielt sie weiter um Mams Hüfte, mit der anderen Hand holte sie sich eine weitere Zigarette heraus, zündete sie an, trat gegen die ausgestreckten Beine meines Vaters, als wäre alles nur eine einzige natürliche Bewegung. «Hören Sie mal, Süßer, ich hab gesagt, Ihre Freundin hier kotzt sich die Seele aus dem Leib. Und Sie sitzen rum und drehen Däumchen. Was für ein verdammter Mann sind Sie überhaupt?»

«Wir müssen schnell weiter», sagte er.

«Wohin?»

«New York.» Er sprach atemlos, als würden alle möglichen Kamerablitzlichter in seiner Kehle explodieren.

«Ihre Freundin und New York passen im Moment so gut zusammen wie Sie und der gottverdammte Hut, den Sie da aufhaben. Sie muß dringend zu einem Arzt oder so was. Braucht Ruhe.»

Mein Vater nickte, zündete sich eine Zigarette an. «Sie ist nur ein bißchen seekrank.»

«Seekrank, daß ich nicht lache – der Boden hier schwankt doch nicht, oder?» Cici setzte sich, beugte sich zu Mam. «Sie können mit zu mir kommen. Nichts Großartiges, aber ich hab ein Extrabett. Der Süße hier ist auch willkommen. Solange er Sie nicht die Koffer tragen läßt.»

Cicis Apartment befand sich in einem alten Haus in der Dolores Street, nicht weit von der Mission. Kränklich weiße Azaleen wuchsen an den gußeisernen Zäunen, und Fetzen von Graffiti begrüßten sie im Treppenhaus. Das Apartment war völlig verdreckt. Mit Kleidern vollgestopfte Koffer, und drum herum lagen Zeitungen, Aschenbecher, Flaschen, halbgegessene Kekse, Lampen ohne Schirme. Auf einem Regal an einer Wand war ein Zeitungsphoto von James Dean aufgestellt, mit seiner voluminösen Tolle, daneben standen drei Kerzen. Cici warf dem Bild eine Kußhand zu. Sie legten Mam, für die sich immer noch alles drehte, ins Bett.

Cici hatte keine sauberen Handtücher, und so tunkte sie eine weiße Socke ins Waschbecken und betupfte Mams Stirn. Cici blieb dort fast zwei Tage lang, saß in ihrem schwarzen Rollkragenpullover am Bett, immer eine Zigarette zwischen die Zähne gepreßt, als hätte sie Angst, sie könnte ihr aus dem Mund springen und sie verlassen. Sie war spindeldürr, älter als Mam, etwa dreißig. Sie redete, um wach zu bleiben, streifte im Zimmer umher, lugte durch den Vorhang, deutete auf Bäume, beschrieb die Wolken, plauderte mit Mam, während der Abend Formen stahl. Cici war Dichterin und war an dem Nachmittag zu der Zeitschrift gegangen, um einige ihrer Werke zu verkaufen. Sie hatte ein Buch geschrieben, von dem hundert Exemplare verkauft worden waren, ein kleines beigefarbenes Bändchen, dessen Rücken knisternd brach, wenn man es aufschlug. Es handelte von einem Sommer auf einem Brandwachturm in Wyoming. Sie hatte es auf eine Rolle Metzgerpapier getippt, während sie in dem Turm hockte und auf Brände wartete. Das Papier war unablässig durch ihre Schreibmaschine geflossen, türmte sich in Riesenschlingen auf dem Boden, während hinter ihr ein Funkgerät knarzte. Als das Buch gedruckt war, blieb sie zwei Jahre lang in Wyoming und versuchte es zu verkaufen, aber nur ein Ranger namens Delhart beachtete es, hatte ein paar Exemplare unter dem Sitz seines grünen Pickup, zwischen leeren Kaffeebechern. Sie hatte sich in Delhart verliebt, lebte mit ihm in einer Blockhütte am Rand des Waldes, verließ ihn aber, um mit einem Koffer voll beigefarbener Bücher nach San Francisco zu fahren. Sie las ihre Gedichte in Jazzclubs vor. Die Männer standen auf Zen und Amphetamine, an ihren Holzfällerhemden hingen kleine Dharma-Puppen. Sie klatschten zum Rhythmus von Trompetern, deren moorschwarze Haut vor Schweiß glänzte. Zigarettenrauch stieg wie Weihrauch um die Theke herum auf. Cicis einziger Lohn war ein Schluck aus einem Krug Rotwein, und so hatte sie einen Job als singende Kellnerin in einem Club für asiatische Männer angenommen. Delhart schrieb ihr. Seine Briefe waren voller Flaschenkapseln, die sie vor dem James-Dean-Bild aufreihte. Delhart schickte ihr auch einen Grashalm, den sie als Ring tragen sollte. Er zitierte Whitman: «Ich glaube, daß ein Grashalm nicht geringer ist als ein Tageslauf der Sterne.»

Mam senkte den Blick durch ihr Fieber hindurch, sah den Grashalm an Cicis Finger, jetzt in Scotch-Tape eingeklebt, ein Tageslauf Richtung Humus.

«Wißt ihr was», sagte Cici, «ihr beide solltet mit mir nach Wyoming kommen. Kein großer Umweg.»

Sie wanderte hinaus ins Wohnzimmer, wo mein Vater auf der Couch lag. Er neigte dazu, beim Schlafen zu schmatzen. «Sieht aus, als würde er seine Träume essen», lachte Cici, als sie wieder zurückkam und sich vor Mam aufstellte. «Also, wie wär's? Wyoming?»

«Ich würde gerne», sagte Mam.

Aber später schüttelte mein Alter den Kopf, sah aus dem Fenster, sagte, sie hätten es schrecklich eilig.

«Wieso kannst du nicht warten, Michael?» fragte Mam. «Wieso kannst du nicht noch einen Tag warten, und dann gehen wir? Ich brauche etwas Zeit, um mich zu erholen.»

Ich kann ihn mir vorstellen, wie er nickt, sich in seinen Mantel hüllt, hinausgeht, um ein Telefon zu suchen, bei der Zeitschrift in New York anruft und sagt, daß er verhindert sei. Die nächsten beiden Tage blieb er nachmittags weg, während Mam und Cici sich unterhielten. Ging unten am Wasser entlang und schickte Rauchringe über die Bucht, den Mantelkragen hochgeschlagen, obwohl der Sommer gerade anfing. Nebelhörner dröhnten. Lappentaucher stürzten aus dicken Wolken über der Golden Gate herunter. Er lehnte sich mit gezückter Kamera schwungvoll von den Trittbrettern der Cable-Cars. Als er zur Wohnung zurückkam, waren die beiden Frauen da, hatten gelbe Gummihandschuhe an, lachten, das Apartment war sauber, die Koffer gepackt, und in der Ecke ein Stapel vergessener Bücher.

Sie fuhren mit dem Bus über eine riesige Scheibe Amerikas, wo es noch nicht einmal Autobahnen gab. Die Straßen waren lang und schwarz und schimmernd, manchmal unterbrochen durch streunende Kühe oder Herden von Antilopen, die über den Asphalt hüpften und über Zäune sprangen. Auf der Reise war Mam wieder schlecht. Der Bus hielt alle fünfzig Meilen an, und Cici hielt meine Mutter fest, während sie sich hinter dem Radkasten übergab. Sie legte ihr ihren Mantel um die Schultern, holte trockenes Brot aus ihrem Rucksack, fütterte sie damit, betupfte Mam die Stirn, wenn sie wieder einen Fieberanfall bekam. Der Bus fuhr langsam. Kalifornien erstreckte sich in trockener Trostlosigkeit dahin; Nevada bäumte sich mit Beifuß und Wacholder auf; ein paar Wildpferde bewegten sich im Gleichschritt durch die hohe Wüste. Kurz bevor sie zur Grenze von Idaho kamen, hätte der Bus beinahe einen Jungen mit einem schmutzigen weißen Verband um den Daumen angefahren. Der Junge war beim Trampen am Straßenrand eingeschlafen.

«Verdammt noch mal, junger Mann», sagte der Busfahrer, der angehalten hatte, um ihn zu wecken.

Der Junge hatte kurze gelbe Haare, die ihm wie Weizenfeldstoppeln vom Kopf abstanden. Es stellte sich heraus, daß er unterwegs nach San Francisco war, und Cici gab ihm einen knisternden neuen Fünf-Dollar-Schein und zwei Adressen, die er mit Tinte auf die Seite seines Leinenrucksacks schrieb. Einige Jahre später, in den Sechzigern – das hat mir Cici jedenfalls erzählt –, traf sie den Jungen auf einer Party wieder, als sie beide high von LSD waren. Die gelben Haare waren inzwischen länger geworden, und der Junge gab ihr den Fünf-Dollar-Schein zurück – er hatte ihn in Form von LSD konserviert. Sie konsumierten den Schein gemeinsam im Verlauf der nächsten drei Tage. Zwei Monate später wurde seine Leiche am südlichen Ende des Hair Moon Beach in Kalifornien angespült. Cici sah es als Besonderheit ihres Lebens an, daß Gesichter und Augenblicke wiederkehrten, um sie zu quälen – als ich sie kennenlernte, war sie erstaunt, wie lebendig jene Busreise noch immer in ihr war, all die Leute, denen sie begegnet war, die Dinge, die sie gesehen hatte, sie konnte sich an alles erinnern, an den Verband am Daumen des Jungen, an das Rattern des Busmotors, an den weißen Stoff zwischen ihren Fingern, wie sie ihn zart über Mams Stirn rieb.

Mein Alter saß auf dem Sitz hinter ihnen, staunte über das vorbeifließende Amerika. Er konnte sich gar nicht vom Fenster abwenden und hantierte mit seiner Kamera.

Als sie in Boise ankamen, war meine Mutter so ausgetrocknet, daß nicht einmal Cicis Rouge es mehr verstekken konnte. Sie nahmen sich ein Hotelzimmer, blieben dort sechsunddreißig Stunden, damit Mam sich erholte. Cici saß am Bett und erzählte von Delhart. Er war ein braunbärtiger Hüne mit klaren Augen. Sie erinnerte sich besonders an seine Hände – riesige Schaufeln, mit Schmutz unter den Fingernägeln. Sie hatte auf der Fahrt nach Westen, zum Pazifik, oft an diese Hände gedacht – sie liebkosten sie manchmal nachts in ihrer Phantasie. Sie hatte ihn nach einem Brand kennengelernt; er war eines Abends zu ihrem Wachturm gekommen und schließlich die ganze Nacht geblieben, er schlief mit ihr, hustete danach Schlieren von Rauchschleim ins Kopfkissen.

Hinter Boise ließen sie sich von einem Pickup mitnehmen, und meiner Mutter ging es zunehmend besser, als die frische Luft sie umströmte, das Fieber abkühlte, eine Welt in ihrem Magen zur Ruhe kam. Cici, die neben ihr saß, die Füße über die Ladeklappe gelegt, starrte hinaus auf das vorbeifließende Idaho: «Wieso bleibt ihr beide nicht ein paar Tage bei mir? Ich muß erst nächste Woche in meinen Turm.» Während der Nacht schlängelte sich der Pickup an den Rand der Tetons, Haarnadelkurven hinauf, durch Tannenwälder, über riesige Pässe, wo rotschwänzige Bussarde kreisten. Sie kauerten sich in der Eiseskälte zusammen, unter Decken. Cici zündete sich eine Zigarette an, spielte mit dem Grashalm an ihrem Finger.

Delhart traf sie am Morgen vor einem Café in Jackson Hole. Der Ranger hatte eine hufeisenförmige Narbe im Gesicht. Er trat gegen imaginäre Kiesel. «Ich muß dir was sagen, Cici.» Er wedelte meine Eltern weg, nahm Cicis Hand und führte sie zu einem Café mit Elchgeweihen an den Wänden, bestellte Kaffee. Delhart erzählte ihr, daß er eine Ute-Indianerin kennengelernt habe, er habe sich nicht getraut, es ihr zu schreiben. Die Frau sei schwanger. Er sagte, sie könnten das Kind adoptieren, es selber großziehen. Cici lehnte sich auf ihrem Stuhl zurück, betrachtete die Schweißtropfen, die von Delharts Stirn langsam zu seinem Kinn hinunterrannen. «Was ist sie denn? Eine gottverdammte Postbotin, oder was? Verdammter Pony Express?» – «Was soll das heißen?» sagte Delhart. Der Kaffee landete mitten auf seinem grünen Hemd. «Du bist ein Arschloch», sagte Cici, «faß mich nicht an.» Sie rührte in ihrem Kaffee, als Delhart ging, betrachtete ihre Hände, als würden sie nicht mehr ihr gehören.

An jenem Nachmittag faßte Cici den Entschluß, zu ihrem Turm in den Bergen zu fahren, sie lieh sich von einem anderen Ranger einen Truck und ein paar Schlüssel. Während mein Vater in einem Hotel am Stadtrand schlief, fuhren Cici und Mam über lange gewundene Staubstraßen. Mam saß neben ihr, beugte sich vor, tröstete sie. «Ist schon gut», sagte Cici. «Ist mir egal.» Der Wind strömte durch die offenen Fenster, in seiner Trockenheit lag schon die Drohung von Bränden.

Cici hatte auf der fünf Meilen langen Wanderung zu dem Brandwachturm einen Krug Wein dabei, schwieg während des Aufstiegs, starrte nur mit grünem Blick vor sich hin. Meine Mutter trottete in einem blaßgelben Kleid hinterher, den Berg hinauf, um frostgeäderte Felsen herum, Trampelpfade entlang, die sich wie schmale Schluchten durch die lichtstrahlenden Bäume zogen. Sie wanderten hoch bis zur Baumgrenze, kamen an ein paar übriggebliebenen Schneeflecken vorbei, blieben zusammen stehen, um Luft zu schöpfen, als Cici plötzlich lachte.

«Er ist mir scheißegal, er ist ein Arschloch.» Cici pfiff, um etwaige Bären zu vertreiben, die ihnen über den Weg laufen könnten. Sie hörte auf zu pfeifen, als sie den Rand eines Geröllfeldes erreichten, wo keine Gefahr mehr drohte, und dann kletterten sie langsam über die Felsen zum Gipfel.

Es war für Mam ein überwältigender Ort – Schnee auf den Nordseiten der Berge, das weitläufige Grün darunter. Adler in den Lüften, meilenweit kein Staub.

Der Turm, ein kleines graues Gebäude, hockte auf der Bergspitze wie ein Vogel, der im Begriff war, sich in die Lüfte zu erheben. Ein Blitzableiter ragte obszön nach oben. Nicht allzuweit von einem rostenden Wassertrog lag der verfaulende Kadaver eines Rehkitzes. Die Tür des Turms knarrte, als sie eintraten, und es hing ein schwerer Modergeruch in der Luft. Sie setzten sich zusammen im Schneidersitz auf den Boden, in alte, durchgescheuerte Decken gewickelt, und tranken Wein. Es waren keine Wolken am Himmel, die die Wärme hielten, und sie zitterten in der Kälte. «Er ist mir scheißegal», sagte Cici wieder. «Scheißegal. Manche Leute sind einfach nicht das, was sie zu sein scheinen, man träumt sie sich zusammen, und dann – ach, Scheiße, was soll's.»

Sie zupfte an den langen Haarsträhnen, die ihr ins Gesicht fielen, wiegte sich hin und her, die Knie an die Brust gedrückt. Sie starrte auf ein Spinnennetz, auf die Insekten, die darin gefangen waren. Es bewegte sich sacht in dem kalten Windzug, der durch die offene Tür kam. Cici erhob sich und schloß sie, schnippte mit ihren Fingern in das Netz. «Er ist mir immer schon scheißegal gewesen.» Sie tranken, und später, während Mam schlief, war Cicis Körper ein Reim, ein eigentümlicher Reim, der sich aus dem Turm schlich, über einige verstreute Felsen ging, hinunter zu dem Wassertrog, zum Rand wankte, betrunken gegen die Metallwände stolperte. Sie starrte hinunter in das Wasser und kicherte, taumelnd vor Alkohol.

Sie fegte Insektenlarven von der Wasseroberfläche, schleuderte sich die Schuhe von den Füßen, steckte ordentlich ihre Socken hinein, legte ihre Hände auf beide Ränder des Trogs und kletterte hinein, spürte, wie die Kälte in ihre Beine drang, in ihr Rückgrat, ihre Hände, während das Wasser an die Ränder klatschte und einige Tropfen auf den Boden spritzten. Sie bewegte sich im Wasser, beobachtete, wie sich kleine Wellen bildeten, stützte ihre Füße und Ellbogen auf dem Rand, lag da, kicherte wieder – «Ist mir doch scheißegal» –, betrachtete die Nacht, den von Sternen übersäten Himmel, den Mond, der im Westen gen Morgen wanderte, spürte, wie das Wasser ihre Kleider hinunterzog, die Larven streichelten ihre Haare, ein paar Glühwürmchen leuchteten um sie herum, und sie lachte, während sie da in der Regenwasserwanne lag und darauf wartete, zu erfrieren.

Der Sonnenaufgang hatte ein paar Sommersprossen am Himmel zurückgelassen, und es hätte der friedlichste Morgen der Welt sein können, als Mam aufwachte, Vögel, die sich träge treiben ließen, und die Insekten geschäftig an den Spitzen langer Grashalme und die Sonne, die sich selbst jenseits des Wachturms in die Gelbheit überführte. Sie trat aus dem Turm, um ihren dicken Kopf wegzugähnen, und sah Cicis Körper, Arme und Beine über den Wassertrog drapiert, blau. *«Carajo!»* Cicis Gesicht sah aus, als wäre es für ein Heiligenbildchen präpariert worden. Auf ihren Lippen lag so etwas wie ein Lächeln. Das schwarze Haar hob sich schimmernd gegen die weiße Haut ab. Die Insektenlarven klebten jetzt an ihren Beinen, ihren Schenkeln.

Mam griff hinein. Das Wasser schwappte ölig gegen den Trog.

In Mexiko hatte sie einmal einen toten Vogel aufgehoben, erstaunt, wie leicht die Knochen waren. Mam griff unter Cicis schlaffen Rücken. Du bist so leicht, dachte sie. Mam schob ihre Hände unter die Schultern und begann Cici herauszuheben, die Füße blieben träge am Rand hängen. Mam zog erneut. Die Füße fielen hart und leblos auf den Boden. Sie schleppte Cici zum Turm zurück. Ein kleiner Schnitt öffnete sich zwischen den Zehen. Mam blickte sich panisch im Turm um. Kein Funkgerät. Sie legte Cici auf den Boden, zog ihr die nassen Kleider aus, wickelte Decken um ihren kalten Körper, schob die Finger unter die Decke und rieb ihr das Herz, wo noch ein schwaches, langsames Klopfen zu spüren war. Ihre Hände bewegten sich wild, reuevoll. Mam zog ihre eigenen Kleider aus und deckte Cici damit zu, zog Socken über ihre Füße. «Michael!» Der Ruf nach meinem Vater hallte durch die Berge. Nichts regte sich. *«Por Dios!»* Der Rehkadaver fiel ihr ein. Sie ergriff Cicis Hände und nahm ihre Finger in den Mund. Lange saugte sie an den Fingern, bis sie eine erste Regung sah, der Kopf bewegte sich etwas zur Seite. Komm, los. Sie steckte sich so viele Finger wie möglich in den Mund, ließ die warme Spucke darüber laufen, die Nägel mit den weißen Flecken – als Kind hatte man ihr gesagt, daß es ein Zeichen dafür sei, daß man ein Geschenk bekommen würde, wenn die Flecken bis zum Nagelrand heraufwuchsen. Mams Zunge an der Lebenslinie der Hand, bewegte sich Cici wieder.

Mam rieb ihre Hand über Cicis Brustkorb – mein Vater hatte ihr von der Hungersnot in Irland erzählt, wo ein Mann und seine Frau vor einem leeren Kamin erfroren aufgefunden worden waren. Die Füße der Frau waren an der Brust des Mannes festgefroren, er hatte sie unter sein Hemd gesteckt, um sie zu wärmen. Als wären sie dort angenagelt gewesen. Mam erhob sich mit trockenem Mund, nahm die Decken und rieb Cicis Körper. «Michael!» Cicis Finger bewegten sich jetzt langsam gegeneinander, als würden sie Geld zählen. Mam beugte sich vor und flüsterte ihr ins Ohr. Plötzlich fiel ihr auf, wie grau und kahl der Turm war, aber es war immer noch zu kalt, um Cici nach draußen zu ziehen. Die Sonne stand noch nicht hoch genug. «Los, komm!» Sie nahm Cicis Kopf in ihre Hände und der Kopf rollte, als wäre der Hals gebrochen. Auf Cicis pockennarbigem Kinn ragten winzige Härchen auf wie Tannennadeln. Der Mund bewegte sich inmitten der Narben, und Mam fuhrwerkte wieder wie wild mit den Decken herum. Cici murmelte etwas, und meine Mutter beugte sich hinunter und drückte ihr einen trockenen Kuß auf die Stirn.

«Du schaffst es.»

Halt sie warm. Rede mit ihr, bis die Sonne weiter oben ist. Versuch, etwas zu essen zu finden. «Michael!» Cici bewegte sich etwas mehr, fast lachte sie, winzige erschöpfte Gluckser.

Von irgendwoher in weiter Ferne, unten am Hang, ertönte ein schwacher Ruf. Mam umfaßte Cicis bestrumpfte Beine, rieb Wärme hinein. Etwas Seltsames geschah, als sich Cicis Augen weiter öffneten – ein Schwarm riesiger brauner Schmetterlinge stieg aus den Bäumen unter ihnen auf, alle gleichzeitig, eine riesige Wand, die sich durch den Wald bewegte, zu Tausenden flatterten sie umher, alle auf einmal, in Bäume hinein und wieder nach oben, ihre Flügel schlugen gegen ihre schmalen Körper. Meine Mutter führte es auf irgendein Wunder zurück – es gab immer ein tiefes Bedürfnis nach Wundern, dachte sie. Cici führte es später schlicht auf die Launen der Natur zurück – die Schmetterlinge waren offensichtlich von irgendeinem Tier in den Bäumen von ihrem Platz verscheucht worden, irgendeine Bedrohung, ein Naturphänomen.

Als eine halbe Stunde später mein Vater zusammen mit Delhart den Weg heraufkam, hatte er einen Krug Wein dabei. Er war erstaunt, daß Mam nackt war, sie wiegte sich in der Sonne hin und her, Cici neben ihr, unter den Decken, in Mams Sachen. Zwischen Tannenstämmen war eine Wäscheleine gespannt, und Cicis Kleider flatterten, vom Wind belebt. «Was ist passiert?» fragte Delhart meine Mutter. Meine Mutter warf ihm einen bösen Blick zu, drehte sich um und starrte meinen Vater an. «Es ist ein Unfall passiert, Michael.» Ihre Stimme zitterte.

Cici blickte von dem Deckenlager auf. «Oh, die Süßen sind da.»

Mein Alter setzte sich auf den Boden und nahm den Hut ab, legte ihn neben Cici. Ohne ein Wort zu sagen, verschwand Delhart mit dem Wein den Berg hinunter. Mam ging zur Wäscheleine und zog Cicis Kleid an.

«Ich bleibe», sagte sie zu meinem Vater. «Ich bleibe hier, bis es ihr bessergeht. Und bitte mich nicht, es mir anders zu überlegen.»

Der alte Vater Herlihy hat mich im Spar-Markt nicht erkannt. Er wollte sich eine Packung Zigaretten kaufen und flirtete mit dem Mädchen hinter der Theke. «Und wie geht's mit dem Studium voran?» sagte er, ein Glitzern in den Augen. Sie sah wie eines der O'Meara-Mädchen aus, massenweise Sommersprossen auf den Wangen. Vater Herlihy ist ein bißchen in die Breite gegangen, seine Wampe hing ihm aus der Hose, quetschte sich zwischen den Knöpfen seines dünnen schwarzen Hemdes hervor.

Geistesabwesend klopfte er die Tasche seiner schwarzen Jacke nach Streichhölzern ab. Das Mädchen hinter der Theke lächelte und reichte ihm eine Schachtel, die seitlich in der Kasse gesteckt hatte. «Ist schon gut, Vater Herlihy, Geschenk des Hauses.» Und dann ging er hinaus, lächelnd, direkt an mir vorbei, ohne einen zweiten Blick auf mich zu werfen. Er hatte fünfzig Pence auf die Theke gelegt, und sie war einen Augenblick lang ganz aufgeregt. Sie steckte die Münze in die Tasche und betrachtete dann ihre Nägel, von denen der rote Lack abplatzte. Drehte das Radio auf und sagte zu mir: «Ich liebe dieses Lied.» Ich muß zugeben, es war wirklich nicht schlecht – hätte am liebsten selber zwischen den Waschmitteln eine wilde Sohle aufs Parkett gelegt. Ich hatte fünf volle Einkaufstüten, stellte drei in den vorderen Korb, hängte die anderen beiden rechts und links an die Lenkstange.

Das schwarze Raleigh-Fahrrad war nicht gerade bequem, die Federn im Sattel waren hinüber, und die Pedale drehten immer wieder durch, wie ein Schluckauf. Es war nicht einfach, mit all den Tüten das Gleichgewicht zu halten, und einmal mußte ich mich bücken, um eine Packung Kekse aufzuheben, die herausgesprungen war, als ich eine Laterne streifte. Goldgrain, seine Lieblingssorte. Ich glaube, sie haben die Packung geändert, und ich hatte sie im Laden fast übersehen. Hab ihm auch eine Packung Major gekauft, aber das war die letzte, die ich ihm gekauft habe, irgendwann wird er noch seine Lungen an der Wäscheleine zum Trocknen heraushängen müssen, wie Großmutters Kaninchen, im Wind flatternd.

Ein paar schläfrige Möwen kamen vom Meer und flogen über die Dächer.

Ich radelte am Fluß entlang, auf dem Schokoriegelpapier trieb, vorbei an dem alten Haus der protestantischen Damen – ich habe keine Ahnung, wer da jetzt wohnt, aber es sah etwas heruntergekommen aus, in der Einfahrt die rostigen Reste eines Autos. Ein paar Schuljungen trieben sich im Eingang herum, warfen Kieselsteine. Sie standen zusammen und stießen sich gegenseitig mit den Ellbogen. Einer zeigte mir den Mittelfinger – eine neue Geste in dieser Gegend. Hörte einen Laster hinter mir rumpeln, wild hupend, plötzlich zog mich der entstandene Sog nach außen, und beinahe wäre ich in den Laster geknallt.

Aber es war ein gutes Gefühl, draußen und in Bewegung zu sein, dieses Lied aus dem Laden in meiner Kehle, die ganzen drei Meilen nach Hause, das Meer kam immer näher, aber ich erreichte es nie ganz.

In der Nähe der Grotte, wo wir früher unsere Graffiti hinkritzelten, hat ein Vogel in einem alten Kühlschrank ein Nest gebaut. Heute steht nichts mehr auf der guten alten Madonna, obwohl vor Jahren irgend jemand in knallroten Buchstaben *Man United Rules* über ihre Brust geschrieben hatte, und es kursierten immer großartige Witze über Norman Whiteside, der einen Kopfball von Maria Magdalena fängt, und Bryan Robson, der dem armen heiligen Joseph eins überbrät und dem Lieben Gott den Ball zwischen den Beinen durchschießt. Wir saßen mit dem Rücken gegen das Tor auf dem Boden und schlürften aus unseren Flaschen, rauchten Zigaretten in gehöhlter Hand, damit man nicht von der Straße aus die Glut sehen konnte. Manchmal gab es Raufereien im Wald, und wir bildeten einen Kreis um die Kämpfenden und feuerten sie an. Aber heute scheint es hier ruhig und sauber zu sein, bis auf den Kühlschrank. Ich hielt an und spähte in den großen weißen Kadaver – auf einem der Metallgitter, unten beim Gemüsefach, lagen Drosseleier. Hinten, zwischen den Kühlschlangen, waren Zweige eingewachsen. Auf dem Kabel etwas Vogelscheiße. Ich saß eine Weile da, aber ein paar Leute starrten mich aus ihren Autos an, und ich kam mir etwas komisch vor und stieg wieder aufs Rad. Seltsam, wie anders das Raumgefühl hier ist. In Wyoming kann ich losgehen und meilenweit wandern, ohne einer Menschenseele zu begegnen, nur ein paar Rinder, die auf den Weiden herumstehen, hin und wieder ein Pferd, das in die Berge galoppiert. So ein Land sickert in einen hinein, man lernt es zu lieben, es beginnt, im Blut zu klopfen. Aber hier ist alles begrenzt, das Land, der Raum. Fühlt sich nicht mehr sonderlich wie meins an – es ist so, wie wenn ich mit meinem Alten zusammen bin, um ihn herum schwebe, ihn nicht richtig berühre.

Ich gewöhnte mich an das Hüpfen in den Radpedalen – etwa so, als würde man lernen, mit einem Hinkebein zu tanzen –, und ich begann, die Umdrehungen zu zählen, die meine Füße machten. Trotzdem war es mühsam, bergauf zu fahren, am O'Leary's vorbei. Schaute herein, um Mrs. O'Leary zu begrüßen, aber es war nur ein Junge da, der hinter der brandneuen Mahagoni-Bar ein Glas rote Limonade schlürfte, jede Menge plüschrote Sessel überall, ganz anders als früher, als Mam an den Nachmittagen herkam und mit ihr über Hühner und ähnliches plauderte. Der Barmann sagte, Mrs. O'Leary sei vor drei Jahren gestorben, im Schlaf. Mir wurde ein bißchen schlecht, ich trank einen schnellen Pint wäßriges Harp auf diese unermeßliche Erinnerung an sie, radelte weiter.

Als ich das Haus erreichte, geisterte mir ein Bild im Kopf herum. Ich hatte Mrs. O'Leary einmal durch ihren Schankraum tanzen sehen, einen Stuhl liebevoll an die Brust gedrückt, die Füße rutschten in Bierpfützen aus, und ihre Haare waren mit roten Schleifen zurückgebunden – sie war einer der wenigen Menschen hier, die Mam zum Lachen brachten.

Diese ganze wilde, hüpfende Welt, alle gehen sie, dachte ich, verabschieden sich einer nach dem andern.

Mein Alter hatte immer noch diese Victrola von Mam im Wohnzimmer, aber sie muß schon vor Jahren den Geist aufgegeben haben. Ich versuchte, sie anzukurbeln und zu Ehren von Mrs. O'Leary etwas von Mams Mariachi-Musik zu spielen, aber er lehnte sich nur kopfschüttelnd in seinem Sessel zurück. Er erhob sich und ging in die Küche, wieder ganz schief vor Schmerz. Die vollen Einkaufstüten bei der Eingangstür bemerkte er nicht. Er wollte sich eine Tütensuppe machen, aber als er den Topf vom Herd nahm, verschüttete er etwas von dem kochenden Wasser. Der Topf fiel in die Spüle, kippte um. Ich hörte das Wasser den Abfluß hinuntergurgeln. Er betrachtete den Topf lange Zeit, spuckte drauf, drehte sich um, sah mich.

«Ich mach mal eine Suppe», sagte ich.

Er fuhr sich mit der Hand über den Mund: «Ich kann das Scheißwasser selber aufsetzen, klar?» Aber er tat es nicht. Er ging an mir vorbei, zurück zu seinem Sessel. Er roch fürchterlich. Sein Körper ist eine Puppe, die er an sich selber herumträgt.

Ich stellte den Topf auf – mußte die Spucke von der Unterseite abwaschen – und machte die Suppe, dazu eine Scheibe Brot und etwas Butter. Er nickte, schlürfte, hustete: «Das hätt ich auch selber machen können.» Er trank seine Suppe aus, ließ den Becher auf dem Boden stehen und stand auf, um sich mit dem Taschentuch den Mund abzuwischen – es war hart vor Rotze, dazwischen ein paar Blutflecken. Er steckte das Taschentuch in seine Hosentasche und wusch seinen Teller ab.

Ich holte die Packung Major heraus und warf sie ihm in den Schoß.

«Das ist die letzte», sagte ich.

«Du bist ein Schatz, Conor, tausend Dank.»

«Ich hab gehört, Mrs. O'Leary ist nicht mehr unter uns.»

«Ach, die hat schon lange den Löffel abgegeben. Randvoll mit Whiskey natürlich.»

«Natürlich.»

«Wahrscheinlich nicht die schlechteste Art, sich zu verabschieden», sagte er.

«Mag sein.»

«Hat vier Flaschen mitgenommen.»

«Mitgenommen?»

«Hat vier Flaschen mit unter die Erde genommen.»

«Du machst Witze.»

«Bushmills.» Er schmatzte mit den Lippen. «Irgend jemand ist eines Nachts auf den Friedhof und hat den Scheißsarg ausgegraben.»

«Das ist nicht dein Ernst.»

«Irgendein durstiger Dreckskerl», sagte er.

Er fuhr sich mit der Faust über den Mund. Apropos – ist der Tee schon fertig?»

Er setzte sich feierlich zurück und klopfte mit dem Boden der Packung gegen seine Handfläche, zog die Plastikfolie ab, steckte eine Zigarette umgekehrt hinein. «Bringt Glück», sagte er. Ich ging hinauf und duschte, zog mich an. Ging hinunter und fragte ihn, ob er Lust habe, auf ein Glas ins O'Leary's zu gehen, aber er lachte mich bloß aus.

«Was willst du mit einem alten Knacker wie mir da rumsitzen?»

Ich wollte mich nicht streiten. Genug von seinem Selbstmitleid. Bevor ich aufbrach, ging ich zum Kamin, legte etwas Torf nach und zerstocherte ihn mit dem Schürhaken. Er hatte ein paar von seinen Angelfliegen zum Trocknen auf den Steinrand gelegt. Er setzte sich auf, sagte, Fliegen seien wie gute Frauen – man sollte sie nie wegpacken, solange sie feucht seien, lachte los, als hätte er den besten Witz der Welt von sich gegeben.

Ich ließ ihn in seinem Sessel sitzen, schwang mich wieder aufs Rad und radelte in die beinschwarze Nacht.

Als ich vom O'Leary's zurückkam, saß er zusammengesunken in seinem Sessel. Sein Hosenstall klaffte wie eine Wunde, und seine Hände lagen zwischen seinen Beinen. Er hatte sein Taschentuch im Nacken. Als hätte er es sich selbst besorgen wollen und es dann vergessen. In der Küche merkte ich sofort, daß er in die Spüle gepißt hatte – er hatte es nicht weggespült, und es standen noch zwei Untertassen drin, die eine mit kleinen gelben Spritzern am Rand. Ekelhaft. Er hätte wenigstens vorher die Untertassen herausstellen können.

Beobachtete ihn beim Dösen. Er hob eine Hand, um sich etwas aus dem Auge zu wischen, vielleicht eine Art Vision, einen Traum, eine Absurdität. Aber ich kann mir nicht vorstellen, daß er noch Träume hat. Was würde er heraufbeschwören? Vielleicht irgendwas Langsames und Einschläferndes, das sich ins Schwarze hineinbewegt, ein langsamer Walzer in die Vergessenheit hinein. Oder war es vielleicht irgendein Technicolorgeheimnis? Wer weiß? Vielleicht erlischt das Leben, wie es einst begann – zurück zum profanen Aufleuchten eines einzigen Wasserstoffatoms, das in sich selbst zurück implodiert, das Erscheinen eines Singenden Hundes, am Rande des Nichts. Ein alberner Gedanke, eigentlich. Zu viele Gläser Harp intus. Hab niemanden im O'Leary's wiedererkannt, keine Menschenseele, vielleicht sind alle ausgewandert. Saß in der Ecke des Pubs und spielte auf dem Tisch mit Bierdeckeln. Aber reichlich alte Männer da drin, die ihre Gebisse im Mund hin- und herschieben, auf den Fingern ovale Nikotinflecken.

FREITAG

Mein Gott, war ich gut

Wachte spät auf, fühlte mich ein wenig mies. Dieses ganze Harp. Nektar der Hunde. Er stieß einen Lacher aus, als er mich sah, ging zum Schrank und holte den Whiskey heraus.

«Gut gegen Kater», sagte er.

Ich kippte einen hinunter und trank ein paar Gläser Wasser hinterher. Er hievte sich vom Tisch hoch, sagte, er wolle jetzt runtergehen und seinen Fisch fangen. Aber die guten Fliegen müssen ihm ausgegangen sein, denn er holte von ganz hinten aus dem Eisfach Köder heraus – irgendwelche alten Krabben in einem Plastikbehälter. Kochte Wasser in einem Topf, stellte den Behälter ins heiße Wasser, beugte sich darüber, atmete etwas von dem Dampf ein, sagte, das mache einen klaren Kopf, ich solle es auch versuchen. Hin und wieder drückte er den Behälter ins Wasser hinunter, tauchte ihn unter, leckte sich die Finger ab. Er muß sie sich in dem kochenden Wasser verbrannt haben, aber es schien ihn nicht weiter zu stören. Er hob den Plastikbehälter heraus, sagte, er habe keine Zeit, zu warten, bis die Krabben aufgetaut seien, steckte ein paar in seine Manteltasche. Ranzige Krabben werden seinen Geruch nicht gerade verbessern, dachte ich, wenn die erst mal in seiner Tasche auftauen, wird er bis in den Himmel stinken. Außerdem waren solche Köder verboten, aber er sagte, es sei ihm egal, ein Fisch sei ein Fisch sei ein Fisch, vor allem, wenn er seinen Riesenlachs fange.

Machte mich mit dem Rad in die Stadt auf, um in Gaffney's Hotel was zu frühstücken. Immer noch der alte Schuppen, vergilbte Deckchen, an der Wand Enten im Flug, der Teppich, der sich an den Rändern rollt, der Duft von frischgebrühtem Tee, in den Ecken zigarettenrauchende Bauern. Setzte mich an den Tisch bei der Tür und las die letzte Seite des *Connaught Telegraph*. Bestellte eine Riesenportion mit einer Extraladung Würstchen. Die Kellnerin kannte mich. Dauerte eine Weile, bis ich mich wieder erinnerte, aber schließlich fiel es mir wieder ein – Maria aus der Klosterschule, Wangenknochen, von denen man sich abseilen konnte, Haare bis zur Taille. Ich hab ihr früher Kußhände zugeworfen, wenn sie an der Gasse vorbeikam, wo wir immer Handball spielten.

Sie kam immer wieder mit irgendwas an meinen Tisch – Butter, Marmelade, noch einen Löffel –, bis sie mich schließlich fragte. Ich war nicht in Plauderstimmung, tat so, als wäre ich nicht ich, verfiel in meinen besten schleppenden Wyoming-Akzent.

Trotzdem, es gibt nichts Besseres gegen Kater als ein paar Würstchen und Speck, und ich fühlte mich danach wieder, als könnte ich Bäume ausreißen. Ließ ein Pfund als Trinkgeld da, und sie kam mir hinterhergerannt, mit wehenden Haaren, sagte, wir nehmen in diesem Teil der Welt kein Trinkgeld. Sie sagte, sie habe von Anfang an gewußt, daß ich es bin – wahrscheinlich wegen der dunklen Haut –, und lächelte.

«Wie lange bleibst du?» fragte sie.

Erzählte ihr von dem Visum, und sie sagte, ich hätte wirklich Glück, sie würde einen Arm und ein Bein hergeben, um auch abhauen zu können, sie habe einen Bruder in Louisiana, der Austern öffnet, eine Schwester in Washington, die als Altenpflegerin arbeitet. Ich trat von einem Fuß auf den anderen und fummelte an den Knöpfen meiner Jeansjacke. Sie erkundigte sich nach meinem Alten, sagte, er sei früher immer jeden Samstag zum Frühstück gekommen, sie habe ihn schon eine ganze Weile nicht mehr gesehen.

«Oh, er ist in Bestform.»

«Na, das hört sich doch alles wirklich gut an.»

Sie klimperte mit Münzen in ihrer Schürzentasche.

«Dann werd ich mal gehen», sagte ich.

«Wenn du meinst. Komm doch am Montag zum Frühstück vorbei, bevor du fährst.»

«Mach ich.»

«Ich lad dich ein.»

Ich schob das Rad und ging zu Fuß heim, am Flußufer entlang. Mußte bei der Fabrik, wo sie den Stacheldraht noch einen Meter höher gezogen haben, einen Umweg machen, inmitten der Quietscher und der Scheiße und des Schlamms waren die Rufe von Männern zu hören. Setzte mich ein paar hundert Meter von der Fabrik entfernt hin, ins hohe Gras. Verspürte den Drang, einfach reinzugehen und loszuschwimmen, selbst wenn das Wasser ekelhaft war, schwarz wie Beeren, wie es da langsam durchs Schilf sickerte. Zog T-Shirt und Hose aus, hängte sie an die Dornenzweige eines Busches, saß in meiner Unterwäsche da, ließ die Füße ins Wasser baumeln. Diese Art, nur halb zu leben. Dieses ständige Hinnehmen. Genug von der Krankheit meines Alten, dachte ich. Diese Seuche von Tagen, Teetassen und Kopfnicken. Eine Vision von Maria stieg in mir auf, ein Schwindel der Lust und aufrichtigen Begehrens. Sollte umkehren und sie einfach entführen, die Münzen in ihrer Schürze zwischen den Fingern drehen, ausnahmsweise einmal etwas lächerlich Romantisches tun, sie zum Strand tragen, am Wasserrand auf Palominos reiten, Oghamsteine in unsere Taschen stopfen, ins Meer hinausreiten.

Mit einer Verbeugung zum Fluß beschloß ich zu schwimmen, ging bis zu den Knien hinein, balancierte auf ein paar Steinen, schwankte hin und her und wollte gerade hineinspringen, als ich im Gebüsch bei meinen Kleidern ein Rascheln hörte, vielleicht eine Ratte oder ein Vogel. Ich ging wieder ans Ufer, schüttelte das Wasser von meinen Füßen, zog mich an, setzte meinen Heimweg fort, während hinter mir eine Fabriksirene ertönte. Mein Alter war da, in seinem üblichen Trott, und eine Bitterkeit durchschoß mich, als ich ihn beim Auswerfen beobachtete. Irgendwas legte sich mir auf den Magen und nagte an mir. Er lebt jetzt sein Leben im Griff irgendeiner bequemen Betäubung.

Wenn ich mir eine Betäubung aussuchen müßte, würde ich wahrscheinlich tun, was Cici tat – ein paar Visionen haben, wenn ich schon dabei bin. Als ich sie kennenlernte, sah sie aus, als hätte sie die Großmutter eines Hügels sein können, aber es steckte eine lustvolle Energie in ihr und in den Dingen, an die sie sich erinnerte. Sie wohnte in der Nähe der Castro Street, wo das feinste Sterben in Amerika stattfand – aber Cici war nicht dabei zu sterben. Cici war ihr eigener Singender Hund. Cici heulte immer noch in der Erschaffung anderer Tage und Orte.

Ein Sommer der Brände, jener Sommer des Jahres 1956. Sie leckten sich ihren Weg anzüglich zwischen den Bäumen hindurch. Flitzten wie Eidechsen an Kämmen entlang. Setzten über braune Flußbetten, verweilten kurz bei neuen Gräben und schwärzten die gelben Eichelhütchen, die an den Ästen der Bäume hängengeblieben waren, züngelten sich hinaus zu den nördlichen Teilen des Waldes, wo sie von Delhart und seinen Männern zurückgeschlagen wurden, deren Zähne die Farbe von Rauch bekamen. Die Feuer legten sich für einen Tag und peitschten dann wieder auf, mit einer riesigen, vom Wind getragenen Aschenwolke. Nachts leuchtete der Himmel. Der Osten orange gesprenkelt, und der Rauch nahm verschiedene Töne an, Rosa, Gelb und Rot, wie Hautschichten, als hätte ein Nordlicht beschlossen, eine Weile zu bleiben, sich an diesen Teil der Welt zu hängen, unterstützt von den Bergen, den seichten Flüssen, der üppigen orangeroten Gewalt.

In den Wäldern flüchteten erschreckte Tiere aus dem Unterholz. In der Nähe einer Feuerschneise wurde der Kadaver eines Rocky-Mountain-Elchs gefunden, sein schwarzverkohltes Maul weit aufgerissen. Auf der Hauptstraße einer Stadt im Norden wurde ein flüchtender Grizzly erschossen, taumelte wie verrückt auf dem Gehweg entlang, als er vom Visier eines Gewehrs eingekreist wurde. Nach einem Dutzend Kugeln ging er zu Boden, wobei er einen wilden Schrei ausstieß, den eine Verrückte, die an der Ecke eines Tierfutterladens stand, nachahmte. Sie schrie so laut, daß es hieß, ihre Stimmbänder seien zerrissen. Mein Vater war gerade unten am Café, und sein Photo zeigt sie mit zum Himmel hochgeworfenen Armen. Ihr Schrei muß bis in die Sonntagmorgengottesdienste hineingehallt haben, wo zwischen den Kirchenbänken ein «Amen!» nach dem andern ertönte und Prediger in der Offenbarung des Johannes nach Stellen über Brände und das blau-heiße Ende der Welt suchten. Münder öffneten sich zum Gesang, während Militärhubschrauber über die Dächer flogen, beladen mit Wasserbeuteln, mit denen entfernte Flammen gelöscht werden sollten.

Jungs machten sich Hutbänder aus ausgetrockneten Schlangen – Klapperschlangen und Hakennattern –, die sie an den Rändern gesperrter Waldstraßen aufsammelten. Mit den Taschenmessern ihrer Väter schlitzten sie die Schlangen der Länge nach auf, häuteten sie, banden sie sich um die Köpfe, ein Ritual, das für den Übergang zum Mannsein stand – ein weiterer Brand, kurz vor dem Ausbruch. Felsen wurden von der extremen Hitze gespalten. Fichten knisterten zu Stümpfen herab. Am Waldrand explodierte eine verlorengegangene Schachtel Munition, und das Echo ließ die Männer aus ihren Häusern stürzen. Nachts im Bett lernte man wieder beten, und Ehefrauen küßten zärtlich die Stirn ihrer Männer, wenn sie zur Tür hinausgingen, gelbe Jacken überm Arm, unter den Wampen Ledergürtel mit eingravierten Initialen.

Ein alter Rancher unten am Flußbett weigerte sich, seine Blockhütte zu verlassen, und ging wie ein Buddhist in Flammen auf – die Leiche wurde auf einer improvisierten Bahre hinausgetragen, das Fleisch der Hände schmolz in den Bauch hinein, auf dem er sie in Erwartung der Vorsehung gefaltet hatte. Seine grauen Haare waren verschwunden. Die Beerdigung des verbrannten Mannes wurde zwei Vormittage lang verschoben, weil Sirenen die Männer zu anderen Bränden riefen. Als sie schließlich stattfand, legten erschöpfte Männer die Köpfe auf die Kirchenbänke und weinten heimlich in ihre Sonntagstaschentücher hinein. Für die Totenwache wurden auf dem braunen Rasen vor der Kirche Krüge mit Limonade auf weiße Picknicktische gestellt, und Kinder spielten mit Eimern voll Wasser, spritzten sich gegenseitig naß. Ein

Leichentuch hing über der Stadt. Frauen beugten sich über Radios, um zu hören, ob die Brände in den nationalen Nachrichten erwähnt würden. Bussarde stiegen auf und glitten durch die Bergluft, unablässig mit den Flügeln schlagend – manchmal war der Himmel schwarz vor Bussarden, sie schienen herabzukommen wie Priester auf dem Weg zu einer Eucharistie.

Mein Vater blieb bei Delhart und den Männern. Er erzählte ihnen, daß er im Auftrag einer New Yorker Zeitschrift da sei – tatsächlich war er gefeuert worden, bevor er überhaupt mit seiner Arbeit begonnen hatte. Am Telefon hatten sie verkündet, daß ein anderer engagiert worden war. «Alles klar», hatte er mit trockener Kehle gesagt. Er hatte sich in einer Bar in der Stadt betrunken, seinen Kummer, aber auch ein lichtes Hochgefühl, das ihm die plötzliche Freiheit bescherte, ersäuft. Der junge Barmann, ein Mann mit zitronengelben Haaren, hatte für die Löschtrupps einen besonderen Drink gemischt, The Blood Blazer, mit einem Schuß Tabasco. Ich kann mir meinen Alten vorstellen, wie er an der Theke sitzt, den Drink in großen Schlucken hinunterstürzt, voll Verbitterung darüber, daß er seine Chance verpaßt hat, nur weil seiner Frau dieser Ort gefiel und sie dableiben wollte. Die Drinks brannten ihm bestimmt in der Kehle, durchwühlten ihm den Bauch. Er hockte mit den anderen Männern in der Bar herum, und sie husteten in ihre Bandanas, Grabenschaufler an ihrem freien Tag, an den Fingern Blasen von den Schippen. Es waren harte Männer, die in penibler Demokratie einer nach dem anderen eine Runde ausgaben. Sie müssen meinen Alten zuerst für einen Ausländer gehalten haben – die frühen Bilder von ihnen haben etwas merkwürdig Starres, man kann fast spüren, wie sie die Zähne zusammenbeißen, während sie in die Linse starren, ihre Gesichtszüge gerade noch erkennbar im Licht, das durch das Barfenster dringt, ihre Wangenknochen von Rußflecken verdunkelt.

Jeden Morgen ging mein Alter den Berg hinunter, wo er sein Fahrrad an eine Fichte gelehnt hatte, fuhr die sieben Meilen in die Stadt, seine Kameras um die Brust geschnallt. Manchmal folgten ihm Jungs mit ihren Schlangenhauthüten und reckten ihre knochige Brust vor, wenn sein Objektiv sich auf sie richtete. Nach einiger Zeit entspannten sich die Ranger und die Männer der Löschtrupps vor seiner Kamera, betrachteten sie mit einer Mischung aus Lässigkeit und Erwartung. Für Einzelaufnahmen legte er ihnen ein weißes Laken vor die Füße, ließ das Licht zurückprallen, um ihre Gesichter durch harte Schatten hervorzuheben, während sie so taten, als würde sie das alles nicht interessieren, die Köpfe hängen ließen und sich die ascheschwarzen Hände rieben. Sie nannten ihn «den Iren», weil er seine Herkunft immer noch ausstrahlte – die zurückweichenden Locken, die grünen Augen, die großen Schultern unter seinem weißen Hemd. Er begann sich diesem Sommer zu ergeben, mein Vater, ließ sich mitreißen, fing die Brände in ihrer ganzen Großartigkeit und Brutalität ein, dankte sogar Mam für ihre Weitsicht, dort bleiben zu wollen – dies waren seine besten Bilder, da war er sich sicher, sie würden ihn berühmt machen, daran zweifelte er keinen Moment.

Delhart war der einzige, der sich nie photographieren lassen wollte. Sein Gesicht war den Schippen der Schneisenschaufler nicht unähnlich – groß und braun, wettergegerbt und abgenutzt. Delhart haßte Kameras seit der Wirtschaftskrise, als ein Photograph durch seine Stadt gekommen war. Er war damals noch sehr jung gewesen, und der Photograph hatte ihn überredet, sich das Hemd auszuziehen und seinen aufgeblähten Bauch zu zeigen. Delharts Mutter hatte das Photo in kleine Stücke zerrissen, als es ein Jahr später in einem Buch erschien, kaufte alle Exemplare, die sie kriegen konnte, und verbrannte sie im Holzofen.

«Du kannst dich doch auch mit deinen Augen umsehen, oder?» sagte Delhart. «Ist doch sinnlos, das Ding da zu benutzen.»

Mein Vater nickte bloß, ohne etwas zu sagen.

Delhart bewegte sich wie ein Kriegsgeneral zwischen den Bränden umher – die Bewegung lenkte ihn vielleicht von seinen Problemen ab. Überall tuschelte man, daß er die Indianerin geschwängert hätte. Irgend jemand hatte ihn gesehen, wie er hinter ihrem Haus eine Brandschneise grub, um sie zu beschützen, aber niemand brachte es zur Sprache, es war ein heikles Thema, ein Ranger und eine Indianerin. Es war wenig über sie bekannt, weil sie mit niemandem redete, aber es gab Gerüchte, und die Gerüchte vermehrten sich mit ihrem Schweigen. Daß sie nicht sprach, wurde darauf zurückgeführt, daß man ihr in einem Reservat in Utah die Zunge herausgeschnitten hatte, als Strafe dafür, daß sie dasselbe mit einem Dutzend Elstern gemacht hatte. Oder ihr Vater war ein Medizinmann gewesen, der aus Versehen mit einem Zaubertrunk ihren Kehlkopf zum Platzen gebracht hatte. Oder sie hatte Eichhörnchenknochen gegessen, die ihr in der Kehle steckengeblieben waren. Angeblich hieß sie Eliza. Ihre Augen waren dunkel und lagen tief in den Höhlen, wie bei jemandem, der gelitten hat, aber ihre Bewegungen waren wunderbar geschmeidig, wenn sie hinter ihrer Hütte den Boden harkte. Einige behaupteten, sie sei eine Prostituierte, aber als Männer sie aufsuchen wollten, holte sie eine Schrotflinte hinter der Tür hervor und bedrohte sie stumm damit.

Delhart sagte weder etwas über Cici noch über die Indianerin, aber mein Alter hatte ein Exemplar von Cicis Buch unter dem Fahrersitz von Delharts Truck gesehen, der beigefarbene Rücken war aufgesprungen, alle möglichen neuen Rußflecken auf den Seiten. Er vermutete, daß Delhart noch immer in Cici verliebt war und daß die Dinge sich wieder einrenken würden, aber er behielt seine Gedanken für sich.

Cici wischte die Gedanken an Delhart beiseite, und in ihren Blick schlich sich ein vages und manisches Leuchten. Sie und Mam beugten sich über das Funkgerät, steckten auf großen braunen Karten Koordinaten ab, blickten hinaus über die Brände, meldeten sie an die Ranger unten. «Scheiße, Mädchen, ihr habt's gut. Hier unten ist die Hölle los.» Der Wachturm und der Berg blieben unversehrt. Rauchige Himmel schwebten vorbei. Die schwere Holztür knarrte und stöhnte. Während sie auf ihrem kleinen Herd Wasser kochte, hätte meine Mutter schwören können, daß sie die Blasen gegeneinander schlagen hörte. In dieser Höhe dauerte es ewig, bis das Wasser kochte. Ihr eigener Atem kam in weichen, regelmäßigen Mustern zu ihr zurück. Während Cici ihre Gedichte schrieb, ging Mam draußen spazieren. Die Tage streckten sich wie auf einem Gummiband, die Zeit verging im Rhythmus der Stille. Und die Stille sackte in sich zusammen – ein fallendes Steinchen auf dem Geröllfeld, eine Zikade, die die Plättchen an ihrem Hinterleib aneinanderrieb, ein Ruf im Funkgerät, ein Reh, das sich unten bei der Baumgrenze an den Salzblock heranschob, ein Insekt, das im Klohäuschen herumschwirrte, alles wurde Teil der Stille. Selbst die Tannennadeln unten im Wald brachen mit einem spröden Brüllen, wenn Mam darauf trat. Im Klohäuschen raschelte es vor Spinnen, und wenn man gegen den Gestank Kalk oder Asche auf den Boden warf, stiegen Fliegen auf.

Im Turm war ein makellos sauberer Pferdeschädel an die Wand genagelt, er blickte auf einen Eisenherd, einen Stuhl, einen Tisch, ein Bett, ein paar Kommoden und einen Rucksackrahmen herab. Die Wachposten der Vorjahre hatten Graffiti an die Wände gekritzelt. Die Wendeltreppe wurde scherzhaft ‹Yeats› genannt, nach der Spiralform seiner Gedichte. Cici schrieb auf jede zweite Stufe einen Buchstaben seines Namens. Sie sagte lachend, jeden Morgen besteige sie Yeats, schüttele ihn, wische ihn sauber, steige ihn mit dem Fernglas in der Hand herab, hocke auf ihm, um zu lesen, fahre mit der Hand über sein Geländer, stehe mitten im ‹A›, um der Welt ihre Meldungen zu machen.

Cici und Mam nahmen die relative Feuchtigkeit der Welt in sich auf, die Höchst- und Tiefsttemperaturen, die Windstärken, die Geschwindigkeit der Wolken, das Aufwirbeln des Staubes, die Möglichkeit weiterer Brände, funkten das alles weiter ans Hauptquartier. Wie weit ein Gewitter entfernt war, maß man, indem man die Sekunden zwischen Blitz und dem Ertönen des Donners zählte. Und hier oben, auf diesen Stufen, schrieb Cici, umgeben von Graffiti, ihre Gedichte und las sie von der Treppe aus vor, wenn sie fertig waren. Mam genoß die wilden Tiraden ihrer Freundin, die Klänge hallten durch den Turm, sie legte den Kopf auf Cicis Schulter und hörte zu.

Am Anfang schliefen sie alle drei in Schlafsäcken auf dem Boden, sahen aus wie eine Reihe bunter Kekse. Aber eines Nachts drehte Cici durch, weil sie seit drei Tagen kein Wort mehr geschrieben hatte, sie tigerte im Turm herum, zerriß Blätter und warf sie um sich. «Was wollt ihr überhaupt hier? Haut ab! Raus!» Meine Eltern brachten ihre Schlafsäcke nach draußen und hörten das gedämpfte Echo von schrillen Beschimpfungen aus dem Innern des Turms dringen. Zwischendurch ging Mam hin, um sich zu vergewissern, daß es nicht wieder zu einer Episode wie der mit dem Wassertrog kam. Sie rechnete immer noch halb damit, Cici über einem umgestoßenen Stuhl an einem Seil baumeln zu sehen, denn das manische Leuchten in ihren Augen barg eine eigene Dunkelheit.

Cici entschuldigte sich am nächsten Tag, aber meine Eltern fanden allmählich Gefallen an diesen kalten Nächten draußen, in denen Schwärme von Insekten sangen. Mein Alter baute ein kleines Lager unten bei der Baumgrenze, konstruierte aus ein paar Pinienstämmen, die er mit rotem Strick zusammenzurrte, eine erhöhte Plattform. Nur wenn es stark blitzte, blieben sie im Turm. Eine kleine Trittleiter führte zu der zwei Meter hohen Plattform, die knarrte, wenn sie darauf herumgingen. Mam stieg morgens hinunter, isolierte die Geräusche, schluckte sie hinunter, ließ die Luft über ihren Körper strömen. Es gab einige Aufnahmen vom Anbruch des Tages, meine Mutter erneut unbekleidet, aber sie waren subtiler, schärfer konturiert als die aus Mexiko. Da war ein Photo, auf dem sie einfach in einer Hängematte liegt, ihr Körper in ein Netz aus Karos unterteilt, ein Knie leicht angehoben, um ihre Blöße zu bedecken, ein Bandana um die Haare gebunden; auf einem anderen zieht sie sich gerade eine Ranger-Hose an, die mein Vater sich bei Delhart ausgeliehen hatte, die Kamera hat sie überrascht, die Brüste sind entblößt, der Mund wie eine Zitrone geformt; und eins, auf dem sie in Bluse und Unterhose dasitzt, gegen einen Baum gelehnt, ein Sandwich essend, das Wetter beobachtend, sich umblickend, als gäbe es im Umkreis von Meilen kein einziges Feuer.

Cici erzählte mir, daß sie von ferne beobachtet habe, wie einige dieser Photos aufgenommen wurden, und sie beneide meine Mutter darum, wie sie ihre Liebe genutzt habe. Manchmal konnte Cici sich nicht dagegen wehren, an Delhart zu denken und an seine Bootshände, ließ sich von ihnen zwischen geschwärzten Bäumen und Dingen hindurchrudern, die von Stücken zischenden Harzes aufbrüllten. Mußte heute wieder an Cici denken, während mein Alter seinen Fisch da unten jagte.

In San Francisco hockte sie in einer Wohnung in der Nähe der Castro Street, im dritten Stock. Ich ging die Treppe hoch, nervös, mein Rucksack zog mir schwer an den Schultern. Die Wände des Wohnblocks waren frisch gestrichen, und ein Junge in kurzen Hosen schnüffelte daran. Fernes Klaviergeklimper rollte durch die Wohnungen. Im Flur hatte jemand einen Kaktus umgestoßen, drum herum lagen verstreut ein paar Steinchen. Ich stieg darüber hinweg, klopfte an ihre Tür, stellte mich vor. Sie ließ mich herein, vorbei an einem Berg von Wurfsendungen zu ihren Füßen, als hätte sie mich schon ihr ganzes Leben lang gekannt.

«Wie hast du mich gefunden?»

«Die Auskunft angerufen», sagte ich.

«Wieso hast du nicht angerufen?»

«Ich wußte nicht, ob du mich sehen wolltest.»

«Ach Gott, natürlich will ich das», lachte sie, während sie mich hereinführte. An ihren Handgelenken klirrten silberne Armbänder.

Ich blickte mich um. Der Spiegel an der Wand schmeichelte ihr nicht besonders. Ihre Haare waren quarzgrau mit Flecken drin, ihr Gesicht ebenfalls. Ich stellte meinen Rucksack auf den Boden. Zeitungen lagen herum, die

Ränder vollgekritzelt, eine Reihe Smilies die Seite hinunter, in roter Tinte. In einem Topf auf dem Boden klebten angetrocknete Makkaroni.

«Ich hab dir Blumen mitgebracht.»

«Die sind aber schön.»

«Hast du eine Vase?»

Sie antwortete nicht. Sie sah zur Decke. «Wie geht's deiner Mutter?»

«Es geht ihr gut.»

«Ach schön, das ist schön.»

«Hast du von ihr gehört?» fragte ich.

Sie sah mich mit einem seltsamen Blick an. «Nein.» Sie schloß die Augen. «Sag mal, das ist aber ein schwerer Rucksack, den du da hast.»

«Bin schon eine Weile unterwegs.»

«He, warum bleibst du nicht einfach für immer bei mir?»

«Wie bitte?»

«Für ewig und drei Tage.»

«Ja, okay.» Ich nickte. «Sie schreibt dir nie?»

«Nie. Eine Weihnachtskarte hab ich schon seit – ach...» Ihre Stimme verebbte. «Ich weiß wirklich nicht, wie lange.»

«Verstehe.»

«Sag mal, wie heißt du noch mal?»

«Conor.»

«Ach ja, wie konnte ich das vergessen? Du siehst genauso aus wie sie, weißt du.»

Der Fernsehapparat war mit einem Bogen weißem Kreppapier bedeckt – Cici sah gerne ohne Ton fern, ein magischer Kasten, der ein bizarres Geflacker von Farben produzierte. Man konnte die Fasern im Papier sehen und die statische Aufladung, die es vom Bildschirm weghob.

Sie hatte das Kreppapier an der Oberkante des Geräts festgeklebt, so daß sie einfach das Papier hochheben konnte, wenn sie etwas im Fernsehen sehen wollte.

Sie ging zum Sofa, streckte sich aus, legte sich zurück und lachte, ein lautes Gackern, das durch die ganze Wohnung hallte. Auf den Regalen waren Amulette aufgereiht, eine kuriose große Wasserpfeife für Marihuana auf dem Couchtisch, der Kaminsims war voller Kerzen, an den Wänden ein paar Bilder, O'Keeffe-Drucke, eine Warhol-Imitation. Sie trug ein weißes Nachthemd, die Haare fielen ihr offen über die Schultern. Sie sah aus, als sei sie einem Tennessee-Williams-Stück entsprungen. Es war, als hätte sie sich jahrelang übers ganze Land verstreut, wäre zur Castro Street zurückgekehrt, wo Leute bei ihr ein und aus strömten. Sie unterhielt sie mit Syllogismen. Frauen kamen hereingeschneit, sie plauderte mit ihnen darüber, wie man sein Zahnfleisch, seine Fingernägel, seine Jungfräulichkeit erhielt – vielleicht alles auf einmal. Sie erzählte von Beat-Schriftstellern, die ihr alle drei genommen hatten.

Hohlgesichtige Männer klopften an ihrer Tür und wollten darüber reden, wie ihre Körperzellen abgebaut wurden. Sie brachten ihr Blumen – ihre Wohnung war voll von Blumen. Cici quasselte über Bewegung und Politik, über Stillstand und Liebe, über den romantischen Schlammhaufen der Sechziger, über Männer, die in Vietnam umgekommen waren – «orientalischer Tod» nannte sie das. Sie war eine Art Schamanin, eine heilige Wut lebte in ihr. Und sie leitete all ihre Geschichten mit demselben Satz ein: «Mein Gott, ich erinnere mich.»

An diesem ersten Abend, als in ihrer Wohnung Ruhe eingekehrt war, war Cici sichtlich erschüttert, als ich erzählte, was tatsächlich mit Mam passiert war.

«Meine Güte», sagte sie, «das hab ich nicht gewußt.»

Sie verdrehte traurig die Augen und stocherte mit einem Zahnstocher unter den Fingernägeln herum, als ich sie noch einmal fragte. «Nein, nein, ich hab kein Wort von ihr gehört, stell dir vor. Sie ist einfach weg?»

«Von einer Sekunde zur nächsten», sagte ich. «Ohne auch nur eine Nachricht zu hinterlassen.»

«Wo ist sie hingegangen?»

Ich schüttelte den Kopf.

«Hast du es in Mexiko probiert?»

«Natürlich.»

«Nichts?»

«Nichts.»

Sie ging in die Küche und kam mit einer Flasche Wodka und ein paar Eiswürfeln zurück, goß zwei Gläser voll, starrte auf die Wand.

«Erzähl mir von den Waldbränden, Cici.»

«Wieso das denn?»

«Ich will's einfach nur wissen.»

«Warum?»

«Sie hat früher immer davon erzählt. Mein Alter auch.»

«Ach ja, dein Vater. Wie geht's deinem Vater?»

«Hab ihn länger nicht gesehen. Er ist zu Hause in Mayo.»

Sie schürzte die Lippen und zuckte die Achseln.

Ich nippte an dem Wodka. «Erzähl mir von den Waldbränden.»

«Ach, hier reden alle über die alten Zeiten», sagte sie. «Tagein, tagaus red ich über die alten Zeiten.»

Ich nickte.

«Ich meine, über was anderes redet hier niemand. Wie es vor zwanzig, dreißig, einer Million Jahren war.» Sie bewegte sich ein wenig auf dem Sofa. «Weißt du, was ich glaube?» sagte sie. «Ich glaube, Erinnerung ist zu drei Vierteln Einbildung.»

Ich setzte mich zurück.

«Und der Rest sind reine Lügen», sagte sie.

«Ja, ja, ich weiß, was du meinst.» Ich rang die Hände.

Ich wußte, was sie meinte, und doch sang sie für mich wie ein Zaunkönig, immer weiter, Erinnerungen von erstaunlicher Klarheit, Ereignisse, die aus ihr heraussprudelten, ein wehmütiges Klagelied, während sich ihr Nachthemd im Luftzug eines Ventilators blähte. Und Cici erinnerte sich an den Gesichtsausdruck meiner Mutter in dem gesprungenen Spiegel – «Mein Gott, ich erinnere mich» –, als wäre es gestern gewesen.

In ihren Mundwinkeln ein ständiges Lächeln. Jeden Moment erwartete ich, im Theater ihrer selbst einen Applaus zu hören, und sie hielt sich die Hand vor den Mund, legte den Kopf schief und sagte kichernd zu einem hingerissenen Publikum: «Mein Gott, war ich gut.» Und dann konnte sie vom Saum ihres Nachthemds wieder aufblikken und fragen: «Oder?»

Später an jenem Abend sah ich, wie sie mit einer Spritze in der Hand ihre Beine absuchte. Auf der Innenseite ihrer Schenkel waren Spuren zu sehen, vermutlich eine der wenigen verborgenen Stellen, wo sie sich spritzen konnte. Ich bewegte mich in meinem Bett auf dem Boden. Sie erhaschte meinen Blick. Die Nadel zitterte kurz.

«O Gott», sagte sie. «Haben wir Zucker ins Blumenwasser getan?»

Die Nadel sank ins Fleisch.

«Ich vergesse immer das mit dem Zucker im Wasser», sagte sie.

Sie drückte den Kolben der Nadel herunter.

«Ist alles in Ordnung, mein Lieber?» fragte sie mich.

«Ja.» Ich setzte mich auf den Boden und zog die Beine an. «Warum machst du das?»

«Dann halten die Blumen länger.»

«Nein», sagte ich. «Ich meine das.»

«Oh.» Sie blickte auf die Nadel, zwirbelte sie zwischen den Fingern. «Einfach so.» Das Sofa empfing sie wieder, und sie lehnte sich zurück, mit geschlossenen Augen, setzte sich plötzlich auf und sagte: «Wußtest du, daß Morpheus der Gott der Träume ist?»

Sie bezog das Zeug von einem Arzt, als Gegenleistung für vier Erstausgaben von zweitrangigen Beat-Poeten. Sie sei nicht süchtig, sagte sie, es sei nur so eine Angewohnheit, die sie vor kurzem entwickelt habe. Sie setzte sich in eine Ecke des Sofas und beugte sich zu mir herüber. «Keine albernen Gedichte mehr», sagte sie, «ich mach keine albernen Gedichte mehr, Poesie ist einen Dreck wert. Ich sitz viel lieber hier und rede. Nichtstun hat etwas Würdevolles, findest du nicht?»

In einer Ecke ihrer Wohnung lag eine Rolle Butterbrotpapier, aber es war keine Schreibmaschine zu sehen. Zwischendurch nahm sie die Wasserpfeife vom Tisch und drehte sie zwischen den Fingern. Eine Bärenkralle hing daran. Irgendwie war sie bei Cici gelandet, nachdem ein Ranger sie in einem anderen Turm beschlagnahmt hatte. Sie hatte Dope aufgegeben, hielt sich ausschließlich an Morphium, aber sie hatte ein paar Marihuanapäckchen unten in ihrer Unterwäscheschublade versteckt. Das Gras war alt und vertrocknet, aber ich rauchte trotzdem etwas davon, ließ mich von der Bärenkralle an der Lippe kratzen und Cicis Welt um mich herumtropfen.

Ich blieb drei Wochen bei Cici. Sie gewöhnte sich an, mich ‹Babe› zu nennen. Manchmal war sie rasend vor Energie, ging in ihrer Wohnung auf und ab, öffnete die

Tür, ließ Besucher herein. Manchmal ging sie auf den Balkon und unterhielt sich mit Leuten unten auf der Straße, warf ihnen ihre Worte hinunter. Der Verkehr brüllte, Männer hielten sich an den Händen, winkten zu ihr hoch, gingen eng umschlungen weiter. Ein Wolfshund zerrte seine Besitzerin hinter sich her, so daß ihr anämischer Mantel flatterte. Sirenen ertönten, die Straße schrie aus voller Kehle. Die Säule des Friseurladens kreiste in Rot, Weiß und Blau – ein Schild draußen versprach für jede Rasur eine frische Klinge. Ein Mann mit einer Reklametafel verurteilte die Straße als ein Sodom und Gomorrha – er war wie Moses da draußen, wie eine Salzsäule, vor ihm teilte sich ein Meer aus Menschen.

Eines Abends, als Cici schlief, trat ich hinaus auf die Feuerleiter. Auf der anderen Straßenseite stand ein Mann auf seinem Balkon, ließ seine schweren Hüften kreisen, sang in eine Haarbürste hinein. Er sah mich, zuckte aber nicht mit der Wimper, sang weiter. Er war mittleren Alters und trug eine Krawatte, aber kein Hemd. Ein paar Worte aus alten Cole-Porter-Songs sickerten über den Verkehr herüber. Er sang mit unaussprechlicher Sehnsucht, die Haarbürste bewegte sich wie ein schwingendes Trapez um seine Lippen. Manchmal zwirbelte er die Bürste in seinen Fingern herum, zupfte sich Haarklumpen aus den Zähnen. Cici trat zu mir auf die Feuerleiter, legte die Hand auf meine Schulter.

«Babe», sagte sie.

Sie stand neben mir und sang zusammen mit dem Mann «You're the Top», ein Doppelgesang von Stimmen, gegeneinander versetzt, der über dem Verkehr schwebte. Sie zwinkerte dem Mann zu, der die Bürste in seine Gesäßtasche steckte und lächelte, legte ihren Arm um meine Hüfte, führte mich wieder hinein, machte uns etwas heiße

Milch, damit wir wieder einschliefen. Am Morgen hatte sich auf der Milch, die wir nicht angerührt hatten, eine Haut gebildet. Cici schöpfte sie mit einem Löffel ab. «You're the top», sagte sie lachend, als sie die Haut der Milch in den Abguß warf.

Es war ein vibrierender und eklektischer Ort, und Cici paßte perfekt dorthin, ein lebendiges Gesims zwischen den Brocken von weißen Backsteinen, alte Holz- und Betonstücke um sie herum. An den Nachmittagen war sie dankbar, daß sie jemanden hatte, der kochte. Ich briet uns etwas zu essen auf und fabrizierte einen Schokoladennachtisch, den sie stehenließ. «Er sieht einfach zu schön aus, um gegessen zu werden», sagte sie. «Findest du nicht, Babe?» Mit ihrer Nadel malte sie einen weiteren Smily in den Schokoladenpudding. Hinter ihr schwamm das Kreppapier in Farbe. Jeden Tag versuchte sie verzweifelt, sich an meinen Namen zu erinnern, schaffte es aber nicht. Aber sie erinnerte sich an Ereignisse, die Jahre zurücklagen, als wären sie eben erst geschehen, ein ununterdrückbares Verlangen, sie wieder zu erleben, eine Traurigkeit darüber, daß das unmöglich war, eine Pilgerreise in die Sehnsucht. Cici betrachtete mich nicht mehr als Besucher. Sie ließ die Badezimmertür offen, wenn sie auf die Toilette ging. Wenn sie auf dem Sofa saß, schob sich ihr Nachthemd an ihren Beinen hoch. Ich drehte mich um, wenn sie ihre Spritzen hervorholte, den Kopf der Bärenkrallenpfeife füllte, entschwebte.

Haight, sagte sie, sei für sie flüchtig, sexuell, magisch gewesen. Mitte der sechziger Jahre – ein Jahrzehnt nach den Waldbränden von Wyoming – hatte sie ihre Haare herumgewirbelt, high von LSD, Reifen um den Hals, Hornhaut an den nackten Fußsohlen. Ich ging da runter, um mich umzusehen, stand an der Ecke von Haight und

Ashbury, fand mich umringt von alten bärtigen Männern, die um Geld bettelten, in der Luft schwebte der Geruch nach frischem Sauerteig. In der Neu-Erschaffung lag die Tristesse – Pferdeschwänze, Nasenringe, CDs, teure Bärte, ein T-Shirt mit einem Peacezeichen aus einem Mercedesstern.

Im Park jonglierte eine Frau mit Orangen. Sie trug ein kurzes Top und fuhr sich zwischendurch mit der Hand über die Brust, um den Schweiß wegzuwischen. Sie bemerkte die kleine Trikolore, die ich auf die Außentasche meines Rucksacks genäht hatte. «Werbung», sagte sie, «alle lieben die Iren.» Sie war aus Galway, aber von ihrem Akzent war keine Spur mehr übrig. Wir gingen zusammen zum City Lights Bookstore, und ich suchte in den Regalen mit den Beat-Poeten nach Cicis Gedichten, aber sie waren nicht da, und dann gingen wir weiter in eine Bar, spielten Billard – sie jonglierte mit Guinness-Flaschen. «Ich bin eine Spielsuse», sagte sie, und auf einmal war ihr irischer Akzent wieder da. «Ach komm, gib mir 'nen Schmatz.» Sie lehnte sich in mich hinein, küßte mich, und ich legte die Arme um sie, aber dann flüsterte sie, daß ich wie jemand aussähe, den sie von früher kenne. Ich ging, rief ein Taxi.

Ich setzte mich zurück und ließ San Francisco an mir vorbeiziehen. Die ganze Welt suchte nach jemandem, der verlorengegangen war.

Nachtvögel flogen über die Castro Street. Cici war wach.

«Ich mag Frisco», sagte ich zu ihr, noch ein wenig betrunken.

«Bitte! Sag nicht Frisco, Babe, nur Touristen nennen es Frisco. Nenn es, mal sehen, nenn es die weißweiße Stadt.»

«Okay. Ich hab heute abend jemand kennengelernt.»

«Schön, aber verlieb dich bloß nicht.»

«Mach ich nicht.»

«Ach, was soll's, verdammt noch mal.»

«Was meinst du?»

«Verlieb dich, laß dich gehen, verlieb dich in Millionen von ihnen.» Sie rieb sich die Augen. «Und laß dir was gesagt sein – alle auf einmal ist am besten.»

«Hört sich gut an.»

In eine Million Frauen aus der weißweißen Stadt auf einmal verliebt – es hätte Cicis Grabinschrift sein können.

Ein Mann kam, um zwei Monatsmieten zu kassieren. Er schob den Fuß in die Tür, wedelte vor unseren Gesichtern mit den Rechnungen herum und drohte mit dem Gericht. Ich bezahlte für Cici. Sie war überrascht: «Tu das nicht, Babe, o Gott, das mußt du nicht tun.» Es war nicht aus Nächstenliebe, ich wollte bloß etwas von mir in diesem Zimmer lassen. Es war traurig, aber etwas anderes als Geld fiel mir nicht ein. Schuldgefühle überkamen mich – Cici war erschöpft, ich hatte in ihr Dinge hervorgezerrt, die vielleicht lieber vergessen geblieben wären. Im Deli stockte ich die Lebensmittel- und Weinvorräte auf. Ich kochte eine Mahlzeit aus Bohnen und Tacos, und wir tranken etwas Weißwein, auf meine Mutter. Cici sagte bloß: «Auf Juanita.»

Am nächsten Morgen hupte unten ein Taxi für mich. Ich konnte es durch den Lärm gerade so hören.

«Du kannst wirklich noch bleiben, wenn du willst.»

«Ich muß jetzt los, um mich in eine Million Frauen zu verlieben.»

«Tolle Idee, nimm mich mit.»

«Okay, komm.»

Sie lachte und schüttelte den Kopf.

«Bis dann», sagte ich.

Ich küßte sie auf die Wange.

Sie wich zurück, machte einen komischen Schmollmund, Falten runzelten sich auf ihren Wangen, sie zeigte auf ihre Lippen, schürzte sie wieder. Wir lachten. Sie hielt mich hinten an meinen Haaren fest und fuhr mit einer Hand meinen Rücken entlang, als sich unsere Lippen berührten. Ich wollte sie noch einmal küssen, tat es aber nicht.

«Wo geht's jetzt hin?» fragte sie und ließ meine Haare los.

«Ich hab eine Busfahrkarte nach Wyoming.»

«Grüß es von mir.»

«Kann ich es Wyoming nennen?»

«Du kannst es nennen, wie du willst, Babe.»

«Okay.»

«Und grüß Juanita, wenn du sie siehst. Sag ihr, sie ist mir einen Brief schuldig.»

Das Taxi fuhr mich durch die Weiße von San Francisco. Cicis Gesicht begleitete mich, ganz zerfurcht. Sie hatte mir versprochen, mit dem Morphium aufzuhören, aber kurz bevor ich ging, sah ich, wie sie ihre Schenkel wieder mit der Spritze nach einer Stelle ohne blaue Flecken absuchte. «Nur noch einmal», sagte sie kichernd, schon von der Euphorie überspült. «Weißt du, Babe, diese Dinge muß man langsam angehen.»

Eines Morgens, als das Morgengrauen sein Rumoren beendet hatte und mein Alter für den Rest des Tages fortgegangen war, saßen sie und Mam träge unten beim Camp herum.

Mam trug ein magentarotes Kleid, vorne verlief eine Reihe weißer Knöpfe bis hinunter zum Saum. Ihre braunen Beine staken hervor, wie Zweige. Sie lag im Gras, die

Hand gegen die Sonne vor die Augen gelegt. Cici war neben ihr, den Kopf auf die Hand aufgestützt. «Es wird irgendwann in den nächsten Tagen regnen», sagte Cici. Sie bewegte sich ein bißchen, scheinbar beiläufig. Der Schatten über den Augen meiner Mutter wurde um ein winziges Stück länger. Cici hielt einen Grashalm in der Lücke zwischen den Vorderzähnen. Ein Insekt landete auf Mams Bauch, und Cici machte Anstalten, es wegzuwischen. Ihre Hand schwebte einen Moment über Mams Körper, sank langsam herunter und legte sich auf ihren Bauch. Keine von beiden sagte ein Wort. Das Insekt flog davon. Der Schatten blieb, wie er war. Cicis Finger machten kleine Kreise um einen der Knöpfe. Zog die Umrisse nach. Nur die Fingerspitzen tasteten sich in die Lücken zwischen den Knöpfen, berührten Mams Haut. Es war ein winziges Stück Bauch, über das Cici ihre Fingerspitzen wandern ließ, und vielleicht bewegte meine Mutter den Kopf in einer Art Ekstase, vielleicht knirschten sich ihre schwarzen Haare in die Erde, vielleicht krümmte sie den Rücken zu einer Brücke über den Boden, vielleicht wartete sie darauf, daß die Finger noch weiter forschten, vielleicht dachte sie, es würde nie Regen geben, aber Cici zog ihre Hand weg und fing an zu lachen.

Sie erhob sich und hüpfte zum Turm davon. Mam fand sie später, über Karten gebeugt, wie sie gerade über Funk mit einem der Ranger redete. Sie hielten sich einen Augenblick lang an der Hand, während eine Stimme über Funk schnarrte: «Seid ihr beide da oben schon durchgedreht?»

Sie gingen wieder hinunter zum Wassertrog, und Mam schlüpfte hinein, in ihrem roten Kleid, um zu sehen, wie es sich anfühlte. Das Wasser war nicht mehr kalt. Sie hatten die Larven von der Oberfläche weggewischt. Sie schlug mit den Handflächen aufs Wasser, tauchte mit dem Kopf unter, kam mit wirren Haaren wieder hoch. Cici setzte sich neben sie auf den Rand des Trogs und kritzelte in ein Notizbuch hinein – Kringel und Kreise, die später ein Gedicht werden würden. Es war ein großartiger Augenblick, Mam und Cici zusammen – das hat Cici mir jedenfalls erzählt –, wie sie schweigend den Himmel vorbeiziehen ließen. Später wurde das Kleid an die Leine gehängt, wo es sich im Wind blähte. Meine Mutter ging zum Lager zurück und machte meinem Vater Brote zum Abendessen.

Als mein Alter an jenem Abend wiederkam, gingen sie die Stufenleiter hinauf, da bin ich mir sicher, und legten sich zum Schlafen nieder wie immer, die Arme umeinander gelegt. Vielleicht eine rufende Eule in den Bäumen, die Kugeln haarigen Gewölls wie ein Geschenk auf die Welt herunterfallen ließ.

In der folgenden Woche kam Delharts Kind zur Welt.

Der Ranger und mein Vater saßen gerade in der Bar, in ihrer Kleidung der Geruch von Rauch, als Eliza hereinkam. Sie war Anfang Zwanzig, aber Strähnen von Weiß blitzten ihr bereits durchs Haar, fielen aus ihren Zöpfen heraus. Sie hatte ein Gesicht, das aussah, als wäre es aus irgendeiner braunen Erdbank geformt worden. Ihr Kleid war naß, wo das Fruchtwasser ausgetreten war, aber sie hatte einen sicheren Gang. Der Barmann kam hinter der Theke hervor, wollte sie wegwedeln wie eine lästige Fliege, aber Delhart erhob sich und ging zu Eliza. Sie biß wild gestikulierend die Zähne zusammen und sagte bitter: «Ich will, daß du es dir ansiehst.» Eliza krümmte sich und hielt sich den Bauch. Das waren die ersten Worte, die irgend jemand je von ihr gehört hatte. Delhart schob den

Barmann beiseite und führte sie in ein Hinterzimmer, schob ihr Kleid bis zur Hüfte hoch.

Mein Alter rannte hinaus, um den Arzt zu suchen, aber er war gerade bei einem anderen Patienten – ein Junge hatte sich in einem glühenden Feld beim Schlangensuchen die Handfläche verbrannt.

Als mein Vater zurückkehrte, knirschten Elizas Zähne auf einem dicken Stück Pappe. Auf ihrer Stirn explodierten Schweißtropfen. Delharts Arm war blutverschmiert, das Baby war schon halb auf der Welt, von vier alten Frauen umringt, die ihm mit sorgenvoller Miene gut zuredeten. «Ihr Männer habt ja keine Ahnung!» Mein Vater ging nach draußen, um dort zu warten, der Barmann lächelte überglücklich – die Neuigkeit von der Geburt hatte sich ausgebreitet, und Dutzende von Leuten waren in der Bar versammelt und beobachteten auf einem Fernsehbildschirm den grauen Schnee. Ein Summen schwebte durch die Bar, Spekulationen darüber, ob Delhart wirklich der Vater war. Einige Frauen hofften, das Baby würde ihm ähnlich sehen – sie murmelten, es gäbe sowieso schon zu viele braunhäutige Leute in der Stadt.

Bei der Geburt war das Kind dunkel unter dem Blut, so dunkel wie Elizas Hals, auf seinem Kopf kohlschwarze Haarbüschel. Eine der Frauen fragte Eliza, wie sie es nennen wollte. «Kutch», sagte sie, das Wort fast ausspuckend. In ihrer Sprache bedeutete das ‹der Dunkle›. Delhart trug das Kind hinaus in die Bar, in Handtücher gewickelt, als wäre es irgendein Gottesgeschenk, doch Eliza rief den Ranger zurück, sagte, sie wolle nicht, daß er irgend etwas mit dem Kind zu tun habe, sie wolle es allein großziehen – wenn Delhart jemals zu ihrer Hütte zurückkäme, würde er wie der Grizzly enden, der sich Anfang des Sommers in die Stadt verirrt hatte. Im Hintergrund sickerte aus einem Radio die Meldung, daß auf einem der nördlichen Kämme Blitze eingeschlagen seien und es am nächsten Tag neue, noch schlimmere Brände geben könnte. Es gab keine Brände mehr. Wolken kamen, und während der nächsten Woche regnete es immer wieder, die Wolken saßen wie seltsame Pferde auf den Bergen. Aber es gruselte die Wolken, daß sie hier so sehr gebraucht wurden, und sie zuckten die Achseln und mäanderten weiter in Richtung Norden, nach Kanada. Von ihrem Wachturm beobachteten Cici und Mam, wie Insekten um Felsen herumtanzten, wie Vögel sich zu ihrem Flug nach Süden auf Bäumen sammelten. Tiere heulten in der Ferne, und manchmal jammerte Cici zurück.

Sie hatte von Delharts Baby erfahren und zuckte die Achseln, als würde sie eine Decke abwerfen. «Das ist mir immer noch scheißegal.» Aber ihre Gedichte waren voller Geburten – Samen, die aus Hülsen platzten, sich in einem Wyoming-Wind verstreuten, eine schwarze Bärin im Wald, hysterisch wegen ihrer Jungen, zwei Goldadler, die sich in der Luft paarten und dabei hinab zur Erde schlingerten. Papier rollte sich auf dem Boden des Wachturms. Mam machte ihr Tee, und manchmal gingen sie spazieren, legten sich gegenseitig die Arme um die Hüften, sangen, um die Bären fernzuhalten. Cici erzählte ihr, was sie über Wettermuster in der Gegend wußte, brachte ihr die Namen bestimmter Wolken bei, die weißen schlierigen Zirrus, Stratus, die flachbödigen Kumulus, die Kumulonimbus, die irgendwann demnächst Niederschläge auf sie türmen und ihren Sommer beenden würden. Mam lernte, die relative Luftfeuchtigkeit zu schätzen. Manchmal plauderte sie über Funk mit den anderen Funkern.

«Dies ist mein letzter Sommer hier», sagte Cici auf einem ihrer Spaziergänge.

«Was machst du dann?»

«Weiß nicht, vielleicht nach San Fran zurückgehen.»

Mein Vater kam den Berg herauf, betrunken, atemlos. Er hatte beschlossen, ein Buch über die Waldbrände dieses Sommers zu veröffentlichen, und sagte, vielleicht würde er eins von Cicis Gedichten mit reinnehmen. Cici sagte nichts. In dieser Nacht trank er ganz allein einen Krug Wein, und in seiner Phantasie war er in New York City, in einem großen schwarzen Mantel und einer schief aufgesetzten Baskenmütze auf einer Verlagsparty, wo die einzigen Flammen die in den Rechauds für die Horsd'œuvres-Platten waren. Er betrank sich bis spät in die Nacht und las zum erstenmal Cicis Gedichte. Mein Alter sagte nie wieder ein Wort über ihre Gedichte – es lagen Welten zwischen ihm und Cici. Er rasierte sich den Bart von den Wangen, fuhr sich mit einem Kamm durch die Haare, blickte den Berg hinunter, überlegte, wo er und Mam hingehen sollten.

Vielleicht schossen ihm Miguels Landkarten durch den Kopf. Der Geruch von Ton. Diese ganzen gezackten Ränder für die Städte.

Schließlich war es so, daß sie auf den Regen warteten, alle drei. Am Abend beobachteten sie, wie im Osten die Brände flackerten, und morgens standen sie in ihrem Schatten festgewurzelt da und beobachteten das Spiel der dunklen Wolken über den Tälern. Von der Bergspitze konnten sie bis nach Idaho sehen. Mein Vater machte Aufnahmen von dem Turm, dem Funkgerät, dem Spinnennetz in der Ecke, der Ansammlung von Schnaken, die an der Ostseite des Gebäudes bebten, seltsame rhythmische Pulsierungen, durch die sie wie ein einziger riesiger Organismus wirkten, als würden sie irgendein Raubtier abwehren. Es gab Bilder von dem Wassertrog, den Bäumen, ihrem Lager, seinem Fahrrad, das gegen einen Baum lehnte. Meine Mutter packte ihre Taschen. Sie hatten keine klare Vorstellung, wo sie als nächstes landen würden, aber irgendwohin mußten sie gehen, in ein paar Monaten wäre ihr ganzer Sommer mit Schnee bedeckt. Sie starrten in die Wolken, die am Himmel dick wurden, aufgebläht wie geschwellte Brustkörbe. Ausläufer irgendwelcher Böen bliesen herüber, versprachen Stürme und Wolkenbrüche. Als der Regen schließlich kam, war es der härteste, reinste, graueste, schönste Regen, den jeder einzelne von ihnen jemals in seinem Leben erlebt hatte. Er peitschte in massiven Fronten über eine Welt, die sich dem Herbst entgegenlehnte, erstickte die Flammen zu Schwelbränden, sammelte sich in Bächen, knallte gegen Beeren, tropfte von Bäumen, brachte Samen zum Platzen, löste die Salzblöcke auf, sackte die Helligkeit ein und übersäte den trockenen Boden mit Pfützen. Alle drei standen sie draußen vor dem Turm und ließen sich den erfrischenden Regen auf ihr Gesicht pladdern. Danach lichteten sich die Wolken, und die Luft da oben wirkte so sauber, als würde man Nasenbluten davon bekommen.

Mrs. McCarthy brachte heute nachmittag Essen für ihn. Bratkartoffeln und ein großes Stück Hühnchenbrust. Weiß nicht, was sie dazu treibt, meinem Alten was zu essen zu bringen – den anderen in der Stadt könnte mein Vater kaum gleichgültiger sein. Wahrscheinlich irgend so was wie christliche Nächstenliebe. Sie war etwas überrascht, mich zu sehen, aber schon bald fragte sie mich fröhlich, ob ich am Sonntag zur Messe gehen würde. Zwinkerte ihr leicht zu und sagte ihr, ich würde in der folgenden Woche kommen, ob es regnet, hagelt oder schneit.

Es überraschte mich, als mein Alter aufstand, Mrs. McCarthy mit einer schwungvollen Handbewegung den Teller aus der Hand nahm und verkündete: «Ich hab so einen Hunger, daß ich einem Bauern durch die Hecke den Arsch abbeißen könnte!»

Er setzte sich in den großen Sessel, und die Soße rann ihm übers Kinn. Später kam Mrs. McCarthy noch mal wieder und übergab auch mir grinsend einen Teller.

«Gott segne Sie», sagte sie zu mir, wobei ihr Blick durch die Küche schweifte. «Wie ich sehe, haben Sie für ihn ein bißchen geputzt.»

Er ging bis zum Einbruch der Dunkelheit angeln, sechs Stunden wilder Dummheit, diesmal für nichts, kein Fisch biß an. Es war kalt, als er nach Hause kam und auf sein Zimmer hochging, sagte, er wolle nicht im Sessel einschlafen, er bekäme davon Rückenschmerzen, es würde durchs Fenster ziehen. Ich machte ihm einen heißen Whiskey mit viel Zucker, aber es waren keine Nelken im Küchenschrank. Brachte den Whiskey auf dem alten Silbertablett hoch, drapierte zum Scherz ein weißes Handtuch über meinen Arm, rief «Zimmerservice» und huschte zu ihm hinein, und da hockte er vor dem Frisiertisch, nackt, und untersuchte mit einem Handspiegel seinen Hintern. Seine Beine waren spindeldürr. In der Ritze war eine kleine angetrocknete Blutspur. Er starrte darauf, war im Begriff, das Blut mit einem Waschlappen wegzuwischen.

«Oh, Scheiße, tut mir leid», sagte ich, zur Tür zurückweichend, und er erhob sich grunzend, wie irgendein Urtier, stürzte zur Tür, blieb einem Moment lang stehen, über sich selbst verwirrt, und spähte aus dem Türrahmen, an dem er sich mit einer Hand festklammerte.

«Was willst du?»

«Nichts, nichts.»

«Mach, daß du hier rauskommst», sagte er, wobei er sich die Hose von den Knöcheln hochzog.

«Tut mir leid.»

«Los, verpiß dich.»

«Ist alles in Ordnung?»

«Mir geht's prächtig.»

«Ich wollte nur –»

«Es gibt doch eine Tür zum Anklopfen, oder?»

«Ich wollte dich überraschen.»

«Na, das ist dir voll gelungen.» Er ging zurück durchs Zimmer – es war fast komisch, wie seine Beine sich in den heruntergelassenen Hosen bewegten. Er hielt sich die Hände vor den Schoß, obwohl er mir den Rücken zuwandte. «Du hast mich überrascht», sagte er, «jetzt laß mich allein.»

«Was ist los mit dir? Bist du krank?»

Er sah mich an und kniff die Augen zusammen: «Ich hab Nasenbluten im Arsch, was soll schon mit mir los sein, verdammt noch mal?»

«Ich weiß nicht.»

«Ach, hau ab, Junge, um Himmels willen.»

Ich stellte das Tablett vor die Tür, ging nach unten, schnappte mir meine Jacke und setzte mich auf die Eingangsstufe. Ich starrte in den bewegten Himmel von Mayo, Wolken glitten über den buckligen Mond. Die rote Katze kuschelte sich in meine Kniebeuge, und ich streichelte sie. Der Wind peitschte über den Hof, die Schubkarre bei der Scheune schwankte etwas hin und her, vielleicht bewegte sich sogar der Fluß. Aus dem Schornstein kam etwas Asche herausgeflogen. Ich hörte meinen Alten in der Küche rumpeln, die Schranktüren knallen, und nach einer Weile ertönte das hohe Pfeifen des Kessels. Ich drückte die Tür auf und ging hinein. Der oberste

Knopf seiner Hose war immer noch offen. Er starrte auf den Brandfleck an der Wand, etwas heißen Whiskey in der Hand. Aber er hatte den Metallöffel vergessen, so daß sich am Glasrand ein Sprung gebildet hatte, und der Whiskey strömte ihm über die Finger. Er stand da, als würde er es nicht merken.

«Ich dachte, ich sag es dir lieber», sagte er.

«Was?»

«Es sind nur Früchte des Zorns.»

«Was?»

«Früchte des Zorns.»

«Steinbeck?»

«Hämorrhoiden», sagte er.

Er starrte weiter auf den Brandfleck an der Wand, und ich wußte nicht, ob ich lachen sollte oder nicht.

«Muß an Mrs. McCarthys Essen liegen», sagte ich.

Aber er tat so, als hörte er mich nicht, und stand einfach da, leckte sich aus irgendeinem Grund den Finger und schmierte ihn gegen den Brandfleck an der Wand, drehte sich um und legte mir den Arm auf die Schulter, rieb sie, ganz zärtlich.

«Ich möchte eine Weile allein sein, Conor.»

Ich gab ihm seinen Raum. Ging am Fluß entlang, bis dorthin, wo er breiter wurde und seine Windungen ein paar Nebenschleifen bildeten, die ganze Strecke an seinem schilfigen Ufer entlang bis zu den Gräbern der protestantischen Damen. Ich entfernte etwas Unkraut von dem Grabstein, hockte mich hin, blickte über den Fluß, wie er sich langsam ins Meer entleerte. Draußen auf der See waren Lichter, Boote tänzelten auf dem rauhen Wasser, phosphoreszierende Punkte auf den Wellen. Genug von diesem Nichts, dachte ich. Genug von diesem Halbleben. Ich kraxelte hinunter zum Strand, hüpfte kurz auf dem

Sand herum, zog meine Sachen aus, trat an den Wasserrand, watete langsam bis zu den Oberschenkeln hinein, tauchte unter, kam lachend und frierend hoch und schwamm eine Viertelstunde lang, bis mir warm war, ließ mich treiben, ließ mich von großen Wellen tragen, sah in der ungeheuren Schrumpfung der Nacht kurz einen Satelliten, fühlte mich sonderbar leicht in der Heiligkeit der Stille, während das Wasser über mich schwappte – das Licht, das meine Augen traf, hätte von einem Stern kommen können, der schon längst implodiert war – große salzige Wasserkämme zogen mich herunter und schoben mich wieder hoch, warfen mich umher, berauscht in der Dunkelheit. Nichts dabei, romantisch zu sein, sagte ich zum Himmel. Zum Teufel mit dem Fluch, der auf der Sentimentalität lag. Ich fühlte mich endlich lebendig, und die langen Gräser nickten am Ufer, und der Wind trug eine belebende Kühle, und der Mond versprühte Licht, und ich dachte, ich könnte zwei alte Frauen mit mir zusammen lachen hören, während sie weiße Sonnenschirme gegen die Regentropfen zum Himmel erhoben, und sah das Bild vor mir, wie eine der beiden Frauen, Loyola, zwischen den Wellen erschien und sagte: *Sei nicht so hart zu ihm, er ist im Begriff zu sterben,* und ich sagte: Nein, ist er nicht, es sind nur die Früchte des Zorns, und lachte wie irrsinnig vor mich hin über die Lächerlichkeit von alldem, schwamm weiter, sagte halleluja zu den Sternen, weitertoben, weiterstürmen, schlug mit den Armen um mich, brüllte Albernheiten in die Nacht hinaus und dachte dabei, er ist ein mürrischer alter Mistkerl, mein Vater, immer schon gewesen und wird es immer bleiben, tauchte wieder unter, Meerwasser brannte mir in den Augen, kam kichernd hoch, schwamm am Ufer herum, ließ mich von den Wellen hereintragen. Ich kletterte aus dem Meer, rannte, die Hand überm Schoß, am Strand entlang, um mich aufzuwärmen, bis der Wind stärker wurde, und es wurde so kalt, daß ich kaum mehr sehen konnte und meine Zähne klapperten, und ich zog mich schnell an, hüpfte auf dem Sand auf und ab und rannte am Ufer entlang nach Hause, bahnte mir einen Weg durch das Schilf, schlug die Rohre mit den Händen beiseite, und sie bogen sich für einen Moment und schnippten dann wieder zurück. Wieder im Haus, zog ich eine Decke um mich herum, stand zitternd in der Küche. Er hatte die Flasche Whiskey für mich auf dem Tisch stehenlassen, und ich trank ihm zu Ehren zwei Gläser und sagte bibbernd zu mir selbst: Könnte sein, daß ich den alten Mistkerl richtig vermisse, wenn ich hier weggehe, aber ich bezweifle es.

SONNABEND

Eine Explosion blauer Reiher

Ging in die Stadt – den Geruch von Meerwasser noch im Haar – und kaufte meine Bahnkarte nach Dublin, besorgte ihm in der Apotheke eine Hämorrhoidensalbe. Es war ihm peinlich, als ich sie ihm gab, zog sich zurück, die Treppe hoch, vor sich hin summend.

«Hin und wieder muß man mal singen», sagte er von oben. «Das ist die einzige Möglichkeit, auf das Schicksal zu pissen.»

Er wedelte mit der kleinen Tube Creme herum.

Ich lachte und ging hinaus zur Scheune, machte mich daran, ein paar von den Aluminiumplatten festzunageln, die sich im Laufe der Jahre durch die Nieten hochgeschoben hatten. Die Scheune ist in einem schrecklichen Zustand, sieht ein bißchen aus wie meine Hütte. Wird den nächsten Winter nicht überstehen. Nahm die Leiter, um aufs Dach zu klettern. Etwa eine Stunde lang war ich da oben, tauschte ein paar von den Metallstücken aus, bog die gezackten Ecken um, setzte neue Nieten ein. Einige der Balken waren etwas weich und wurmstichig, die Nägel versanken fast ganz darin. Der Himmel hatte die Farbe von alten Jeans, und ich setzte mich zurück und beobachtete, wie sich ein Dreieck von Gänsen hindurchbahnte. Sie flogen über das Haus, und mein Blick folgte ihnen. Während ich gegen die Leiter lehnte, sah ich auf der Straße das

Postauto, am Steuer saß Jimmy Kiernan, mit dem ich zur Schule gegangen war. Er hielt an, klingelte an der Tür. Aus einem Ghettoblaster auf dem Beifahrersitz plärrte Trash metal. Ich hätte ihm zurufen können, über die Musik hinweg, aber Kiernan war einer der letzten Leute, mit denen ich hätte reden wollen, und so ließ ich ihn einfach klingeln.

Kiernan hatte eine kleine Wampe, und sein silberner blitzförmiger Ohrring leuchtete im Licht, seine teigigweiße Haut war wie der schlabbrige Bauch eines Herings. Er hämmerte gegen die Haustür.

Die Vorhänge am Fenster meines Alten waren aufgezogen, und ich sah, wie er im Unterhemd ans Fenster trat, es öffnete, den Kopf herausstreckte.

«Päckchen», sagte Kiernan.

«Was soll der verdammte Krach da unten?» brüllte mein Alter hinunter.

«Päckchen!»

«Toll, lassen Sie's da.»

«Sie müssen unterschreiben.»

«Unterschreiben Sie doch selbst.»

«Meine Güte!» sagte Kiernan und legte das kleine braune Päckchen auf die Türschwelle. Er wirbelte herum, und ich bin sicher, er hat mich gesehen, aber ich lehnte mich tiefer in die Leiter hinein und blickte Richtung Fluß, schmunzelte über die Sturheit meines Alten. Kiernan blieb einen Moment stehen und schnippte mit den Fingern, kletterte dann wieder in seinen grünen Wagen und fuhr davon, den Arm ins offene Fenster gestützt, die Musik verflüchtigte sich.

Mein Vater kam heraus, immer noch im Unterhemd. Er trug ein Holztablett. Die Katze kam und rieb sich an seinen Beinen, aber er beugte sich hinunter und schob sie sanft weg. Er setzte sich auf die Türschwelle, legte sich die Schachtel auf den Schoß und öffnete das Päckchen. Es enthielt irgendwelche Kleinigkeiten, Plastiktütchen, die wie Marihuanapäckchen aussahen, andere wie Streichholzschachteln. Er nahm sie bedächtig heraus und stellte sie auf das Holztablett, steckte die Rechnung in die Tasche, stieß die leere Pappschachtel mit der Hand gegen die Regenrinne. Er holte einen Angelhaken heraus, nahm ihn zwischen die Lippen – vielleicht erinnerte er sich an die Zeit in Mexiko, als er mit Gabriel angeln gegangen war – und ging über den Hof zur Scheune, wobei der Widerhaken aus seinem Mund stak.

Ich hatte eine der Metallplatten vom Scheunendach gelöst, so daß ich nach unten sehen konnte – ein alter Rasenmäher, Schaufeln, ein Torfschneider, der noch nie benutzt worden war, ein paar Kartoffelsäcke. Er schlurfte in die Scheune und zog einen Klappstuhl hinüber zu einer Art Werkbank, die er gebaut haben mußte, während ich weg war. Als er sich hinsetzte, wirbelte in der Scheune Staub auf und leuchtete in den Sonnenstrahlen, die durchs Dach kamen. Er legte seinen Hut auf die äußerste Ecke des Tisches, nahm den Haken aus dem Mund, griff hinunter und streichelte die Katze. Klemmte den Haken in einen Schraubstock am Tischrand und begann wie ein Chirurg die Sachen vor sich auszubreiten.

«Machst du Fliegen?» rief ich hinunter.

Er fuhr herum, schob den Stuhl zur Seite.

«Hier oben», sagte ich und steckte den Kopf durch das Loch im Dach.

«Mein Gott, du hast mich zu Tode erschreckt. Wo in Gottes Namen bist du?»

Ich pfiff, und er sah hoch.

«Für wen hältst du dich eigentlich – für Michelangelo?»

«Machst du Fliegen?»

«Ich binde Fliegen», korrigierte er mich.

«Wann hast du denn damit angefangen?»

«Ach, vor Jahren.»

«Wirklich?»

Das hatte ich ihn noch nie tun sehen – als er mit dem Angeln anfing, kaufte er sich alle seine Fliegen in einem Anglerladen in der Stadt, brachte Dutzende davon in seinem Hut heim. Er rieb sich die nackten Arme.

«Ist dir nicht kalt?»

«Kein bißchen. Das könnte ich auch in einem Schneesturm machen. Es gibt nichts, was ich lieber mache.»

«Du solltest dir etwas über das Unterhemd ziehen», sagte ich.

«Ach, laß mich in Ruhe.»

Er drehte seinen Stuhl wieder zurück, kurbelte den Haken fest und sortierte sorgfältig sein Material. Sah noch einmal zu mir hoch, nahm die Brille ab und machte sich an die Arbeit. Holte etwas violetten Faden hervor, rollte ihn zwischen Daumen und Zeigefinger, begann, ihn um den Schaft des Hakens zu wickeln. Aber seine Finger zitterten – wie die Flügel eines Kolibris, der kurz davor war, hochzuschweben –, und er ließ den Faden immer wieder fallen, hob ihn immer wieder auf und starrte darauf. Er legte die zitternde Hand auf den Tisch, funkelte sie an, vielleicht sagte er ihr, sie solle endlich damit aufhören, dann schlug er sich plötzlich mit der Faust der anderen Hand auf den Handrücken. Das Zittern hörte auf, und er kicherte. Schließlich gelang es ihm, den Faden um den Haken zu wickeln, und tatsächlich zitterte seine Hand nun überhaupt nicht mehr. Ab da herrschte eine ruhige Zufriedenheit, ein Akzeptieren der Langsamkeit der Zeit und die Kunst, eine Fliege herzustellen, die so schlicht war, daß sie in einem Fisch Verlangen auslöste, etwas auf ursprüngliche Weise Kämpferisches und Reales, etwas, das durch die Luft flitzen würde, mit zwei Paar Flügeln und vielleicht drei Paar Augen, etwas mit einem diffusen Drang nach Bewegung. Er fing an zu summen und sah glücklich aus – auf seine eigene sonderbare Art pißte er auf das Schicksal. Ich langte über das Scheunendach nach der Metallplatte, legte sie über das Loch, hämmerte sie fest, stieg die Leiter hinunter, ging ins Haus und holte ihm ein Hemd und seinen Mantel – er wäre sonst da unten erfroren, so lange wie es dauern würde, diese Fliege herzustellen, mit all ihren Farben, ihrer ganzen eingefangenen Bewegung.

Busbahnhöfe gehören zu den traurigsten Orten in Amerika. Jeder sucht nach einem Weg hinaus. Schleicht herum. Sucht nach verlorenen Kindern. Den Blick ins Leere gerichtet, darauf wartend, daß das Leben passiert.

In San Francisco heulte ein Mädchen was von Jesus. An ihrem Arm war eine lange Reihe Uhren. Sie sagte, sie warte auf die Wiederauferstehung. Ein Junge neben ihr bot sich als Gepäckträger an. Er hatte ein Schild um den Hals hängen, auf dem ‹HIV-positiv› stand. Ein Mann mit einer Rasta-Mütze versuchte, mir eine Broschüre über Taubstumme zu verkaufen. Er versuchte, irgendwas in Zeichensprache zu sagen, kritzelte auf einen Zettel, daß ich die Broschüre doch zwischen zwei Büchern als Werbeblock einschieben könnte. Ich kaufte sie, und er klopfte mir jovial auf die Schulter, sagte, er sei gar nicht taubstumm, schlenderte davon. Ich stopfte die Broschüre in meinen Rucksack, und erst da entdeckte ich, daß Cici die Wasserpfeife mit der Bärenkralle in die obere Tasche getan hatte, unter meine Jeans. Ich ging zu den Toiletten und wusch das restliche Harz weg, falls mein Gepäck durchsucht wurde.

Die Fahrt nach Wyoming dauerte zwei Tage. Ein Brettern durch hohe Wüsten und Berge, über Interstates mit riesigen Rastplätzen, mit Stopps in Städten, über denen graue Nachmittage hingen. Als ich schließlich in Jackson Hole war, ging ich wie benommen umher, bis ich zu der Million Dollar Cowboy Bar kam. Ich organisierte mir von einem Mann in einem schwarzen Stetson etwas Dope, ging hinunter zum Snake River, füllte die Bärenkrallenpfeife, bedröhnte mich ein bißchen.

Am Morgen, als ich aufwachte, schossen zwei blaue Reiher über die Flußufer, ihre Flügel schlugen so kräftig, daß sie einem Mann den Arm hätten brechen können. Wusch mir das Gesicht in dem strömenden Schmelzwasser, das im Spätsommer von den Bergen herunterkam.

Ich ging wieder zurück zum Busbahnhof und sah mich weiter um. Fünfunddreißig Jahre zuvor waren meine Eltern dort gewesen. Cici hatte mir davon erzählt. Ich rekonstruierte die Szene in Gedanken. Mam war dagestanden, nervös, die Wangenknochen mit Rouge betupft, ihre Lippen zartrot geschminkt, einen hellroten Schal verführerisch um den Hals gelegt. Sie fürchtete sich vor dem Augenblick, wenn der Bus Rauch aus seinem Auspuff hervorrülpsen würde. Cici wartete neben ihr, legte seine Hand auf Mams Unterarm, fuhr dabei mit einem Fingernagel durch etwas Haarflaum. Mam legte den Kopf an Cicis Schulter und starrte die Straße hinunter, durch die ganze Stadt hindurch und weiter, hinein in die späten Fünfziger, in die unsichere Ferne der Zukunft. Sie ließ den hellroten Schal von ihren Schultern gleiten.

Mein Alter war auch da, drehte ihnen den Rücken zu. Er verstaute Gepäck im Laderaum des Busses, diskutierte mit dem Fahrer. Im Laderaum war etwas Öl, und der Fahrer sollte es wegmachen. «Is nich mein Job, Mister.» Mein Vater warf die Arme in die Luft, öffnete seinen Koffer, holte eine Unterhose heraus und wischte damit das Öl weg. Er überlegte sich, ob er die Unterhose verbrennen sollte, als Totem des Sommers, entschied sich dagegen. Er wollte nicht aus dem Bus geschmissen werden. Der Fahrer war beleidigt, kletterte hinter das Lenkrad, hupte. Aus einem Lautsprecher ertönte eine Ansage. Cici nahm Mams Gesicht in die Hände, und sie küßten sich auf den Mund. Mein Vater war am Laderaum beschäftigt. «Viel Glück», flüsterte Cici in Mams Ohr. Sie umarmten sich. Cicis Oberlippe war mit rotem Lippenstift verschmiert.

Hinter ihnen rief mein Alter: «Wenn du nicht bald deinen Arsch bewegst, Frau, dann verpassen wir noch den Scheißbus!»

Cici fuhr mit den Fingern Mams Gesicht entlang. Sie küßten sich wieder – diesmal auf die Wange –, und dann waren meine Eltern weg. Mein Alter trommelte mit den Fingern einen Jazzrhythmus auf die Lehne des Vordersitzes. Er sah sich nicht um, als der Bus davonfuhr. Er sagte immer wieder «yeah», in einem langsamen Saxophonton. Als wären die New Yorker Clubs schon in seiner Kehle. «Yeah, yeah, yeah.» Er trommelte weiter und kümmerte sich nicht um die hüpfenden Tränen auf dem Gesicht meiner Mutter, während der Fahrer mit einem Knirschen die Gänge wechselte, noch eine Straße entlang, eine weitere lange Straße, die sie nach New York führte.

Ich schüttelte die Vision ab, lief durch Jackson Hole. Massenweise Touristen. Unten am Markt wurde eine Schießerei nachgespielt, umgeben von kleinen blinkenden roten Video-Kamera-Augen. In der Ferne zogen sich Bäume huckepack die Berghänge hinauf. Vögel sangen, markierten ihr Revier. Ich wußte, die Suche nach Mam war hoffnungslos geworden, und außerdem würde mir bald das Geld ausgehen. Ich mietete eine Hütte am Ufer des Snake River. Sie war unkrautüberwuchert und morsch, im Hof saßen ein paar streunende Katzen auf orangeroten Kisten, Teile einer alten Windmühle, ein altes Maschinenteil, auf dem einmal Holz gehackt worden war. Hinter der Hütte bahnte ich mir einen Weg durchs Gras zum Ufer. Es lag so hoch über dem Meeresspiegel, daß man Satelliten ihre Bahnen ziehen sehen konnte, Anhäufungen von Sternen, die wanderten und blinkten, und einmal eine Mondfinsternis, der Mond ein unglaublicher Halbschatten.

Ich fälschte mir eine Sozialversicherungsnummer und fand einen Job als Swimmingpool-Reiniger, hatte Kieselerde unter den Nägeln, holte Laub aus Filtern, saugte die Becken nach der Chlorung mit blaurippigen Schläuchen ab. Im Winter krochen Skilifte raupenartig über die Hänge, und ich verkaufte Fahrscheine. Mehr als drei Jahre verbrachte ich so, ich flickte meine Hütte, reparierte Wasserrohre, bestieg Berge, wanderte, fuhr mit dem Floß, registrierte, wie Geburtstage vorbeizogen, machte mir immer noch Gedanken über Mam.

Kutch entpuppte sich als mein Nachbar. Kurze schwarze Haare und ein Gesicht wie ein Wasserspeier, voller Narben und Schwielen – er war einmal in einen Dammsprengunfall verwickelt gewesen. Er und Eliza wohnten in einem alten Eisenbahnwaggon. Als Lebensunterhalt fabrizierten sie Bänke aus umgestürzten Baumstämmen, die sie an schicke Läden in Cheyenne verkauften. Mutter und Sohn zusammen, ich beneidete sie um ihre Nähe. Eliza bearbeitete die Bänke, meißelte, schnitzte, lange braune Finger, die sich sanft über das Holz bewegten. Kutch lernte von ihr, imitierte ihre Muster. Manchmal fuhren sie in der Gegend herum und fällten zusammen Plakatwände, umwickelten Bäume mit Stacheldraht, zerstörten Bulldozer, malten rote Fäuste darauf. Überall rote Fäuste. Selbst auf dem Brandwachturm – den Kutch mir in diesem ersten Herbst zeigte – hatten sie ein Wandgemälde hinterlassen. Die Faust war himbeerrot, mit präzise gemaltem dunklem Daumennagel, und ging in einen Arm über, hob sich über Bäume und Berge, stieß aufwärts zwischen die kreisenden Bussarde. Darunter in schwarzer geschwungener Schrift die Worte: «Keine Rücksicht im Kampf für die Erde!»

Manchmal fuhr ich Kutch und Eliza in ihrem Pickup herum, während sie ihre Öko-Guerilla-Stunts probten. Gelähmt von meiner eigenen Passivität, machte ich nie selbst mit, malte nie irgendwelche Fäuste oder schüttete Zucker in Benzintanks.

Sie fällten eine Reihe von Plakatwänden in Utah, eine lange Reihe von Werbebildern mit einem lächerlichen Bild eines Pinguins darauf, Meilen und Meilen von Hirnverbranntheiten, die das Land verschandelten. Ich wartete hinterm Steuer, am Straßenrand, und dann wurden wir von einem Zivilfahrzeug gejagt, auf dessen Dach ein rotes Licht blinkte. Eliza und Kutch sprangen auf die Ladefläche des Pickup, die Azetylenlampe loderte noch, und wir rasten davon. Durch das hintere Schiebefenster legte Eliza ihre braune faltige Hand auf meinen Oberarm und drückte ihn fest, bis wir im Dunkeln unsere Verfolger abgehängt hatten. Als wir nach Wyoming zurückkamen, küßte sie mich auf die Stirn und sagte, ich könne jederzeit bei ihnen im Eisenbahnwaggon wohnen, sie hätten ein Extrazimmer. Aber ich mochte meine Einsamkeit. Ich habe meine Einsamkeit immer gemocht.

Eliza zeigte mir, wie man Bänke bearbeitet, erzählte mir dabei alte Legenden. Während ihre Geschichten um mich herumwirbelten, schnitzte ich mit einem Meißel komplizierte Muster in umgestürzte Bäume. Sie machte Tee, und wir hörten uns alte Flötenmusik an – Klänge, die die Hütte in die Lüfte zu heben schienen. Manchmal starrte ich sie lange an, während sie in ihre Arbeit versunken war, Schweißtropfen im Nacken, die Stirn gefurcht. Sie erwiderte schweigend den Blick.

Ich machte einen Spaziergang im Spätwinterschnee, als ich die beiden toten Kojoten entdeckte, die an einem Zaunpfosten hingen. Ich starrte eine Weile darauf, eilte dann zurück, um Eliza und Kutch zu holen. Sie zogen sich die Mäntel an, während sie mir schon auf dem Pfad folgten. Eliza schnitt die Kojoten ab. Schaffte die Kadaver zu ihrer Hütte. Sie nahm ihnen die Zähne heraus und machte daraus Armbänder – ein Gebiß war alt und abgenutzt, das andere jung und scharf. Danach brachten sie und Kutch die steifen Kadaver hinauf in den Wald, legten sie auf den Boden, damit sie sich wieder in Amerika hineindüngen konnten. Eliza erzählte mir die alte Legende von der Geburt des Universums, dem Einheulen der Welt. Ich trottete unter der pechschwarzen Nacht durch den strahlenden Schnee nach Hause, ging zurück zu meiner Hütte, holte mein Photoalbum heraus, blätterte es durch. Ich hatte es mir zur Gewohnheit gemacht, mir regelmäßig das Album anzusehen.

Ich erhob mich dann immer von meinem Stuhl, trat hinaus, sah zum Himmel von Wyoming auf, dem Pochen der Schöpfung, und dann tat ich noch einen Schritt nach vorn, an den Rand der Veranda, und begab mich langsam in alte Photos hinein.

Das erste ist eine Straße, eine Wohnblockstraße in der Bronx, hermetisch abgeriegelt, Ende der fünfziger Jahre. Die Straße schlängelt sich selbst in eine rote Backsteinsackgasse. Am Ende der Straße herrscht Unruhe. Es ist ein Sommertag, und Jungs in Badehosen rennen unter einer Wasserfontäne hin und her, die aus einem kaputten Hydranten sprudelt. Sie haben sehr kurze Haare, ihre Körper sind mager und weiß. Ein Junge, dem ein paar Haare auf der Brust sprießen, ist mitten in einem riesigen Sprung durch das Wasser begriffen, die Arme weit ausgestreckt, die Finger gespreizt, ein Brüllen im Gesicht, die Augenbrauen hochgezogen, eine Batterie von Rippen. Die Mädchen dürfen keine Badeanzüge anziehen – dies ist eine katholische Straße –, aber einige rennen trotzdem durchs Wasser, in langen Kleidern, die an den Schenkeln klebenbleiben. An der Straßenseite ein Fußball im Flug auf ein erschrockenes Mädchen zu. Jenseits des Randes der Fontäne späht eine Frau mit einem Gesicht wie eine Forelle herüber.

Ganz im Hintergrund des Bildes ist auf den Stufen vor einem Haus eine Gruppe von Männern und Frauen versammelt. Nur indem man in das Photo hineintritt, über den Rand geht, ganz nah heran, kann man ihre Gesichter erkennen. Es sind irische Einwanderer. Das sieht man an der Kleidung und an den Gesichtern. Flache Hüte und graue Hosen, die durch Hosenträger hochgehalten werden. Einige von ihnen teilen sich Zigaretten, lachen, spielen Mundorgel, pulen Etiketts von Flaschen, die aus Jakkentaschen hervorgucken. Aus diesen Flaschen holen sie sich Galwy und Dublin und Leitrim und Donegal – und es werden Trinksprüche ausgebracht, oder es ist schon geschehen. Ein Toast auf Neuankömmlinge, die ihre Koffer umklammern, an denen Hurlingstöcke aus Eschenholz festgeschnallt sind. Ein Toast auf seltsame Plakatwände, die neue Neonreklame über die Bronx blinken lassen. Ein Toast auf einen Schmalspurboxer. Ein Toast auf den Hydranten und den springenden Jungen. Und vielleicht einen Toast auf die große graue Gestalt von Eisenhower, der bald einen großen Klumpen Metall hoch in die Lüfte schießen lassen wird.

Sie haben keine Namen, als ich auf sie zugehe, diese Einwanderer. Aber ich weiß, was sie arbeiten – eine Liste, die, wenn in Spucke auf einer Zungenspitze umgewandelt, ein Faß füllen würde – Mechaniker, Dienstmädchen, Pförtner, Kellnerinnen, Kochgehilfen, Dachdekker, Klempner, Müllmänner, Tellerwäscher, Hochofenvorarbeiter, morgens Doughnut-Verkäufer und nachts Nachtwächter, Zapfer, Schrotthändler, Hundefänger, Trödelverkäufer, Schuhputzer, Sekretär, Polizist, der seinen Landsleuten keine Strafzettel gibt, Feuerwehrmann mit einem Plastik-Kleeblatt am Helm, Gärtner, Taxifahrer, Hausierer, Telefonist. Sie sehen zu, wie ihre Kinder im Wasser spielen. «Er ist ein Wilder, dieser Junge.» – «Kann sie einem nicht das Herz brechen?» – «Seht euch diesen Haarschopf an.» Die Männer erinnern sich an eine Zeit, in der sie selber Jungs gewesen waren. Sie machten sich Fußbälle aus Schweinsblasen, aber die Bälle in diesem Land sind nicht mehr dieselben, sie sind nicht mehr rund. Ihre Söhne kommen oft in bunten High-School-Jacken nach Hause, und sie sprechen eine seltsame Sprache, reden von *quarterbacks* und *sackings*. Die Männer fragen sich, ob der fliegende Ball gefangen werden wird. Die Frauen beobachten ihre Töchter unten beim Hydranten und machen sich Sorgen darüber, wie weit die Kleider hochrutschen könnten. Die neuen Lederschuhe könnten feucht werden und aus der Form geraten. Eine Mutter ist besorgt, weil der Ball auf ihre Tochter zufliegt, und sagt sich scherzhaft, daß ihre Tochter so linkisch ist, daß sie sich bis jetzt nicht einmal die Masern eingefangen hat, wie sollte sie da irgendwas anderes fangen?

Mam ist zwischen zwei recht dicken Frauen eingekeilt. Ihre Bluse ist weiß und bis zum vierten Knopf aufgeknöpft, hinter ihr beugt sich ein Mann mit einem flachen Hut vor und versucht, ihr in den Ausschnitt zu gucken. Ihre Brüste könnten für seinen Geschmack etwas zu mager sein. Sie hat in der Bronx viel abgenommen. Oft sitzt sie beim Essen da und schiebt mit blechern klappernder Gabel ihr Essen auf dem Teller herum. Ihre Arme sind dürr. Unter dem Kleid zeichnet sich ein Hüftknochen ab. Ihr Hals, mit den langen Furchen, ist wie eine braune Stange Rhabarber. Das dunkle Haar ist mit einer roten Schleife zurückgebunden. Sie sitzt auf der untersten Stufe, die Hände behutsam in den Schoß gelegt, eine über der anderen. Es sind Hände, die den ganzen Tag Wäsche gewaschen haben. Sie arbeitet bei einer Familie aus Tipperary, über deren Tür immer noch CHINESISCHE WÄSCHEREI steht, was zu Witzen über die Schlitzaugen und die gelbe Haut der irischen Rednecks Anlaß gibt. Mams Blick ruht auf ihren Händen. Sie sind vom Wasser verquollen, haben viele Stunden lang geschrubbt. Reste von weißem Waschpulver unter den Nägeln. Die Fingerspitzen sind schrumpelig, und die Haut ist ganz schlaff von dem vielen Wasser. Es sind seltsame Muster, die sie auf den Händen hat. Die Linien der Fingerkuppen scheinen hervorzutreten, so daß die einzelnen Ringe größer wirken. Landkarten auf ihren Fingern. In weiter Ferne gab es einen Jungen namens Miguel, der sich Dreck unter die Fingernägel schieben und daraus ein Kunstwerk machen konnte. Mexikanische Erde, die gute Erde.

Früher an diesem Abend war ein Vertreter vorbeigekommen, der Handcreme anbot. Sie hatte eine Flasche gekauft. Fast jeden Abend klingeln Vertreter an ihrer Tür. Sie haben sehr kurze Haare und makellose Bügelfalten und einen berückenden Tonfall in der Stimme – verkaufen Staubsauger, Messerschärfer, Radios, Küchenfliesen, Wasserkessel, Bügelbretter – und eine Menge Scheine wechseln den Besitzer. Eine großartige Straße für Vertreter. Die Leute hier reden viel über neue Küchengeräte. Der Zitronenduft steigt ihr von den Händen in die Nase, und sie ist froh, daß sie die Creme gekauft hat, obwohl das Geld zur Zeit ziemlich knapp ist. Geld ist wie dieser Vogelschwarm, der gestern abend kam, gerade als im Radio ein alter Hoagy-Carmichael-Song lief. Die Vögel erschienen bei der allerersten Zeile von «Ol' Buttermilk Sky», flatterten hindurch und flogen davon, als das Lied zu Ende ging. Als sie verschwunden waren, lag eine Menge Vogeldreck auf dem Boden vor der Tür. Geld ist wie dieser Vogelschwarm, könnte Mam denken. Man bemerkt es, wenn es weg ist. Aber wenn man genug Geld hat, kann man weg, davonfliegen, wie es viele tun.

Manchmal kommen Umzugswagen, und viele neidische Blicke beobachten das Einladen der Möbel, die unterwegs sind zu einer Straße in einem wohlhabenden Teil von Brooklyn oder Queens oder Long Island, einer mit Bäumen und Autos gesäumten Straße, wo es vielleicht auch ein paar Italiener oder Juden gibt. Oder sogar ein paar Landsleute.

Mam lächelt fast, während sie auf ihre Hände hinabblickt. Es ist kein unglückliches Lächeln, nur etwas verloren auf ihrem Gesicht. Vielleicht fragt sie sich, was sie hier eigentlich macht. Fragt sich, was sie zu alledem geführt hat. Fragt sich, ob das Leben durch ein Gefühl für einen

Ort hergestellt wird, ob das Glück von der Erde abhängt, ob es wirklich eine Laune der Umstände ist, daß eine Frau in einem bestimmten Land geboren wird und daß das Wetter, das den Erdboden gebiert, auch die unergründlichen Verzweigungen des Herzens gebiert. Fragt sich, ob Traurigkeit ansteckend ist. Oder eine Entropie der Liebe. Oder vielleicht denkt Mam keineswegs so etwas. Vielleicht sinniert sie über die alltäglichen Banalitäten nach, darüber, was sie zum Abendessen kochen soll, an welchem Ende des Küchentischs sie ihre Bügelarbeit machen soll, wann sie Zeit finden wird, das weiße Tischtuch zu waschen, ob sie die Hände ihres Mannes mit Aloe einreiben soll, Hände, die jetzt außerhalb des Photos sind, auf einen Knopf drücken, der einen Verschluß öffnen wird.

Mein Alter teert zur Zeit Dächer, weil er mit seinen Photos nicht genug Geld verdient, als daß beide davon leben könnten. Er haßt die Arbeit, aber er konnte nichts anderes finden. Die Wyoming-Photos kommen mit höflichen Briefen, die nicht einmal unterschrieben sind, von den Verlagen zurück. Mam ist nicht wohl bei dem Gedanken, daß er auf einem Dach ist. Knochenarbeit, Eimer mit heißem Teer tragen. Sie mag auch nicht den Chef der Firma, Mangan, ein Mann mit hinterlistigem Blick, der in einem Ford-Pickup herumfährt, von dem Leitern hervorstehen. Die Firma heißt Koala-T Roofing Company, auf der einen Seite ein Bild von einem koboldhaften Koala, der einen Eimer hält. Mangan zahlt nicht besonders gut, und wenn mein Vater nach Hause kommt, muß sie die Teerspritzer von seinen Unterarmen abkratzen. «Koala-T, die können mich mal!» schreit sie. Manchmal flucht er und knallt mit der Faust auf den Tisch – «Ich will Photos machen! Nicht diese Scheiße! Verstehst du?» –, und sie muß ihn besänftigen und manchmal vor seine Kamera treten. Sie fragt sich, ob er heute abend vielleicht wieder Photos machen und folglich glücklich sein wird. Ich stelle mich vor sie und frage: Bist du glücklich, Mam? Sie antwortet nicht. Aber da ist etwas in ihr, das sagt: Nun ja, ich bin glücklich hier, ich denke, ich bin glücklich, aber woanders wäre ich glücklicher.

Ich wandere wieder von der Gruppe weg und höre beim Hydranten den springenden Jungen immer noch vor Begeisterung kreischen.

In Mams Leben passiert nicht viel. Manchmal, wenn sie von der Wäscherei einen freien Tag bekommt, fährt sie mit der Subway nach New York City hinein und probiert in den Kaufhäusern an der Fifth Avenue rote Hüte auf, streift durch riesige Flächen von Parfüm und Kosmetik und Glitzerzeug. Die Damen hinter den Theken erkennen bald, daß sie nicht kauft, und lassen sie in Ruhe. Sie bewegt sich anmutig durch die Läden, betastet Dinge, nimmt sie für den kürzesten Augenblick in Besitz, legt sie wieder hin, tritt auf die Straße hinaus, läuft durch den Verkehr, setzt sich hinten in die St. Patrick's Cathedral. In der Stille reinkarniert sie sich – nichts allzu Romantisches, vielleicht als Stärling. Sie läßt sich auf einem Telegrafenmast in ihrer Heimatstadt nieder, blickt sich um. Stößt hinab und schnappt sich aus den Fingern des Priesters die Hostie eines Mestizen. Fliegt wieder in bunte Winde davon. Kehrt zu einem Haus zurück. Schwirrt trockene Straßen entlang. Komisch, ein Vogel zu sein. Seltsam, wie hohl einem die Knochen werden.

Und merkwürdig, daß sie so lange nichts mehr von Cici gehört hat. Das letzte Mal hatte Cici aus einem Zug geschrieben, der in Richtung Westen über Ebenen donnerte. Ihr Gekritzel war aus einem Güterwagen gekommen, wo das Licht in schrägen Balken hereingesickert kam und ein verrückter rotgesichtiger Landstreicher Dosenfleisch-Sandwiches mit ihr teilte. Es war ein kurzer Brief, und Mam las ihn so oft, daß sie Teile davon in Gedanken wie ein Kirchengebet aufsagte: *Ich vermisse Dich sehr, Juanita, lächle weiter, das macht die Welt schön, bald sehen wir uns.* An Cici ist etwas, das die Welt lebenswert macht. Mam denkt oft an sie – möchte sie gar nicht unbedingt wieder küssen, sondern sie einfach nur sehen, sich vergewissern, daß Cici wirklich existiert, daß es eine Zeit solch unbeschreiblichen Glücks gegeben hat, daß es wieder eine solche geben könnte.

Den größten Teil ihrer restlichen Zeit verbringt Mam in stiller Penibilität in ihrer Wohnung, mit Saubermachen, Arrangieren, die Dinge wieder an ihren richtigen Platz stellen, sorgfältig, stolz. Wenn sie redet, hat sie einen sehr seltsamen halbirischen, halbmexikanischen Akzent. Die Leute scheinen ihre Gesellschaft zu genießen. Sie hat Geschichten über Hühner und ein fernes Land zu erzählen. Und noch über eine andere Welt von Bränden und einem Turm. Doch der geheime Teil von ihr – die Photos in ihrem gemeinsamen Schlafzimmer – ist gut versteckt, hinter Spitzengardinen im dritten Stock, wo manchmal Tauben auf dem Fenstersims kauern. Nur während ihr Mann diese Photos macht, scheint er wirklich seinen Frieden zu haben. Sie sind nicht obszön, nicht im geringsten. Sie machen ihn zufrieden. Es ist ein kleiner Preis, den Mam da zahlen muß, und es ist eine Form von Aufmerksamkeit. Er ist immer noch in sie verliebt. Er macht ihren Körper immer noch zum Tempel – obwohl er inzwischen wie ein Minarett aussieht.

Sie sitzt weiter da und betrachtet ihre Hände, während ich durch das Photo geistere und versuche, mit den Leuten um sie herum zu sprechen. Sie sind mit ihren Flaschen beschäftigt und mit ihren Träumen von Küchengeräten, und so trete ich weiter nach hinten in das Photo und gehe die Straße entlang. Bis in alle Ewigkeit wird dieser Junge springen. Und ich werde nie erfahren, ob der Ball gefangen wurde. Und die Frau mit dem Forellengesicht wird weiter starren.

Ich gehe weiter, zum Ende der Sackgasse hin, nicke meinem Vater zu, als er auf den Auslöser drückt, aber er nickt nicht zurück. Ich trete wieder hinaus, auf einen schwarzen Rand und in eine Nachtszene hinein.

Es ist das Jahr 1960, und ein paar junge Männer tanzen mit meiner Mutter. Unter einem Fenstersims steht ein Radio, und ein Song von Elvis Presley wirbelt daraus hervor. Im euphorischen Hüftschwung der jungen Männer ist klar zu erkennen, daß eine neue Dekade anbricht. Sie versuchen schon, die Tolle nachzumachen. Ein Junge mit einer Hasenscharte schürzt die Lippen, als wollte er den Mond küssen, meine Mutter tanzt nur ein paar Schritte von ihm entfernt. Der Junge trägt Röhrenhosen, ein lila Hemd. Pomade im Haar, und er schwingt imaginäre Hula-Hoop-Reifen in der Hüfte. Sie schnippt mit den Fingern. Die ganze Sackgasse entlang hängen bunte Fähnchen, für die Wahl eines Mannes, dessen Konterfei auf fast jeder Mauer klebt, unter seinem Kinn hängen grün-weiß-orangefarbene Schleifen wie ein bunter Ziegenbart – John F. Kennedy mit seinem perfekten Gebiß, der auf den Mauern mit dem Papst und dem Heiligen Herz Jesu wetteifert. Es muß ein glücklicher Abend für Mam sein, denn ihre Wangen sind rot vom Alkohol und sie ist geschminkt. Künstlich geformte Wimpern, sorgfältig aufgetragenes Mascara. Ihre Augen sind sehr weit und braun. Ihr dünner Körper tanzt einen Twist, so daß eine Schulter niedriger ist als die andere und ihre Brust sich gegen die

Bluse drückt. Ich gehe dorthin, um zu tanzen. Es ist heiß und schwitzig, eine feuchte Nacht im Spätherbst. Ich schwenke auch meine Hüften. Ich bewege mich ekstatisch. Sie sagt zu mir: Wann machst du endlich diesen lächerlichen Ohrring raus, Conor? Ich nehme ihn heraus und gebe ihn ihr, und sie lächelt.

Ich frage sie, und sie sagt, daß sich nicht viel verändert hat. Die Wäscherei ist größer geworden, und es sind neue Leute eingestellt worden. Andere Mädchen erledigen jetzt das Schrubben. Mein Vater ist immer noch auf den Dächern, und der Teer klebt unter seinen Fingernägeln. Sein zweiundvierzigster Geburtstag wurde über der Bronx gefeiert – Witze wurden gemacht, über Marilyn Monroe und die, die es heiß mögen. Cici hat ihr geschrieben, ist ganz begeistert von Marihuana, aber sie hat sie noch nicht besucht. Cici würde es hier gefallen, durch die Nacht zu streifen, die von Motten umflatterten Laternen, Tänzer in einer Traube um ein Radio, die schwingenden Hüften, das Gewirbel von Wörtern. Das wäre ein Ort für sie – außer daß Cici vielleicht noch neuere Musik kennt, die über den ganzen Kontinent strömt, neuere Ideen, neuere Tänze. Mam hat einen Schweißtropfen auf der Stirn. Vielleicht wartet sie darauf, daß er das Gesicht herunterrinnt, bis sie ihn ablecken kann. Oder vielleicht auch nicht. Vielleicht wischt sie ihn mit einer schnellen Handbewegung weg. Oder vielleicht wird er auf ewig dort bleiben, ein Schweißtropfen, der besagt: Einmal, als ich dreiunddreißig war, habe ich getanzt, und ich hatte keine Sorgen.

Außerhalb des Photos mein Vater, geschniegelt in einem weißen Hemd, das nach Barrauch riecht. Seine dunkle Krawatte ist geöffnet, das lange Ende hängt ihm bis unter die Hüfte. Sein Haar ist inzwischen recht dünn, einzelne Strähnen auf seinem Schädel. Es macht ihm Spaß, seiner Frau beim Tanzen zuzusehen. Er hat Angst, das Leben könnte gesetzt werden, er mag keine Dächer. Es gibt Tage, wo er nach einer anderen Arbeit sucht, irgendwas in einer Pressezentrale oder einer Zeitung, aber er bekommt immer nur ein paar freie Aufträge. Er will einfach nur seine Photos machen, aber dazu gibt es nicht viel Gelegenheit. Die Welt dreht sich auf einer Achse von Was-wäre-wenn? Was wäre, wenn wir jemand anders wären? Was wäre, wenn wir einfach davonschlenderten und nicht wiederkämen?

Aber im Moment genießt er die Musik, die aus dem Radio kommt. Die Männer auf dem Dach singen manchmal Presley, ihr Lieblingslied ist «Heartbreak Hotel».

Während er nun dasteht, um dieses Bild zu machen, tappt er mit dem Fuß, aber er muß damit aufhören, damit die Kamera nicht wackelt. Eine Million Lichtzellen sind gerade aus dem Blitz explodiert. Ich gehe durch sie hindurch, Pakete von Licht schwirren um mich herum und zur anderen Seite hinaus, zurück in die Neunziger, wo die Sonne über den Teton-Bergen untergeht. Ich kann nichts für dieses Rückwärtswandern. Es ist mein persönlicher Fluch.

Ihre Wohnung hat ein Schlafzimmer und ein Wohnzimmer – aber es wird nur im Schlafzimmer gelebt. Mir ist unwohl dabei, diesen privaten Bereich zu betreten, ein Voyeur, ein Spanner. Das Zimmer ist lila gestrichen. Es ist zwei Jahre später. Mam trägt ein weißes Sommerkleid, und sie liegt auf einer Chaiselongue, die sie aus dem Müll gerettet haben. Die Chaiselongue hat geschwungene Holzfüße, die ihr Eleganz verleihen, aber der Bezug ist zerrissen und zerfetzt, Füllung quillt hier und dort hervor. Sie liegt darauf wie eine Königin. Das Kleid absichtlich von der Schulter geschoben. Es gleitet herab und zeigt die obere Hälfte einer dunklen Brustwarze. Das Photo ist mit mehr Sexualität aufgeladen als die vorherigen – das hat was mit seiner Beiläufigkeit zu tun. Trotz ihrer Magerkeit sieht sie gut aus. Sie hat die Füße vor sich ausgestreckt, und es sieht so aus, als würde sie ihre Zehen betrachten. Sie kaut an einem Stift, und auf ihrem Bauch liegt ein Blatt Papier. Ich stelle mir vor, sie schreibt an Cici. Ich gehe zu ihr hin, um zu lesen, was auf dem Papier steht: *Ich vermisse die Waldbrände, Du nicht?* Der letzte Brief, den Mam bekam, war sehr seltsam – Cici hatte Marihuana gepriesen, erging sich in Rhapsodien über Acid. *Was gibt Marihuana Dir für ein Gefühl?* schreibt Mam vielleicht. *Ich habe gehört, es wird einem schlecht davon, stimmt das?* Das Ende des Stiftes ist so weichgekaut, daß es aussieht, als würde sie einfach ihre Zähne hineinsinken lassen, aber auf diesem Bild küßt sie ihn, in Gedanken versunken, dicke Lippen darauf gepreßt. Sie trägt keinen Schmuck, nur ihren Ehering. Ihr Körper schwingt auf dem Bild von ihr weg, die Chaiselongue entlang, ein Blatt Papier fliegt im Wind.

Meinem Vater gefällt die Pose, ihre innere Spannung. Er steht auf den Zehenspitzen und ruft: Perfekt! Perfekt! So bleiben! Er hat gerade geduscht und fühlt sich eins mit der Welt. Dies wird eine seiner besten Aufnahmen. Er wischt sich mit den Fingern über seinen schütteren Schädel und ruft: So bleiben! Vielleicht wird er in einer Avantgarde-Galerie ausstellen, überlegt er sich, sie der Welt zeigen. Fünfzehn Jahre Mam – in Mexiko, in Wyoming, in New York. Er findet den Gedanken sehr aufregend. Es wird nie dazu kommen, aber im Moment genügt ihm die Vision.

Ihre Lippen küssen das Ende des Stifts, und sie ist froh,

daß ihr Mann keinen Wutanfall bekommt und daß das graue Licht, das durch die Gardinen sickert, etwas überaus Glattes und Geheimnisvolles hat, die Strahlen scheinen sich zu biegen, als sie auf den staubigen Spiegel treffen. Sie wird nicht auf ewig in dieser Wohnung bleiben, denkt sie, aber andererseits ist es nicht allzu schlimm. Die Creme wirkt noch auf ihren Händen. Sie hat ihnen eine gewisse Weichheit gegeben. Sie haben ein bißchen Geld auf der Bank. Dinge, von denen sie nie geträumt hatte – Toaster und Fernsehgeräte –, füllen die einst leeren Ecken der Wohnung. Sogar ein paar spanisch sprechende Leute waren jetzt in der Straße eingezogen, von unweit der Atacama-Wüste in Chile. Sie verbringt Zeit mit ihnen, paßt auf ihr Baby auf. An einigen Tagen flüstert mein Vater immer noch, daß er sie nach Hause nach Mexiko bringen wird. Sie sitzt zurückgelehnt da, entspannt, schreibt ihren Brief, und ich lasse sie in dieser sonderbaren Friedlichkeit zurück, während mein Vater ruft: Jetzt aufgepaßt, Juanita! Yeah! Yeah!

Ich entferne mich von ihnen, aus ihrem Schlafzimmer hinaus, und in eine Aufnahme hinein, die Cici mir gegeben hat.

Es ist das Jahr 1964. Die Kamera muß am ausgestreckten Arm gehalten worden sein, denn es ist eine schiefe Nahaufnahme. Sie zeigt nur ihre Gesichter und den oberen Teil ihrer Kleider, ihre Wangen berühren sich. Cici ist die ganze Strecke von San Francisco getrampt. Sie sieht ausgelassen aus, die Pupillen am oberen Rand der Augen. Die Aknefurchen sind durch das Draußensein dunkler geworden – in den Nudistenlagern, den psychedelischen Bussen, den wachsenden Reihen von Antikriegs-Demonstranten, dem Marsch auf Washington im letzten Jahr, dem Jubel für Martin Luther King.

Am unteren Rand ist der Ausschnitt eines hellen T-Shirts zu sehen. Mams Haare liegen lose auf ihren Schultern. Entkörperlicht schwebe ich hinein. Die Küche ist voll blitzender Töpfe. Auf dem Herd kocht Wasser. Im Radio die Rolling Stones. Ein vertrauter Geruch steigt von dem Tisch auf, an dem Mam und Cici sitzen. Erstaunt starre ich auf einen Joint, der im Aschenbecher herunterbrennt. Cici hat geraucht. Meine Mutter vielleicht auch, aber ich bezweifle es. Ein Schwall von Worten von ihnen – Cici bittet Mam, eine Zeitlang mit ihr zu kommen, und wenn es nur für einen Urlaub ist, um zusammen die Straße zu streicheln, sich vielleicht mit ein paar Zigeunern aus Sonora zusammenzutun, Peyote zu essen, zusammen über die Grenze zu gehen.

«Komm mit mir, Mann», sagt sie.

«Wieso nennst du mich ‹Mann›?»

«Wieso nicht?»

Das Angebot ist verlockend. Dieses Berühren von Haaren, dieses Berühren von Wangen, dieses Wiederauftauchen von Cici in ihrem Leben.

«Und Michael?»

«Was ist mit ihm?»

Der Joint wird zwischen Lippen gehalten, und es ertönt schallendes Gelächter. Cicis Kopf ist zum Kühlschrank gedreht, auf den Mam bis vor einer Stunde stolz gewesen ist. Aber Cici hat einen Schriftsteller zitiert, der von ‹dummen weißen Geräten› spricht, und jetzt ist der Kühlschrank für sie nicht mehr ganz so magisch. Cici sagt, das Dope habe sie hungrig gemacht, und wieder lachen sie. Eine Hand ist auf die andere gelegt, und beide sehen in die Kamera.

Cici sagt «Cheese!»

Aber hinter alldem steckt ein Geheimnis, und später, als

ich den Rand des Photos erweitere und ihnen ins Wohnzimmer folge, erzählt Mam ihr davon.

«Ich bekomme ein Baby», sagt Mam schließlich lächelnd. «Michael und ich werden ein Baby bekommen.»

Cici zieht heftig an dem Joint.

«Das ist herrlich», sagt sie, und plötzlich erscheint eine Serpentine von Straßen in ihren Gedanken, weg von hier. Ihre Hände zittern ein wenig. «Ich freue mich sehr für dich.» Sie geht hinaus und setzt sich auf die Türschwelle. Mam bleibt im Wohnzimmer. Das Baby ist seit drei Monaten da. Ich kann mir vorstellen, wie sie sich sehr liebevoll mit den Händen über den Bauch fährt, zu dem Kind spricht, das sich noch nicht einmal in ihr zu bewegen begonnen hat, wie sie auf das schwache, besänftigende Klopfen des Lebens gegen die Wand ihrer Gebärmutter wartet. Als Cici hereinkommt, mit gerötetem Gesicht, ist Mam in der Küche, beim Brotbacken.

«Komm mit mir.»

«Michael wird bald wieder zurück sein.»

«Er kann auch mitkommen, Mann.»

«Ich hab dir doch gesagt, ich bekomme ein Baby.»

«Willst du, daß dein Baby in dieser Scheiße aufwächst?» Cicis Arme fliegen in Richtung Fenster.

«Nein.»

«Dann komm mit, los.»

«Später werde ich Michael fragen.»

«Ach, Mann.»

Mam sieht vom Fenster aus zu, wie Cici am Nachmittag fortgeht, das Photo in ihrer Tasche. Cici trägt ihre Habseligkeiten in einem grauen Seesack. Mam dreht sich vom Fenster weg, und vielleicht stellt sie den Fernseher an, um sich eine berühmte Game-Show anzusehen, oder vielleicht knetet sie noch mehr Teig, oder vielleicht starrt sie auf ihre Haare im Spiegel und denkt, daß sie Cici zum letztenmal gesehen hat.

Das Baby folgt Cicis Beispiel – kommt viel zu spät, geht viel zu früh. An einem Abend der Abgestumpftheit verliert Mam das Kind. Mein Alter kommt von den Dächern zurück. Er kommt mit einem Apfelkuchen die Stufen zur Wohnung hoch, von dem Duft umgeben. Er ist ausnahmsweise einmal zufrieden mit seinem Tagwerk. Als er die Tür öffnet, liegt sie in einer Blutlache auf dem Badezimmerboden. Sie ist bewußtlos, ihr Kopf liegt an der Wand. Er hebt sie auf und flüstert: O Jesus, o Jesus. Auf dem Weg hinunter zur Straße sickert ein dunkler Fleck Rot auf die Vorderseite seines Hemdes, dort wo er sie trägt. Er bringt sie ins Krankenhaus, und das tote Kind schleudert sie in ein Jahr des Elends hinein. Sie kommt aus dem Krankenhaus zurück, die Hand auf den Bauch gelegt. Sie reden nicht viel. Eine Lethargie hängt in der Luft. In manchen Nächten bemerkt mein Vater, daß sie aus der Wohnung verschwunden ist, und er zieht seinen Mantel über, um sie suchen zu gehen, findet meine Mutter unten in der Entbindungsstation des Krankenhauses, wie sie durch die Scheiben auf Babys starrt, während Krankenschwestern versuchen, sie sanft wegzuführen. Sie kauft Kinderkleidung. Sie trägt einen Schnuller in ihrer Handtasche. Manchmal ist sie kurz davor, sich auf die Suche nach Cici zu machen. Mam schreibt ihrer Freundin einen Brief: «Bereuen ist teuer, manchmal wünsche ich mir, ich wäre mit Dir gegangen.»

Mein Alter bleibt auf den Dächern, aber sie wissen beide, daß sie weiterziehen müssen. Und sie ziehen weiter – in den Westen Irlands. Er meint, es sei ein guter Ort für Mam, um sich zu erholen, daß auf der Bank vielleicht noch etwas Geld übrig ist, er könne dort leicht Arbeit finden, er könne Photos machen, es gebe etwas Land, das noch nicht verkauft sei. Sie könnten es noch mal mit einer Familie probieren. Sie werden ein Kind kriegen, vielleicht zwei, vielleicht drei – was immer sie will. Und dann, sagt er, werden sie in Mexiko ein Zuhause aufbauen.

«Versprochen?»

«Ich versprech's dir.»

«Irland ist weit weg.»

«Ich weiß, meine Liebe.»

«Und es wird alles in Ordnung sein?»

«Natürlich.»

«Und dann gehen wir nach Mexiko zurück?»

«Natürlich.»

Als sie die Straße verlassen, genießt mein Alter den Triumph. Er schwankt den Bürgersteig entlang, in den Händen je einen Koffer. Er hat das Taxi zum Ende der Straße bestellt. So hat das für meinen Alten mehr Dramatik – die ganze Straße hinuntergehen.

Im Flughafen trägt er eine graue Tweedjacke, in der Brusttasche eine weiße Wildrose, der Hut jetzt befreit von den Kaninchenpfoten. Mam hat sich ein brandneues erdbeerfarbenes Kleid gekauft. Sie strahlt im Flugzeug, eine Stewardeß staunt über ihren Akzent. Sie bewegen sich voran und zurück – immer voran und, zum erstenmal, zurück – zu einem Ort, wo noch einige Fetzen von grauem De-Valera-Nebel hängen, obwohl es der Winter des Jahres 1966 ist und im ganzen Land andere Nebel zerstreut werden. In Shannon bekommen sie Schwierigkeiten, weil meine Mutter kein Visum hat, aber mein Vater besticht den Paßbeamten mit einem Zwanzig-Dollar-Schein. Er ist zu Hause. Er läuft wieder mit gigantischen Schritten. Ein ausholendes Stolzieren durch den Flughafen, mit schwingenden Armen, schiebt mit dem Fuß den

Wagen mit den Koffern. Mam neben ihm. Sie nehmen einen Bus nach Mayo. Auf dem Konto ist noch etwas Geld, aber es gibt kein Land, und sie müssen eine Hypothek aufnehmen, um ein altes Farmhaus zu kaufen – Guinness-Flaschen zwischen Brennesseln im Garten, die Fenster des Schuppens zerbrochen, im Hof eine alte Badewanne, eine mit den Jahren hochgewachsene Glyzinie. Mam etabliert sich ungefähr auf die gleiche Weise wie ihre neue Badewanne – ein glänzender Anachronismus. Sie ist die Dunkelhäutige, die, die die Säufer auf dem Dorfplatz Señorita nennen, die, die sich nie die Haare schneidet, selbst wenn sie lang und schamlos silbern werden. Wenn sie zur Messe in die rote Backsteinkirche geht, trägt sie ein Kopftuch. Briefe an Cici kommen zurück, ungeöffnet. In Amerika sind die Antikriegsdemonstrationen in vollem Schwung, und Cici streift durchs Land mit einer Blume auf der Wange, Schlaghosen bedecken ihre Sandalen, sie steckt sich munter Nadeln in den Arm. Aber Mam weiß nichts davon, und sie wartet auf Briefe.

Mam hält sich meistens im Haus auf, schaut auf den Sumpf, verbringt Jahre auf diese Weise, so langsam wie Sonntage, sehnt sich ständig nach der Bewegung eines Kindes in ihrem Bauch. Ich soll vier Jahre später geboren werden, als sie zweiundvierzig ist, und als Vorsichtsmaßnahme schlitzen ihr die Ärzte zum Kaiserschnitt den Bauch auf. Mein Alter wartet im Krankenhausflur, tappt leise mit dem Fuß auf den Boden, sein mittänzelnder Hut auf dem Knie.

Eine Ansammlung von Zubehör sorgfältig vor sich aufgereiht – Lametta, lila und goldene Seidenfäden, blaue Seidenschwanzfedern, etwas gelbes Seehundfell, eine leuchtend orangefarbene Halsfeder, winzige Federn eines

Goldfasans, etwas schwarzes Garn, sehr schwarz, flußschwarz. Er zeigte mir jedes einzelne Stück, seine Hand schwebte darüber. Das meiste war am Morgen in dem Päckchen gekommen, von einem Angelladen in Dublin.

Er erzählte mir, daß buntere Fliegen in dunklen Gewässern besser funktionierten, daß der Lachs hochkommt, wenn er Farben sieht.

Komisch allerdings, er sagte, daß Lachse nicht fressen, wenn sie in den Flüssen sind, sie reagieren bloß – wenn man sie fängt, haben sie nichts im Bauch. Und wenn sie springen, dann nicht vor Freude, sondern nur, um gegen schnell fließendes Wasser anzukommen oder um Meeresläuse loszuwerden. Aber das sind schlaue Burschen, sagte er – die lassen sich nicht so leicht täuschen, und eine schlecht gemachte Fliege bringt ungefähr soviel wie ein Gegrüßet-seist-du-Maria in einem Luftangriff.

Ich zog mir eine alte Kiste heran und setzte mich, umgeben von seinem starken, durchdringenden Geruch.

«Man darf nicht zu viele Federn nehmen», sagte er, auf den Haken zeigend, «sonst saugt die Fliege zuviel Wasser auf. Aber eine große Fliege bedeutet einen großen Fisch, ist alles eine Frage des Gleichgewichts.»

Er hatte Schwierigkeiten mit einem Knoten.

«Soll ich dir helfen?»

«Geht schon. Das könnt ich mit geschlossenen Augen machen.»

Er band zwei Seidenschwanzfedern Rücken an Rücken. «Für den Schwanz», erklärte er.

Mir fiel auf, wieviel größer seine Hände waren als meine. Sie hatten aufgehört zu zittern und arbeiteten mit Präzision. Er drehte den Haken im Schraubstock und beugte sich darüber, setzte die Brille auf und wieder ab, ein wenig ungeduldig. «Scheiße», sagte er, «hier», und er reichte mir eine schmale Schere, ließ mich etwas von dem überschüssigen Faden abschneiden. «Näher ran.» Ich war überrascht, daß er nicht rauchte.

Er formte den Körper des Insekts, auf eine lange schmale Feder gewickelt, und dann machte er den Hals und die Flügel, befestigte ein paar Goldfasanfedern auf jeder Seite. Er fächerte die Haare, damit sie wie Flügel aussahen. «Die Dinger müssen so lebendig aussehen, wie es nur geht», sagte er. Ich reichte ihm Zange, Schere und Pinzette. Er benannte dabei jedes einzelne Instrument. Als Ahle verwendete er eine in den Korken einer Sherry-Flasche gesteckte Stopfnadel. Dazu gehörte ein Fingerhut aus einem alten Lippenstift, der Mam gehört haben muß. Jedesmal, wenn ich ihm etwas reichte, nickte er, atmete pfeifend und gab so etwas wie ein Dankeschön von sich. Aber ansonsten war seine Atmung still und gleichmäßig, in voller und herrlicher Konzentration auf die Herstellung der Fliege – es wurde allmählich ein kleiner indianischer Kopfschmuck daraus, Fäden, Federn und Bänder. Ich dachte an Kutch und Eliza, könnte ihnen vielleicht eine der Fliegen als Geschenk mitbringen.

Als er die erste fertig hatte, streckte er zufrieden den Daumen hoch. «Das wär's», sagte er, «jetzt wollen wir mal sehen, ob der Mistkerl dem hier widerstehen kann.» Er ging eine Weile im Mantel in der Scheune umher, schnüffelte die Luft, wischte sich die Hände ab.

Er summte eine Melodie, ließ die Luft gegen seine Lippen vibrieren. Manchmal blieb er stehen, um die Federn in den Mund zu nehmen, ober er bat mich, Klebertropfen von der Fliege zu wischen oder ein Stück gewachste Schnur zu greifen, das durch die Schlaufe kam, heruntergefallene Stücke vom Boden aufzuheben, zu schneiden und abzurunden, etwas Faden um den Schaft zu wickeln.

Er schürzte wieder seinen Mund in die Melodie hinein, die um uns herum auf und ab stieg, während er mir ein paar kleine Tricks zeigte, wie man die Lamettastreifen hineinband, die Farben miteinander vermischte, aus schwarzem Garn den Kopf fertigte. Die Zeit bewegte sich im Rhythmus eines Insektenflügels – ich dachte, daß eine Sekunde im Leben eines Insekts einem Jahrzehnt in unserem entsprechen könnte, die ganze Welt in Prismen zertrümmert, die Essenz des Lebens, die Vitalität jedes Augenblicks – und mein Alter hätte sowohl die Kürze als auch die Länge der Zeit erschaffen können. Das Summen wurde regelmäßig, versank in Tonlosigkeit, so daß ich vergaß, daß es da war.

Es war Abend, als er schließlich aufstand, die letzte Fliege in seinen Hut steckte, ihn aufsetzte und sagte: «Ich sterbe vor Hunger, junger Mann, komm, gehen wir.»

Er legte die anderen Fliegen in die Kiste und machte den Deckel zu. Wir gingen zum Haus, wo Mücken herumtänzelten – früher konnte er auch Mücken machen, sagte er, aber jetzt sind sie ihm zu klein und schwierig.

Ich kochte Spaghetti mit Soße. «Seh ich vielleicht aus wie ein Scheißitaliener?» sagte er, aber er aß sie mit Genuß, redete über Fliegen, ein Fließband von Geplauder kam aus ihm heraus. Erzählte, daß irgendein alter Typ in Donegal vor hundert Jahren als erster bunte Fliegen gemacht habe, Schmetterlinge, und damit sogar reich geworden sei. Er habe die Federn in Eselpisse getunkt, um sie farbecht zu machen. Konnte sie mit einer Hand hinterm Rücken zusammenbinden. Jemand holte ihn sogar nach London rüber, damit er darüber Vorträge hielt. Der war ein Genie im Herstellen von Farben für dunkles Wasser. Mein Vater quasselte weiter, unterbrach sich ab und zu, um zu husten oder sich die Nase zu putzen, wonach die Worte wieder aus ihm herausflossen. Zwischendurch, während ihm Spaghetti von der Gabel fielen, zeigte er mit ernster Miene auf mich: «Aber eins sage ich dir, das einzige Zeichen für eine gute Fliege ist, wenn du was fängst. Darauf läuft's hinaus. Du kannst noch so viele hübsche Fliegen machen, wenn du nichts fängst, dann ist das alles für die Katz.»

Nach dem Essen tranken wir ein paar Tassen Tee, und seine Hände fingen wieder leicht an zu zittern. Ging auf sein Zimmer hoch, sagte, morgen werde er das Scheißding fangen.

Als ich auch nach oben ging, lag er im Bett und versuchte, eine weitere Fliege zu basteln, aber er brauchte den Schraubstock, und so legte er einfach die Holzkiste an den Rand der Matratze.

Die blumigen Laken waren um ihn herumgezogen. Er fing an, in ein altes Taschentuch hineinzurotzen, das er nach jedem Hineinspucken penibel zusammenfaltete. Drehte es um und strich mit den Fingern darüber, als würde er einen sehr wichtigen Brief in einen Umschlag stecken. Schleim quoll seitlich heraus, und er faltete das Taschentuch auseinander, dann wieder zusammen, zwirbelte die Ecken. Er schien von dem Raum gebannt, richtete den Blick erst auf eine, dann auf die andere Wand, zur Decke und wieder zurück zu den Wänden, die sich unter dem Gewicht des Hauses verbeult zu haben schienen. Ich setzte mich ans Bett.

«Hast du gehört?» sagte er.

«Was?»

«Es hat geklopft.»

«Nein, hat es nicht.»

«Geh runter und sieh nach, wer an der Scheißtür ist», sagte er. «Vielleicht wieder der Postbote.»

«Um diese Zeit?»

Ich ging zum Fenster und schob es hoch, streckte den Kopf raus. «Niemand da.»

«Ich hätte schwören können, daß ich jemand gehört hab», sagte er.

«Niemand.»

«Vielleicht ist es Mrs. McCarthy», sagte er.

«Nein, niemand da.»

«Geh runter und sieh nach, verdammte Scheiße.»

Ein Geruch erfüllte den Raum, und ich begriff, warum er versucht hatte, mich nach unten zu schicken. Der Geruch überdeckte alles andere, die Schärfe seines Atems, die Ausdünstungen seines ungewaschenen Körpers. Er hatte Streichhölzer neben seinem Bett liegen, und er drehte sich um und zündete eins an, hustete darauf, um es auszumachen, aber ich wußte, was er da machte, und selbst nachdem der Schwefel sich verflüchtigt hatte, blieb der Geruch, schwebte, verhöhnte ihn mit seiner Schärfe.

«Laß mich allein», sagte er plötzlich.

Er legte sich mit einer fast theatralischen Geste der Anstrengung zurück, aber ich sagte ihm, ich wolle einfach eine Weile da sitzen. Er zuckte schnell mit dem Kopf, als würde er jetzt von einem richtigen Insekt belästigt, langte hinüber und schaltete das Radio ein, das neben seinem Bett stand. Es fütterte einen gleichmäßig mit ausländischen Kriegen und mit Sterben. Er fluchte und stellte es wieder aus, beugte sich in sein Taschentuch, rotzte wieder einen Placken hoch. Seine Stirn war schmerzverzerrt, und er legte die Hand auf meine und sagte: «Conor.»

Ich sagte: «Ja, Dad?»

Das war das erste Mal seit Jahren, daß ich ihn Dad nannte, aber es schien ihm gar nicht aufzufallen.

«Das hat richtig Spaß gemacht, als wir die Fliegen gemacht haben.»

«Ja», sagte ich.

Er rutschte im Bett herum und bat mich um eine Zigarette.

«Das solltest du vielleicht besser lassen.»

«Hör mal, mir geht's gut, ja? Hab den ganzen Tag keine geraucht. Das ist ein Rekord.»

«Die bringen dich um.»

Er hustete wieder: «Wunderbar. Dann bringen sie mich eben um. Sie liegen da drüben auf dem Nachttisch.»

Ich langte hinüber, aber das Päckchen war leer. Er sagte, unten seien noch welche, unter der Spüle, er versteckt immer ein paar Päckchen für den Notfall. Sagte, ich solle aufpassen, daß ich frische mitbringe, einige lägen schon seit ewigen Zeiten da unten und könnten zerbröseln, wenn man sie anfaßt. Ich weiß nicht warum, aber ich ging runter und holte ein Päckchen, sie waren hinten im Küchenschrank versteckt. Als ich wieder hochkam, hatte er sich ins Kissen aufgesetzt – «Wunderbar, wunderbar, das ist schon viel besser» –, und ich drehte eine im Päckchen um, so wie er es macht, als Glücksbringer, reichte ihm eine. Er raucht nie mit der Eheringhand, behält sie immer in der Rechten, zwischen die Finger geklemmt.

«Hin und wieder ein Zigarettchen, das hat noch niemandem geschadet.»

Ich wartete, bis er fertig war, damit er nicht einschlief und das Haus mit sich selbst ins Verderben zog, ein weiterer Brand, ein weiteres Echo. Er drückte sich in die Kissen, und ich hörte ihn wieder furzen, aber ich tat so, als wäre nichts gewesen.

«Ich werd morgen Doktor Moloney herholen», sagte ich.

«Wirst du nicht.»

«Wieso nicht?»

«Weil morgen Sonntag ist, und mir schiebt keiner mehr was in den Hintern.»

Ich lachte.

«Was ist daran so komisch?» fragte er.

«Ach, nichts.»

«Ich hab gehört, das machen die jetzt in San Francisco», sagte er.

Ich war etwas erschrocken und dachte einen Moment an Cici in ihrer weißweißen Stadt. «Was machen sie?» fragte ich.

«Sich seltsame Dinge hinten reinschieben.»

«Was meinst du damit?»

«Mäuse und so was.»

Er paffte. «Das haben sie im Fernsehen gesagt. Ich war mal eine ganze Nacht auf und hab geguckt.»

«Du guckst jetzt fern?»

Er zögerte einen Moment, legte sich die Hand an die Schläfe, kratzte die kahle Stelle und sagte dann: «Die Zeiten haben sich geändert.»

«Früher hast du es gehaßt.»

«Ab und zu im Winter.» Er zog die Augenbrauen zusammen.

«Wie wär's mit einem Glas heißen Whiskey zum Einschlafen?»

«Nein», sagte er. «Das hier reicht mir», wobei er die Asche in die gehöhlte Hand und dann auf den Boden fallen ließ.

Ich drückte die Kippe für ihn aus, und kurz bevor er sich zum Schlafen umdrehte, setzte er sich auf und lehnte seinen Kopf an meine Schulter. Ich rückte näher heran, legte meine Hand an seinen Hinterkopf. Als er sich von meiner

Schulter wieder zurückzog, war etwas Schleim auf meinem T-Shirt. Ich wollte mich nicht bewegen, aber er sah es und fing an, es mit seinem Taschentuch wegzuwischen.

«Jesses», sagte er, «Jesses.»

Er rollte sich auf die andere Seite des Bettes und tat so, als würde er schlafen. Ich hob die Holzkiste auf, mit all den Fliegen drin, und bastelte für eine Stunde oder so selber an einer, versuchte etwas Garn um den Schaft zu wickeln, bekam aber nicht den Kniff heraus, ließ das verdammte Ding immer wieder fallen. Es schien unmöglich, so filigran und zart. Ich betrachtete die Fliegen, die er tagsüber gemacht hatte. Sie lagen dort, warteten, bereit, loszufliegen, und ich nahm zwei kleine Flügel aus Seidenschwanzfedern und schnippte, drückte sie zwischen den Fingern zusammen, während er einnickte.

SONNTAG

Mein Gott, ich erinnere mich

Er wachte heute morgen früh auf, irrte im Haus herum, bevor die Sonne aufging. Hörte, wie er sein Fenster aufmachte, hinunter ins Gras spuckte, ins Bad ging und ins Waschbecken pinkelte. Ich ging nach ihm hinunter, und er nickte mir zu.

«Wie geht's dir?»

«Könnte nicht besser sein», sagte er. «Guck.»

Die Holzkiste lag geöffnet auf dem Küchentisch, und er musterte stolz eine seiner Fliegen. «Ist das nicht ein Prachtexemplar?»

Jazz bockte aus dem Radio, und er ging hinüber und fummelte am Knopf, um den Sender richtig einzustellen. Er nickte mit dem Kopf wie ein pickendes Huhn. Die Haare standen ihm ab, wo er auf dem Kopfkissen gelegen hatte. Er aß eine Portion Frühstücksflocken, etwas Toast mit Marmelade, sagte, er sei heute in bester Verfassung zum Angeln. Griff noch einmal nach der Fliege, hielt sie hoch. «Du und ich, wir beide», sagte er. Ich dachte, er wollte mich fragen, ob wir zusammen angeln gehen sollten, aber dann begriff ich, daß er gar nicht mit mir redete, daß er allein sein wollte, mit seiner Fliege, also ließ ich ihn in Ruhe.

Er trug einen weiten grünen Pullover und eine dicke, fest am Hals geknotete rote Krawatte, die sich aus dem runden Kragen des Pullovers wölbte. Sein Kopf darüber sah skelettartig aus.

«Feingemacht?»

Er zuckte die Achseln.

Bevor er zum Fluß ging, fragte ich ihn – eigentlich aus Witz –, ob er nicht zur Messe gehen wolle, ob Mrs. McCarthy ihn vielleicht da unten mit Rosenkranz und Kopftuch erwarte. Aber er schüttelte heftig den Kopf und sagte nur: «Der Herr ist mein Hirte, er wird mir nicht mangeln.»

Wir standen bei der Tür, und ich sagte, daß ich auch nie besonders viel für die Messe übrig gehabt hätte. Das sei so eine Art spirituelles Zäpfchen. Er legte zustimmend den Kopf schief, drückte die Klinke herunter, drehte sich zu mir um, betrachtete die Angelruten, tauschte sie hin und her, griff in sein Jackenfutter, wohin er ein paar seiner neuen Fliegen gesteckt hatte. Er streckte den Arm aus, um mir die Hand zu schütteln, zog sie dann ruhig wieder zurück, bevor ich Gelegenheit hatte, sie zu ergreifen. Ich wollte ihn fragen, warum er das tun wollte, aber er wandte sich einfach ab. Er nahm die Ruten und ging, schlurfte langsam über den Hof.

Es war seltsam, wie er ging, alle paar Meter blieb er stehen, um Atem zu holen, zog seine graue Hose hinten hoch, schlurfte weiter, betrachtete den Himmel, als könnte er hochgreifen und auch ihm die Hand schütteln. Ich ging raus und setzte mich auf Mams Mauer und feierte, daß es nicht regnete – es war ein wunderschöner strahlender Morgen.

Mein Gott, ich erinnere mich. An die Vormittage damals, Mitte der siebziger Jahre, bevor alles um die beiden herum zusammenfiel.

Mam baute die niedrige Steinmauer am Sträßchen. Sie

trug eine gelbe Regenjacke, ihre silbernen Haare waren zu einem Zopf zurückgeflochten, der ihr bis hinunter ins Kreuz reichte. Sie kniete an der halbfertigen Mauer wie im Gebet, manchmal sang sie ein paar Takte eines mexikanischen Liedes. Die Mauer war nicht sehr gut gebaut, aber sie durchbrach das Land auf herrliche Weise. Sie hatte Löcher, die wie triefende Augen hinaus auf die Felder starrten. Sie drohte ständig zusammenzustürzen – weil Mam immer irgend etwas falsch machte, an manchen Stellen baute sie zu hoch, an anderen zu niedrig, etwas schief, eine Spur betrunken. Aber die Arbeit machte ihr Spaß. Sie begann immer nach dem Frühstück, kurz nach dem morgendlichen Schwimmen. Sie stand da und beobachtete, wie mein Vater und ich gegen die Strömung kämpften, aber sogar da sah man, daß sie ungeduldig darauf wartete, endlich anfangen zu können. Sie ließ ihre langen, dünnen Finger knacken. Sowie wir dem Wasser entstiegen waren, legte sie mir die Hand ins Kreuz und schob mich zur Küche hoch, lief schnell neben mir her, ließ meinen Alten da unten. Während ich aß, zog sie ihre blauen Gartenhandschuhe an, und kurz bevor mein Vater in die Küche spazierte, ein Handtuch um den Kopf gewickelt, beugte sie sich zu mir und flüsterte: «Jetzt, *m'ijo*, werde ich anfangen.»

Die Mauer verlief etwa zweihundert Meter vom Haus zur Hauptstraße. Sie war zwischen einem halben und anderthalb Meter hoch, schlängelte sich bis zur Straße, als wollte Mam sie weiter und immer weiter ziehen, könnte sie aber nur zu sich selber zurückkehren lassen. Die Mauer sah aus wie eine Reihe uralter grauer Zähne. Manchmal kauerten sich Vögel in die Lücken zwischen den Steinen. Ständig brach Mam wieder Stücke auseinander, baute sie wieder zusammen, tauschte größere Steine durch kleinere aus, jonglierte, mischte. Männer fuhren auf Fahrrädern vorbei und grüßten sie mit einem großspurigen ‹Señorita›, und sie korrigierte sie schnell. *«Señora!»* rief sie. Sie zwinkerten: «Wie Sie meinen, Missus Lyons.» Dann beugte sie sich wieder zur Mauer hinab, stopfte einen flachen Stein hinein oder meißelte eine scharfe Kante ab. Sie legte sich ihren braunen Arm vor die Augen, um sich vor den Funken zu schützen. Zur Mittagszeit hielten die Männer wieder bei ihr an und gaben ihr Ratschläge für die Mauer. Sie machte ihnen Tee in großen weißen Bechern, hörte aufmerksam zu, nickte, wobei ihre Zöpfe schwangen, dann schickte sie die Männer weg und machte weiter wie zuvor, stur, unbeirrbar. Es war ihre Mauer. Sie gehörte einzig und allein ihr. Sie baute sie so, wie sie es für richtig hielt.

Sie spuckte bei der Arbeit – wie schon damals bei den Hühnern in Mexiko, als Staub in jede Pore drang.

Die Mauer stellte eine Art Falte in ihrer Langeweile dar – es gab sonst nicht viel für sie zu tun, die Wäsche flatterte über dem Sumpf, Geschirr stapelte sich im Spülbecken, sie mußte mir Pausenbrote mit Schinken oder Käse machen. Sie war damals schon Ende Vierzig. Die Welt wurde älter. Die Mauer half ihr, die Tage wegzuschneiden, bis sie wieder nach Mexiko zurückkehren konnte. Sie stritten sich viel, sie und mein Alter. Sie standen in der Küche und fuchtelten mit den Armen, zeigten mit dem Finger aufeinander. Schreie hallten durchs Haus. Manchmal rammte er eine Faust in den Schrank – eine kleine Reihe von Einbuchtungen sah aus wie runzlige Stichwunden im Holz. Er sah keinen Sinn in der Mauer – höchstens als Ort, wo man sich bücken konnte, um sich eine Zigarette anzuzünden oder schnell mal heimlich zu pinkeln. Vielleicht waren sie immer noch ineinander verliebt, aber es war eine andere Qualität von Liebe als die, die in meiner

Vorstellung anfangs zwischen ihnen herrschte – eine leidende Liebe, eine schroffe Liebe, ohne Zauber. Wenn er für seine Photoaufträge unterwegs war, senkte sich eine große graue Stille über das Haus, und Mam setzte mich auf einen Stuhl und erzählte mir Dinge. Wenn sie in ihrer Muttersprache begann, die ich nicht verstand, griff sie sich an ihre grauen Haare und warf sie zurück und begann noch mal auf englisch. Bruchstücke von Geschichten, die sich für mich zu vernetzen und zu vermischen begannen, Geschichten, die einem Kind in Kindermanier erzählt wurden, und Mexiko wurde für mich zu einem Land, das gleich um die Ecke lag.

In der Küche schrubbte sie Töpfe und Pfannen, beobachtete durchs Fenster die vorbeiziehende Welt. Autos tuckerten vorbei, Frauen mit Kopftüchern unterwegs zu morgendlichen Kaffeekränzchen, der Lieferwagen des Postboten, der ohne anzuhalten vorbeischlitterte, Viehherden, die mit Stöcken vorbeigetrieben wurden.

Ihre einzige Freundin war Mrs. O'Leary. Mam ging an ein paar Nachmittagen in der Woche in ihr Pub – es war ein Pub mit Schiffsbildern, alt und knarrig in den Gelenken, ähnlich der Kundschaft. Manchmal, im Sommer, nahm sie mich mit. Mrs. O'Leary hielt hinter dem Pub Hühner, etwa ein Dutzend, die dort herumpickten. Und Mrs. O'Leary sah selbst fast aus wie ein altes Hühnchen – mit ihrem großen roten Gesicht, diesem langen schnabelartigen Kinn mit dem verschrumpelten Kehllappen darunter. Sie muß zu dem Zeitpunkt stolze Achtzig gewesen sein, eine gigantische Frau in blaugrauen Kleidern, riesige, wogende Brüste, eine tiefe, glucksende Stimme. Aber ihre Augen ließen nach, so daß sie kaum noch die Etiketts auf den Flaschen erkennen konnte, manchmal verwechselte sie Jameson's mit Paddy's, Bushmills mit

Irish Mist, was einen kollektiven traurigen Aufschrei unter den Männern auslöste, die an ihren Whiskeys hingen wie Napfschnecken an Meeresfelsen. Sie konnte den Zeiger der Wanduhr nicht mehr erkennen, rannte gegen den Türrahmen, konnte nur die Schlagzeilen der *Irish Press* lesen, mit der man gut die braunen Pfützen auf dem Betonboden aufwischen konnte. Am meisten erschütterte Mrs. O'Leary, daß sie kaum noch das Geschlecht eines frischgeschlüpften Kükens bestimmen konnte – wozu man Adleraugen brauchte, die Geduld von Jahren, ein Gefühl für die Launen der Natur. Eines Sommernachmittags kam sie zu unserem Haus heraufgeschlendert und sagte zu Mam: «Wie ich höre, haben Sie ein gutes Händchen mit den unteren Regionen», und nach einer kurzen Erklärung brachen beide in Lachen aus.

Mam sagte: «Natürlich, ich seh mir die Hühner an.»

Mam sprang für Mrs. O'Leary ein, untersuchte die Küken. Sie saßen dann zusammen auf Holzschemeln hinter dem Pub, mit baumelnden Beinen, plauderten und lachten. Ihr Gackern zog durch die Bar, wo die Männer halbstündlich zum Ruf des kopflosen Kuckucks an der Wand die Fäuste auf den Tisch schlugen: «Noch ein Glas, Alice, und zwar ein bißchen plötzlich.» Die Eier verkaufte sie den Männern, die den ganzen Tag wie schlafende Lappen auf der Theke lagen, in die staubigen Spiegel starrten, ein muffiger Geruch stieg von ihren Jacken auf, Taschentücher hingen aus Hosentaschen. Aber meistens ignorierten Mam und Mrs. O'Leary die Männer, saßen hinten und vertrieben sich die Zeit, indem sie Bruchstücke aus ihrem Leben austauschten, José mit den zusammengenähten Lippen, Rolando, Miguel, Waldbrände an jenem fernen Ort, die seltsame Cici, die Hühner-Oper im Hof meiner Großmutter in Mexiko.

Nach einer Weile begannen Mam und Mrs. O'Leary, ihre eigene Oper zu erfinden, wobei sie die Männer in der Bar als ihre Schauspieler benutzten.

Es war ein sonderbarer Haufen – Männer, die Angst vor dem Leben hatten und noch mehr Angst vor dem Sterben, sie fürchteten sich vor Geistern, die aufstiegen und durch ihre Nieren schlichen. Einer hatte einen Walroß-Schnauzbart und trug abgewetzte graue Hosen, und er rutschte oft vom letzten Barhocker herunter und trank sein Guinness auf dem Boden sitzend aus, eine Hecke weißen Schaums über seiner Lippe. Da gab es einen Misanthropen mit einem Gesicht wie ein ofenfrisches Brötchen, der Zehn-Pence-Münzen hinter dem Ohr hervorzauberte. Ein Mann roch nach Essig, wenn er schwitzte. Ein anderer schlummerte im Sumpf seiner eigenen riesigen Smithwicksflecken. Sie schienen im Chor zu husten, sie schneuzten sich in die Hand, verschlafen über Zeitungen, erschöpft über Whiskeys. «Wer hat die Rennseite geklaut, verdammt noch mal?» – «Noch 'n Krug, Alice.» – «Du kannst mich doch bestimmt nach Hause fahren?» – «Na ja, in unserer Familie gibt's schon Autos, aber es sind ja alle in Amerika.»

Nach dem, was ich herausbekommen habe, haben sie Mam zuerst recht gut behandelt – hin und wieder ein gezogener Hut, wenn sie hereinkam, ein vages Zwinkern, die stille Andeutung von Lüsternheit, während sich die Gebisse in ihren Mündern auf und ab schoben, eine Bemerkung über ihr neues Kleid, ein Kompliment wegen ihrer Lippenstiftfarbe. Aber es gab auch neugieriges Geflüster, und bald lagen die Gerüchte in der Luft wie Gewitter. Gewitter brachten doch seltsame Vögel herein – war nicht einmal ein Wanderfalke aus Neuschottland gekommen? Sie war eine frühere Geliebte von Che Guevara. Sie war Jack Dempseys Mädchen. Sie war eine Waise aus den Slums Mittelamerikas. Sie war in Hollywood gescheitert. Sie war eine Tochter Francos. Sie war auf der Flucht vor einer Revolution. Sie hatte einmal eine Hacienda im Süden Mexikos besessen und alles bei einer Bridgepartie verloren. Oder vielleicht war sie ein Modell für die Kamera meines Alten, posierte vielleicht sogar nackt für ihn. Das letzte Gerücht – das, wofür sie sich schließlich entschieden – mag bewirkt haben, daß sich ihre Gebisse seltsam hastig bewegten und ihre Hände zitterten, wenn sie das Glas an den Mund führten.

Ich kam immer am späten Nachmittag ins Pub, nach der Schule, meine Schultasche schwingend. Mams Augen waren geschminkt, wiegten sich in einer seltsamen Art von Glücklichsein hin und her, die ich von zu Hause nicht kannte. Im nachhinein würde ich sagen, daß sie Schwestern hätten sein können, sie und Alice O'Leary. Sie hätten ineinander verliebt sein können – manchmal saßen sie da, Hand in Hand, Mams schlammfarbene Finger auf lilienweißen. Mrs. O'Leary fuhr mir gern mit den Fingern über die Wangen. «Er ist dir wie aus dem Gesicht geschnitten, Juanita, fühl mal diesen Haarschopf.» Ab und zu wanderte eine riesige Flasche Stout zwischen ihnen hin und her, während die Hühner im Garten herumpickten. Wenn Mrs. O'Leary mal mit dem Getränk ihren Mund verfehlte, ergoß sich eine Halskette von Schwarz vorn über ihre Schürze. «Ach, verdammt, ich könnt nicht mal ein Scheunentor treffen, früher konnte ich durch einen Ehering pinkeln, und jetzt könnt ich nicht mal einen Eimer treffen!»

Das Angelusläuten war für Mam immer das Zeichen, nach Hause zu gehen und meinem Vater das Abendessen zu machen. Sobald es im rauchigen Pub erklang, begann ein rattengesichtiger Komiker zu rezitieren: «Heilige Maria, Mutter Gottes, bete für uns Säufer jetzt und zur elften Stunde, amen.» Wir gingen zusammen die schmalen Straßen entlang, Mam und ich, Möwen über dem Sumpf, Regenbogen, Wintersterne, die in der ersten Dunkelheit des Ostens schon früh aufgingen. Sie wußte nie, was sie ihm kochen sollte, und sie blieb dann bei der Mauer stehen, drückte noch ein paar Steine hinein, bevor sie in die Küche ging, manchmal still vor sich hin murmelnd.

Mein Alter arbeitete als freier Photograph für irgendeine landwirtschaftliche Zeitschrift. Sein Leben hatte sich reduziert auf Gerstenfelder, glänzendrote Erntemaschinen, Kühe mit Scheißespritzern auf den Schwänzen, Ausschußsitzungen, Werbeveranstaltungen, brandneue Packungen Schinken, Aufnahmen von ernsten Männern in grauen Anzügen, die sich auf Kongressen die Hände schüttelten. Banalität vom Feinsten, es bedeutete ihm wenig oder nichts, es war keine Kunst, aber es hielt ihn hier. Er machte jene Kategorie von Aufnahmen, die in den ungelesenen Teilen von Zeitungen erscheinen. Oder Bilder, die so austauschbar waren, daß es ihm peinlich war, wenn sein Name darunter stand. Soweit war es gekommen – er war mein Vater, der auf einem grauen Bauernhof in Mayo gelangweilt auf die zweite Lebenshälfte zusteuerte, geduldig wie ein Zugpferd, das auf eine neue Saison frischen Grases wartet. Seine Ehefrau baute Mauern und verbrachte die Nachmittage in einem seltsamen Pub. Sie redete und träumte ständig von ihrer Heimat. Er kam abends durch die Haustür geschlurft, nach saurer Milch und Zigaretten riechend, seufzte, küßte sie schroff auf die Wange, fragte, wieviel Stout sie im O'Learys getrunken habe. Er ging um den Tisch herum, legte mir eine Hand auf den Hinterkopf, rieb meine Haare: «Und wie geht's meinem Jungen heute?»

Ich sagte ihm, ich hätte auf dem Schulhof beim Fußball einen Hattrick erzielt. Er steckte die Hände in die Taschen seiner Weste und sagte: «Gut gemacht, Junge, gut gemacht» und beugte sich dann über seinen Teller. Hin und wieder blickte er auf, zwinkerte mir zu und sagte: «Einen Hattrick, was?» In solchen Momenten liebte ich ihn grenzenlos, bewunderte ihn, weil er so groß war, aber Mam saß am Tischende und sagte nichts, sie wußte, daß ich nach der Schule gar nicht Fußball gespielt hatte.

Er hatte ein Notizbuch, in das er die Ausgaben eintrug. Manchmal las er die Zahlen am Abendessentisch laut vor, versprach, daß es uns bald möglich wäre, unsere große Reise in die Wüste von Chihuahua anzutreten. «Ja», sagte er dann, «nur noch ein paar Monate und noch einen großen Job, und wir sind aus dem Schneider. Mams Lippen zuckten leicht, als würde Mexiko dort sitzen, in ihrem Mundwinkel, als könnte sie es schmecken.

Aber statt dessen baute er sich eine Dunkelkammer. Er wollte den alten Kuhstall benutzen, aber der war zu hell, und so schuf er sie aus dem Nichts. Mietete einen JCB-Bulldozer und hob die Grube für das Fundament aus, setzte mich in den Plastikdrehstuhl, tat so, als dürfte ich den riesigen gelben Bagger steuern. Er pumpte die Grube trocken und legte Rohre, goß den Zement selbst ein, ließ mich meine Initialen hineinzeichnen. Er heuerte ein paar Männer an, die ihm an manchen Tagen helfen sollten. Sie nannten ihn auf eine fast spöttische Art und Weise ‹Boss› und zeigten sich übertrieben begeistert, wenn Mam ihnen Tee und Obstkuchen brachte. «Missus Lyons, Ihr Tee ist der beste im ganzen Land.» – «Jesses, Missus Lyons, wenn ich hiervon was auf dem Kopf hätte, würde ich mir glatt mit der Zunge das Hirn durchstoßen, um ranzukommen.»

Einmal, als mein Alter in die Stadt gegangen war, um Sand zu kaufen, hörte ich einen bewundernden Pfiff, als Mam sich hinabbeugte, um an ihrer Mauer zu arbeiten. Sie richtete sich auf und lächelte, winkte ihnen zu, und die Männer senkten die Köpfe und gingen wieder an die Arbeit.

Mein Vater stolzierte draußen umher, mit bloßem Oberkörper in dem kühlen, nieselnden Sommer. Seine Haut wurde schon ein wenig schlaff, und so kniff er sich manchmal in die Brustwarze, damit sie fest aussah. Ich erinnere mich, wie er den Bauch einzog und die Hände gegen seine Speckrollen drückte, um schlank zu wirken. Er inszenierte sich noch immer. Oben auf dem Dach der hoch in die Luft geschwungene Hammer, der Arm theatralisch gestreckt, um die Muskeln spielen zu lassen. Er setzte mit ausholenden Gesten den Bohrer an, seine Finger wackelten, während er mir zeigte, wie er funktionierte. Inzwischen kämmte er sich die Haare quer über den Schädel, um die große kahle Stelle zu bedecken, aber das nützte nicht viel. Seine Haare waren so lang, daß sie manchmal wegrutschten und ihm auf die Schulter fielen. Dann leckte er sich die Finger und klebte sie zurück.

Das Gebäude war bausteinartig und ordentlich, aus Schlackensteinen, zwei durch eine Holzwand getrennte Räume, keine Fenster, ein flaches Dach, sorgfältig isoliert, sorgfältig so entworfen, daß kein Licht unter den Türen hereinsickerte. Er bohrte für Aktenschränke und Regale Bolzen in die Wände, legte Strom und Wasser und sogar eine wackelige Telefonleitung. Er nannte es den ‹Gulag›, ein Spitzname wie ein Omen. Mit Hilfe einer Schnur, die am Knauf der zweiten Tür befestigt war, konnte er von innen die erste Tür öffnen. Wenn es Abendessen gab, ging ich raus, um ihn zu rufen. Etwas Herumgeschlurfe, bevor er die Tür öffnete, Papiergeraschel, Schubladen, die geschlossen wurden, Deckel, die auf Kästen klappten. Dann zog er an der Schnur, um die kleinen Banalitäten seiner Welt sichtbar zu machen. Reihen von Photos hingen unter einer Kette von roten Glühbirnen, ein Kontaktbogen mit Rindern oder einer Werbung für Käse. Er wischte sich an einem roten Handtuchfetzen die Hände ab und fragte: «Gibt schon wieder Pommes, was?»

Es war ein vertrauter Satz.

Eines frühen Morgens hörte ich meinen Alten die Treppe hinunterpoltern. Ich folgte ihm. Ein Brand in der Küche, die Pommespfanne stand in Flammen. Mam stand in ihrem ginsterfarbenen Morgenrock mitten in der Küche und starrte mit glänzenden Augen darauf. Ihn sah sie nicht einmal an, starrte immer nur auf das flackernde Feuer. «Ich wollte nur etwas kochen», sagte sie, «ich konnte nicht schlafen, du weißt ja, daß ich in letzter Zeit nicht schlafen kann.» Mein Alter wickelte den Zipfel seines Netzunterhemdes um den Griff der Pfanne. Er ging durch die Küche, murmelte irgendwelche Schimpfwörter in sich hinein, stürmte auf den Hof hinaus, wo er die Pfanne ins hohe Gras warf, damit der Nachttau sie löschte. Ein paar letzte Funken stoben geisterhaft durchs Gras. Er kam wieder rein, die Handfläche verbrannt, leckte daran, schnitt eine Apfelsine entzwei, um den Schmerz zu lindern.

«Hast du deinen Scheißverstand verloren, Frau? Wer will denn zu dieser nachtschlafenden Zeit Pommes?»

Sie stand immer noch regungslos am Herd, neben dem Teekessel, sah selber fast aus wie ein Teekessel, die eine Hand wie eine Tülle ausgestreckt, ihr Gesicht silbern. Sie begann auf den Fußballen auf und ab zu federn, sagte klar, wenn auch mit einem Pfeifen in der Stimme: «Es war nur ein kleines Versehen, Michael, wir machen alle mal Fehler.» Er sah mich an, das Weiß seiner Augen rot durchnetzt, wischte sich etwas Schlaf aus einem Augenwinkel, kratzte sich im Bauchnabel, wobei er aussah, als wollte er sich krampfhaft an etwas erinnern, das im Grunde nicht wichtig war. Er leckte sich die Lippen: «Und du, junger Mann – gehören brave Kinder um diese Zeit nicht ins Bett?» Er führte mich zum Flur, küßte mich auf die Stirn. Ich umarmte ihn, ging mit einer Mischung von Liebe und Haß hinauf. «Mach dir keine Sorgen, mein Junge», sagte er, «deine Mutter ist nur ein bißchen müde.»

In jener Nacht hörte ich sie unten streiten, und danach, wenn ich ihn aus der Dunkelkammer zum Essen rief, sagte er immer: «Gibt schon wieder Pommes, was?»

Im Fernsehen gab es Sendungen, wo Männer hinter Frauen am Herd traten, die Arme um ihre Hüften legten und ihnen sogar beim Umrühren halfen – und ich fragte mich, warum mein Alter das nicht mit Mam machte. In ihrer eigenen Einsamkeit schlummernd, schlenderten sie nicht einmal gemeinsam zur Messe, wie es andere Eltern taten. Am Valentinstag schenkte ich ihnen identische Schilfkränze, die vom Tag der heiligen Brigida übrig waren. Sie kamen getrennt an mein Bett hoch, um sich zu bedanken, mein Vater mit einer Pfundnote, meine Mutter mit einer Tasse heißer Schokolade. Sie lebten in verschiedenen Welten, zwischen denen es keine Brücke geben konnte. Ich stellte mir vor, wie sie sich durchs Haus bewegten, ohne daß die offene Pyjamajacke meines Vaters die Pullover, die Mam über ihrem Nachthemd trug, auch nur berührten, und dann die zwei Kreuze, in verschiedenen Fenstern an entgegengesetzten Ecken des Hauses.

Unkraut umwucherte seine Dunkelkammer. Ich versuchte einzubrechen, aber er hatte sie fest verschlossen, und es gab keine Fenster, durch die man hineinkonnte. Einmal, als er für eine Woche unterwegs war, versuchte ich mir auf der Rückseite einen Tunnel zu graben. Ich stellte mir vor, ich sei ein hagerer Gefangener, der in seinen Gulag einbricht. Ehrenschleifen hängen von der Medaille auf meiner Brust, während ich den schlammigen Dreck wegschippte und er hoch über mir mit einem Gewehr auf einem Wachturm steht. Ich kam nicht weiter als bis zum Fundament. Nach seiner Rückkehr fragte er mich nach dem Loch. Ich sagte, ich hätte da hinten einen Hund buddeln sehen. «Verscheuch ihn mit einem großen Stock, wenn er wiederkommt, ja?» Danach gab ich es auf, durchsuchte nur noch selten die Taschen seiner Hose nach dem Schlüssel, immer erfolglos.

Mein Alter freundete sich mit dem Besitzer einer Fleischfabrik in Swinford an. O'Shaughnessy gehörte zu der Sorte Männer, die in den Taschen ihrer granitgrauen Anzüge Flaschen scheppern ließen. Er hatte eine Knollennase und einen riesigen Bauch, fuhr teure Autos, die spät in der Nacht unsere Auffahrt entlanggefahren kamen und extralaut hupten, damit mein Alter zum Trinken herauskam. Mam haßte O'Shaughnessy, ging ihm aus dem Weg, wenn er zu uns kam – er versuchte immer, die Ärmel ihrer Bluse zu berühren, pflanzte Küßchen auf ihre Wangen. Manchmal, wenn er zu Besuch da war, ging sie raus und arbeitete ein bißchen an ihrer Mauer, sogar nachts, im Dunkeln. Wenn die Pubs zumachten, kamen mein Alter und O'Shaughnessy nach Hause, und dann hockten sie zusammen im Wohnzimmer, und schallendes Gelächter erklang im Haus.

Ein paarmal kam Mam in mein Zimmer und setzte sich ans Fenster, während die beiden unten waren. Sie sagte nichts, sah bloß aus dem Fenster, beobachtete das Muster des Wetters draußen. Was ihr am meisten zusetzte, war die Kälte, die beinahe konstante Abwesenheit von Sonne, wie es ihr bis ins Mark sickerte. Oft trug sie zwei oder drei Pullover übereinander. Morgens, wenn sie im Wohnzimmer Feuer machte, hatte sie den Wasserkessel neben sich, wärmte sich die Hände über dem Dampf, trug sogar Handschuhe, während sie mit klappernden Zähnen Frühstück machte. Immer noch erstaunt über den Schnee, beobachtete sie den Winter, wie meine Schneemänner bis auf eine Mohrrübe und Augensteine herunterschmolzen, grub sich in einen Mantel ein, stampfte mit den Füßen auf, betrachtete die Wölkchen, die unser Atem bildete. Die Peitschenhiebe des Windes erschütterten sie durch und durch – sie war eine Beobachterin von Stürmen. Riesige, Gischt führende Böen kamen vom Atlantik hereingepeitscht, zwangen die Bäume am Fluß, sich vor dem Boden zu verneigen, Müll sprang wie lebendig umher. Einer der Stürme war ein ganz besonderer Segen für sie – ein Sandsturm aus der Sahara, der Staub brachte, roten Staub, die ganze Strecke von Nordafrika bis hierher, ihn auf das Land legte, so daß winzige Partikel die Windschutzscheiben der Autos bedeckten, die Dächer der Häuser, Tore, Mauern, Stiefel, Blumenblätter vor der Haustür. Wochenlang putzte sie die Fenster nicht, verzückt über die plötzliche Wiederkehr von rotem Staub in ihr Leben. Sie fuhr mit dem Finger über das Fenstersims und zeigte ihn mir. «Ist das nicht schön, *m'ijo*? Ein roter Wind.»

O'Shaughnessy und mein Vater begannen jetzt, Reisen ins Ausland zu machen, meistens nach Belgien oder Frankreich, die etwas mit EG-Rindergeschäften zu tun hatten. Es gab Aufnahmen von O'Shaughnessy mit seinen breiten knalligen Krawatten auf irgendwelchen Kongressen. Sie waren oft zwei Wochen weg, und Mam schlief dann immer in einem Korbstuhl bei meinem Schlafzimmerfenster ein, in drei Decken gehüllt.

Und eines Abends kam mein Alter mit zwei Pappkartons aus Frankreich zurück. Es war ein besonders kalter Tag gewesen, Frost auf dem Boden, alle Fenster fest verschlossen, Rotkehlchen in heller Aufregung über Brotkrumen im Hof. O'Shaughnessy setzte meinen Vater zu Hause ab, warf meiner Mutter, die in ihren Pullovern am Fenster stand, eine Kußhand zu. Sie drehte sich weg. Mein Alter schleppte die Kartons und seinen Koffer auf die Veranda, schob vorsichtig die Füße übers Eis. Er saß eine Weile dort, die Kartons zu seinen Füßen. Mam bat mich, ihn zum Essen hereinzurufen – diesmal sagte er nichts über Pommes. Er schwirrte in die Küche herein, warf seinen Mantel ab, nur ein weißes Hemd darunter, kämmte seine Haare über den Schädel, klebte sie mit Spucke fest und stellte seinen Koffer an den Küchentisch. Mam war über ein paar Eier mit Salsa gebeugt und rieb sich die behandschuhten Hände.

«Komme sofort», sagte mein Vater, und er streichelte ihr zärtlich die Wange.

Sie sah überrascht auf. Er ging wieder nach draußen und holte die Kartons von der Veranda. Trotz der Kälte bildeten sich zwei große Ovale von Schweiß in seinen Achselhöhlen. Er stellte die Kartons auf den Küchentisch, nickte dabei unentwegt mit dem Kopf und sagte zu mir, es sei Zeit, daß ich schwimmen ginge. «Er wird sich den Tod holen», sagte Mam. Mein Vater zwinkerte: «Quatsch, das geht schon, er ist jetzt erwachsen.» Da war ein seltsames Leuchten in den Augen meines Alten. Ich ging nach oben und holte die beiden Badehosen. An der Haustür wartete ich auf ihn. Ich hielt die Badehosen hoch, aber er wedelte mich mit der Hand fort, sagte, ich solle allein gehen. Mit einem Messer begann er, die Schnur von den Paketen durchzuschneiden. Ich wartete beim Fenster.

«Das ist ein Geschenk für deine Mam», sagte er, «geh du schon mal vor, ich komm später nach. Nimm deinen Mantel mit und wickel dich gut ein, wenn du rauskommst.»

Wir waren schon oft in der Kälte geschwommen, aber immer morgens, der erste Schock, als würde man ins Verschwinden steigen, ein Gefühl, als hätte man plötzlich eine zusätzliche Haut. Ich war besser geworden beim Gegen-den-Strom-Schwimmen, mußte mich nicht mehr an den Pappelwurzeln festhalten. Ich schwamm vielleicht zehn Minuten lang, ließ mich vom Wasser zurückdrükken, schwamm zu der unbewegten Stelle am Rand, holte mir ein Schilfrohr, das ich beim Tauchen als Schnorchel benutzte. Es war eine seltsame grüne Welt dort unten, unendlich und faszinierend und schleimig, bis ich so weit unten war, daß Wasser durch das Schilfrohr floß und ich losließ, und im selben Moment ging mir die Luft aus, Blasen stiegen auf, und ich sank, hatte das Gefühl, ich würde blind schwimmen, der Druck hämmerte gegen meine Brust, drückte meine Arme nach außen. Ich setzte mich auf ein paar Steine am Grund, bis der Schmerz fast etwas Friedliches hatte, sich in meiner Lunge wie ein Damm anfühlte, und ich stieß mich nach oben, tauchte auf.

Die Fleischfabrik war gerade erst in Betrieb genommen worden, und es schwammen noch keine Innereien im Wasser, aber mir fiel auf, daß es stank. Ich paddelte eine Weile durch den Fluß, grüßte eine Ente, ging hinaus, hielt mir den Anorak fest um den Leib – der Reißverschluß war kaputt –, wickelte mir ein Handtuch um den Hals. Als ich vom Flußufer heraufkam, war Mam in ihrem großen Mantel und drei Pullovern mit der Mauer beschäftigt, und mein Alter war nirgends zu sehen. Ich stellte mich neben sie, meine Haare trieften, aber sie schickte mich ins Haus, damit ich mich abtrocknete. Sie musterte eine Stelle, wo ihre Mauer eingefallen war, einer der Zähne hatte sich aus dem grauen Zahnfleisch gelöst. Sie sah die Mauer lange und fest an, kniete nieder, hob einen Felsstein auf, versuchte, ihn wieder hineinzuschieben, strengte sich sehr an, schaffte es aber nicht, brach sich einen Fingernagel ab, sagte etwas auf spanisch, das ich nicht verstand. Es klang, als hätte sie Soße im Mund. Ich dachte, ihr wäre nur kalt. Ihr Körper begann zu zittern, zuerst ganz leicht. «Ich dachte, es würde halten», sagte sie zu sich, «es ist so einfach zu bauen.» Sie versuchte, einen anderen Stein hineinzuschieben, aber er stak hervor, und ihre Finger zitterten. Sie drückte ein Knie gegen den Stein, aber er war immer noch nicht zu bewegen. Zitternd stand sie auf.

«Ich hab immer gedacht, es wird besser, *m'ijo*», sagte sie plötzlich. «Ich hab mir immer gesagt, es wird besser.»

Und ich – ein Zehnjähriger – dachte, sie meint das Loch in der Mauer, und sagte: «Keine Sorge, Mam, wir probieren's morgen noch mal.»

Die Ahnenschaft des Handelns – jeder Moment sucht später diesen einen bestimmten Moment heim. Anstatt daß Mams Körper in der langsamen und natürlichen Entropie von Mutterschaft und Alter verfiel, wurde er rundum zu etwas völlig anderem – auf eine für sie seltsame Art und Weise zerstört. Und es war keineswegs etwas Spontanes, eine Laune oder ein plötzlicher Einfall von meinem Alten – vielleicht wäre es so leichter gewesen. Aber er hatte es lange geplant, nehme ich an. Er wollte irgendein Denkmal, eine Grabinschrift für sich selbst, ein Paket mit Licht, das auftauchen und sich unauslöschlich in sein Leben prägen sollte, um zu verkünden: *Ich war einmal groß, seht euch diese großartigen Photos an, die ich gemacht habe, seht, wie perfekt sie sind, seht, wie ich einmal gelebt habe, ich war lebendig!* Vielleicht gab er alles für dieses Buch, vielleicht brütete er mit außergewöhnlicher Konzentration über seinen Kontaktbogen, vielleicht glaubte er wirklich, daß dies die Dinge neu erfinden würde, oder vielleicht war es für ihn eine Geste der Liebe – daß sie auf die Seiten schauen und sich an sich erinnern könnte. Oder an irgendeine Vision von sich selbst.

Aber etwas anderes als ihr Leben wurde da zur Schau gestellt – es waren die Augenblicke ihres Körpers. Ihr Hals und ihre Brüste und ihr Bauch und ihre Beine und ihre Wirbelsäule und ihre Leberflecken und ihre Schamhaare und Knöchel und Augen und rabenschwarzes Haar unter Moskitonetzen, bei Brandwachtürmen, in einer Kiefernbaracke, in einem dunklen Schlafzimmer in der Bronx, nach einem Gefühl für den Ort schreiend, verloren zwischen den Deckeln eines billigen Buches.

Der Abend des Rummels in Castlebar. Elf Jahre alt. Mein Alter war immer noch breit und schwer, aber insgesamt massiger. Ein Sommerabend, und eine Schar Männer stand plaudernd in einem lichterhellen Festzelt, in weißen Hemden, grauen Westen und riesigen roten Krawatten. Sie fuhren sich mit den Fingern durch wilde, schüttere Haare. Einige starrten sehnsüchtig zu einem Mädchen in einem hellgrünen Pullover und blühendem Lippenstift hin, das an einem Stand kandierte Äpfel verkaufte. An einem anderen Stand wurde Darts gespielt, die Männer erpicht auf das Herz-As, mit dem sie eine winzige Flasche Paddy gewinnen würden oder einen mit Blumen verzierten Aschenbecher. Ihre Ehefrauen streiften mit Plastiktüten voller Goldfische umher, die kurz vor dem Ersticken waren. Vom Riesenrad – das rückblickend nicht gar so riesig war – spuckten Jungs in meinem Alter durch ihre Zahnlücken auf die Zuschauer hinab. Ich wollte bei ihnen da oben sein, aber Mam hatte gesagt, ich solle bei ihr bleiben. Sie und mein Alter hatten wieder gestritten. Er ging herum, wutentbrannt unter einem flachen Hut, und photographierte. Aber nach einer Weile kam er zu uns, die Kamera über der Schulter, und fragte Mam, ob sie Lust habe, Kettenkarussell zu fahren. Sie nickte und lächelte. Dieses Lächeln erstaunte mich. Es hatte zu Hause eine lange Zeit des Schweigens gegeben. Mam aß nicht mehr mit ihm an einem Tisch. Sie schlief im Gästezimmer. Wenn sie miteinander redeten, zuckte mein Alter mit der Schulter, eine Art nervöser Tic. Die meiste Zeit war sie bei ihrer Mauer. Dunkle Säcke hatten sich unter ihren Augen gebildet, und ich nehme an, die beiden spielten einfach ihre Rollen, mir zuliebe, durch nichts anderes miteinander verbunden.

Mam gab mir ein paar Pence, damit ich mir einen Toffee-Apfel kaufen konnte. Das Mädchen am Stand hatte Wangen so weiß wie Styropor. Ich sah zu, wie mein Alter Mam auf den Sitz half, wie er sie nach jeder Umdrehung schaukelte und herumwirbelte, etwas zu ihr sagte. Eine Weile lachte sie sogar, ich konnte es kaum glauben. Ihr Rock flog hoch in die Luft. Ihr Chiffonschal flatterte, ein paar silberne Haarsträhnen waren darüber zu sehen, ihre Zähne, alles cäsiumweiß. Das Karussell drehte sich schneller und schneller, wie ein Kreisel. Jedesmal wenn sie vorbeikam, lehnte sich Mam lächelnd hinaus und sagte etwas zu ihm. Er kicherte, während er sie anschob. Aber plötzlich hörte sie auf sich hinauszulehnen.

Ein paar Halbstarke waren bei einem der Zelte versammelt und deuteten auf Mam. Ihr Rock blähte sich und ihre dünnen Beine staken darunter hervor, ihre Unterhose war zu sehen. Sie wurde blaß und hielt die Fäuste gegen den Rock, damit er nicht mehr blähte. Bei der nächsten Drehung lehnte sie hinaus, meinem Alten entgegen, und vielleicht kam ein Guß Galle von ihren Lippen – *¡Vete al diablo Michael Lyons!* – und mein Alter wandte sich plötzlich ab, das Karussell schleuderte Mam einer malachitschwarzen Nacht entgegen, wieder herum auf einen schlammigen Boden zu, wo es von Fußspuren wimmelte, immer rundherum, allmählich langsamer werdend, ihren Rock hatte sie jetzt zwischen ihre Knie geklemmt. Die Jungs zogen lachend ab, und mein Alter ging weiter zum Lukas, im Mund eine Zigarette, die ihm im Winkel einer Leiter zum Kinn hinunterhing.

Mam stieg aus dem Karussell, strich hinten ihren Rock glatt, zog bei den Knien ihre Strumpfhose hoch, ihre Stimme verwebte sich mit Rummellauten, spann sich weiter fort. «Komm, Conor», sagte sie zu mir. Ich tat, als hörte ich sie nicht, und versteckte den Toffee-Apfel unter meiner Jacke, damit die Jungs auf dem Riesenrad nicht darauf spucken konnten. Motten umflatterten die Rummellichter, und am Himmel tanzten Sterne.

Ich sah meinen Alten zum Lukas gehen, mit seinem riesigen ausschreitenden Gang, als wäre er einer Werbung für sehr starke Zigaretten entsprungen – selbst wenn ich ihn haßte, liebte ich ihn für seinen Gang eines Riesen – mit schwingenden Schultern, alles an ihm schlingerte. Mam ging in die andere Richtung, zwischen den Zelten und den zerbrochenen braunen Flaschen hindurch. Ich stand zwischen ihnen, bei der Bude mit den Toffee-Äpfeln, und hörte einem Ziehharmonikaspieler zu. Ich ging auf sie zu, während sie sich durch das Meer von Hemden und Zigeunerwagen und alkohollackierten Gesichtern bewegte; noch bevor ich an ihrer Seite war, griffen ihre Finger, braun und schlank, nach hinten, um meine zu fassen, ein verläßlicher Reflex. Ich nahm ihre Hand. Die Gischt des Rummels sickerte hinüber in die Lichter der Stadt. Hinter mir stand mein Alter vor einem rot-weißen Zelt bei dem Lukas, den Riesenhammer in der Luft. Der Rummellärm verebbte, während Mam und ich uns in Richtung Parkplatz bewegten, und ich fragte mich, ob es mein Vater war, der die schrille Glocke vom Lukas zum Klingen brachte, während wir, Mam und ich, am Rand eines Feldes Unkraut niedertrampelten, im Kreis herumliefen, darauf warteten, daß er uns nach Hause fuhr. Ich sah, daß die Jungs bei den Zelten immer noch glotzten.

Inzwischen war sie berühmt.

Die Bücher standen in Irland natürlich auf dem Index – anfangs bekam man sie nur in seiner Dunkelkammer, obwohl O'Shaughnessy wahrscheinlich auch welche hatte. Vielleicht war es O'Shaughnessy, der sie herumzeigte. Oder vielleicht entdeckten Auswanderer sie in obskuren europäischen Buchhandlungen und schickten sie in Umschlägen mit schönen Briefmarken nach Hause, junge Männer fanden sie vielleicht bei irgendeinem Pariser Bouquinisten, machten zaghaft einen Schutzumschlag ab, verspürten Herzklopfen, blickten über eine dünne Schulter, hoben das Buch höher. Vielleicht gab es betrunkene Schurken in den Seitengassen von Lüttich, die seinen Namen auf dem schmuddeligen Umschlag erkannten – Männer mit Löchern in den Manteltaschen, so daß sie sich bis hinunter zu ihren sich deutlich abzeichnenden Penissen greifen konnten. Oder lockenköpfige Künstler, hingerissen vor den Sonnenuntergängen über einer Piazza in Rom, Bewohner lebhafter Träume, die die Photos als das liebten, was sie waren, sie nach Hause schickten, in braunes Packpapier gewickelt, um die Zensoren zu täuschen.

Ich hatte ein Exemplar gesehen. Die Tür der Dunkelkammer war offengeblieben, mein Alter war für den Tag weggegangen, und in einer Ecke war ein Stapel von etwa zwanzig Exemplaren. Zuerst begriff ich nicht, daß sie es war. Ich blätterte einfach die Seiten um. Ein extremes Gefühl der Übelkeit stieg in mir auf. Ich blätterte es schnell noch einmal durch, mit zitternden Händen. Ich weiß noch, ich hatte das Gefühl, als würde mir ein großes Vakuum die Luft wegsaugen, ich würgte trocken, eine Welt brodelte in mir, ich schlug die Tür zu, hatte Angst, nach Hause zu gehen. In dieser Nacht hatte ich einen Traum. Das Buch lag auf dem Couchtisch, und meine Lehrer waren im Haus. Sie nahmen das Buch und lächelten, verglichen verschiedene Aufnahmen, Kreidekreise auf den Seiten, ein Lehrer kringelte ständig ihre Brüste ein. Ich griff immer wieder nach dem Buch und steckte es hinter den Eimer mit Torf beim Kamin, damit sie kein Bein sähen, das von der Glasplatte des Couchtisches sprang, oder eine Brustwarze, die unter einem Teller Kekse hervorkam, oder einen Bauchnabel, der unter einer Teetasse hervorlugte. Aber die Lehrer machten nur ts-ts, nahmen es sich wieder, einige hielten es hoch in die Luft. Der Direktor erhob einen riesigen Bambusstab, und ich wachte auf, zitternd, ging hinaus auf den Treppenabsatz und hockte mich hin, überlegte, wie ich meinen Vater umbringen könnte: ihn zwingen, seine Chemikalien zu schlucken, ihn zu schwarzweißem Brei schlagen.

Leute in der Stadt kamen an Exemplare, oder sie hörten Gerüchte von dem Buch, so daß der ganze Ort in Aufruhr war, der Postbote berühmt und die Frau vom Amt ganz aufgeregt. Vater Herlihy sprach in flatterndem Gewand die Andeutung einer Drohung aus: «Gesegnet seien jene, die die Gründe für Dinge kennen, wir müssen allen Schmutz hinauswerfen! Hinauswerfen, sage ich!» Männer in den Torfmooren, die von den Photos gehört hatten, grüßten das heldenhafte Auge meines Vaters, Mützen über den jahrhundertealten Boden erhoben. Arbeiter vom Schlachthaus, blutbespritzt, scheißebespritzt, kamen an unserem Haus vorbei, blickten hinauf zu den Schlafzimmerfenstern, um einen Blick zu erhaschen, der nie kommen würde. Und die Frauen bei ihren morgendlichen Kaffeekränzchen waren bestimmt am Tuscheln, Lippenstift auf den Zähnen, ihre Zungen gegen die Neuigkeit schlagend.

«Stellt euch vor, ich hab gehört, die haben auch im Badezimmer Photos gemacht.»

«Ach, hör doch auf.»

«Schwöre bei Gott.»

«Du willst mich auf den Arm nehmen.»

«Nicht im geringsten.»

«Na, dann werden sie ja eine gepfefferte Wasserrechnung haben.»

Es war nicht mehr viel Geld da – mein Alter hatte offensichtlich dafür bezahlt, daß das Buch veröffentlicht wurde, und er las nicht mehr aus seinem Notizbuch vor. Das Schweigen an unserem Abendessenstisch verdoppelte und vervielfältigte sich. Die Idee von unserer Reise nach Mexiko war verschwunden.

Mrs. O'Leary unterstützte Mam immer noch. Sie ging immer noch so oft wie möglich zum Pub – huschte mit gesenktem Kopf durch den Schankraum, während sich Barhocker drehten und verrückten, hinaus in den Hinterhof zu den Hühnern. Es wurden wahrscheinlich Witze gemacht – «Da kommt sie ja, unsere schwarzweiße Schöne», hat der rattengesichtige Komiker vielleicht gesagt, «seht euch doch mal diesen Schwung an!» So stelle ich mir das vor, weil Mrs. O'Leary ihn aus dem Pub verbannt hat. Über der Bartheke erklärte sie mit einem Schnörkel ihrer fleischigen Hand: «Laßt sie in Ruhe, verdammt noch mal! Ich würd's selber machen, splitternackt rumlaufen, nur würden sie über mein Bestes lachen und nach mehr pfeifen.»

Ich traf Mam weiterhin nach der Schule im Pub, bis eines Nachmittags Vögel mit schwarzen Flügeln gegen den Himmel schlugen, Heugeruch im Wind lag und Regen durch Kastanien platschte. Ich zog die schwere Tür auf, wurde mit Kringeln von Rauch begrüßt. Der Mann mit dem Walroßschnauzbart glitt gerade betrunken von seinem Hocker. Er sah mich an, als sei er überrascht von meiner Existenz, winkte mich mit dem Zeigefinger heran: «Komm mal her, du», sagte er. «Komm her» und beugte sich mit einem Zwinkern zu mir vor. Sein fauliger Atem roch nach Woodbines, seine Augen waren wie Äpfel, in die gerade hineingebissen worden war, und verfärbt, sein Schnurrbart haarig über seinen Zähnen. Er setzte sich auf, blickte sich um, langte nach vorn, und aus seiner Brotdose auf der Theke erschien plötzlich, wie ein aus einem Hut gezogenes Kaninchen, ein Bild von Mam, das er hochhielt und einen Augenblick lang betrachtete. Er leckte sich den Guinnessschaum vom Schnurrbart, drehte das Photo zwischen den Fingern. Er seufzte, lächelte mich an und sagte: «Guck mal, guck mal, guck dir das mal an!» Und ich sah hin, und da war sie, starrte mit sepiabraunen Augen aus einem Bett heraus, über dem ein weißes Moskitonetz hing, neben einer alten Lampe, neben einem Blumenbild, neben einem Riß in der Wand – Mexiko –, und der Walroßmann zwirbelte sie zwischen den Fingern, ließ über seiner Brotdose einen leisen Pfiff ertönen, und ich starrte Mam an, ihre Brüste durchweicht von Salat-Tomaten-Sandwich.

Mrs. O'Leary schoß hinter der Theke hervor wie ein Windhund aus der Startbox, schlug den Mann mit dem Walroßschnurrbart, schlug ihn zweimal, so fest, daß sein Kopf wie bei einer Holzpuppe hin- und herschlackerte und es in der ganzen Bar widerhallte. «Mach, daß du hier rauskommst, verdammt noch mal», brüllte sie, bekreuzigte sich dann wegen der Blasphemie. «Verzeihung, Vater», sagte sie zur Decke. Sie drückte mich fest an ihre riesige Brust, wandte sich zu Mam, die vom Hof hereingekommen war, und sagte: «Es ist vielleicht besser, wenn du den jungen Mann zu Hause läßt.»

Mrs. O'Leary wischte die topasgrünen Ärmel ihres weiten Kleides über mein Gesicht. Dabei griff sie nach einer Flasche Guinness, nahm einen Schluck, der ihr vorne übers Kleid tröpfelte. Mam hantierte an meinem Anorak – versuchte mit zitternden Händen den Reißverschluß zusammenzuhalten, um ihn zu schließen. Mam blickte auf und sagte traurig: «Ja, Alice, ich sollte das Kind wohl lieber zu Hause lassen, nicht?»

Gänse draußen über dem Land, mit Kurs auf das Meer, die langen Hälse gestreckt. Sie machten ein merkwürdiges Geräusch mit ihren Flügeln, als sie über unser Haus hinwegzogen, wie Gewehrfeuer. Breiteten ihre Flügel aus, um zu gleiten, ließen sich irgendwo in der Ferne nieder. Ganz wunderbar.

Ich sprang von der Mauer und ging ins Haus zurück, um eine Kanne Tee zu machen, ging dann hinunter zum Fluß, um zu sehen, ob bei ihm alles in Ordnung war. Als ich unten am Fluß ankam, war etwas Tee auf das Tablett verschüttet und hatte ein paar Kekse aufgeweicht. Ich nahm einen und aß ihn. Es fühlte sich wie eine seltsame Sonntagskommunion an, die da auf meiner Zunge schmolz. Er schlief in dem rotweißen Gartenstuhl, die Angeln waren neben ihm zu Boden geglitten. Der Müll schwamm immer noch unbewegt im Wasser, das Stück Styropor von letzter Woche klemmte im Schilf. Ich dachte, vielleicht sollte ich den Fluß für ihn saubermachen, bevor ich morgen gehe – aber statt dessen setzte ich mich einfach hin und sah zu, wie sich seine Farben veränderten, während Wolken über den Himmel zogen.

Mein Alter schmatzte mit den Lippen – vielleicht aß er seine Träume, wie Cici einmal gesagt hatte.

Aber sein Atem war etwas unregelmäßig, und ich ging näher ran, fühlte die Luft an meiner Wange, um sicherzugehen, daß alles in Ordnung war. Sie kam laut und fleckig durch seine Nasenlöcher. Ich war kurz davor, ihn aufzuwecken, ihn an der Schulter zu schütteln, entschied mich dann dagegen. Ich setzte mich und schlürfte Tee, aß noch ein paar Kekse, hatte eine bizarre und hoffnungslos lächerliche Vorstellung – vielleicht sollte ich ihn mit einem feuchten Keks füttern, während er schlief.

Mam begann, alles ganz hochzuknöpfen, selbst wenn wir an den Strand gingen, vor allem wenn wir an den Strand gingen. Ein langer sauberer gelber Sandstreifen, von Felsen gesäumt, an den zehn schönen Tagen des Sommers mit Gartenstühlen, Badetüchern und herumfliegenden bunten Bällen gesprenkelt. Männer mit der Gesichtsfarbe von Bauern steckten ihre abgebrannten Streichhölzer in den Boden, bliesen entspannt den Rauch zum Himmel hoch. Halbwüchsige standen mit Ferngläsern auf den Dünen, kribbelig vor Lust auf den Anblick eines Delphins oder eines Geisterschiffes, oder eines Ertrinkenden, oder eines gewagten Bikinis.

Am festen Rand des Strandes zog ein mittelalter Zigeuner, den ich aus der Stadt kannte, einen Esel hinter sich her. Neben ihm, auf einem Motorrad, war Jimmy Donnelly aus dem Gymnasium, er war älter als ich. Er fuhr sehr langsam und trug keinen Helm. Donnelly und der Kesselflicker nickten sich zu, immer wieder kreuzten sich ihre Pfade, die Hufspuren wirkten zwischen den Reifenspuren wie eine fremde Sprache. Ein Mädchen starrte sie an, während ihr ein Vanillestrom von einem Eis das Kinn herabrann. Hunde waren losgebunden und streunten neugierig herum, urinierten auf Seegras. Ein Frau mit karamelfarbenen Schultern, in ein Badetuch gewickelt, schob sich in einen Badeanzug, drückte mit einer Hand ihre Brüste hoch. Mam saß auf der Decke, sie trug eine weiße Leinenbluse, die bis oben zugeknöpft war, ihr Hals so dünn und angespannt, daß es, als sie sich aus der roten Thermosflasche Tee einschenkte und trank – wobei Sandfliegen am Tassenrand herumsprangen –, so aussah, als wäre es sehr schmerzhaft herunterzuschlucken, die Furchen zogen sich bis hinunter zu ihrer knochigen Brust. Sie rieb die geschmeidigen Kurven ihrer Schenkel mit Creme ein, wo der Rock hochgerafft war, bis zum Knie, nie weiter, nicht mehr.

Mein Alter ging in seiner mohnroten Badehose am Strand entlang, sein Bauch hing über den Bund, mit einem Stück Treibholz hob er eine Qualle auf, wendete den glockenförmigen Körper immer wieder, beugte sich hinab, um ihn anzustarren, wobei sich sein Bauch in Falten legte. Mam nahm ein Küchenmesser – aus der Plastiktüte –, weil wir am Morgen den Korb nicht gefunden hatten – er hatte an der Tür gestanden und gebrüllt: «Kommt ihr jetzt endlich, oder was?» Sie hatte herumhantiert, «Natürlich kommen wir.» Er klingelte immer wieder an der Tür. «Weihnachten kommt auch irgendwann!» – und sie schraubte das Honigglas auf und hielt das Messer und ließ es sehr langsam und präzise über ein paar Scheiben Brot gleiten. Sie strich bis an die Ränder, als würde alles davon abhängen, lange, langsame Schwünge ihrer Hand, die sie nur unterbrach, um sich Haarsträhnen aus dem Gesicht zu streifen. Sie wischte sich die Finger am Rand der Decke ab. Das Motorrad hupte, und Donnelly hob angeberisch den Arm, hüllte den Esel in eine Rauchwolke ein. Aber das Motorrad blieb im weichen Sand stecken. Er kippte um, blickte beschämt vom Boden auf. Der Kesselflicker, der ohne Sattel ritt, wand sich vor Lachen. Dann fing Donnelly plötzlich ebenfalls an zu lachen und schob das Motorrad unter dem Beifall einiger alter Damen durch den tiefen Sand.

Donnelly und der Zigeuner fingen an zu brüllen, so daß alle aufblickten: «Traben fünf Pence, Galoppieren zehn, einmalige Gelegenheit!»

Ich ging hinüber zum harten Ende des Strandes. Donnellys Gefährte roch nach Lagerfeuer und Cider. Er hielt das Seil in seinen braunen Fingern, beugte sich vor, Augen grün wie Gärfutter, sah mich an und sagte: «Na, willst du reiten? Wo ist dein Geld?» – «Ich hab kein Geld», sagte ich. «Na, dann verpiß dich.» Donnelly flüsterte dem Kesselflicker etwas ins Ohr. Der Mann warf lachend den Kopf zurück. «Komm her», sagte er zu mir, «willst du eine Runde auf dem Esel drehen?» Ich sagte: «Ja.» – «Na gut, dann hol mal deine Alte rüber, damit sie uns einen bläst.» – «Was?» – «Deine Alte, sie bläst uns einen, und du darfst auf den Esel.» Donnelly fing an zu lachen. Ich wich vor dem Esel zurück, und der Kesselflicker flüsterte dem Tier etwas ins Ohr, gab ihm irgendeine Art Segen. Meint er vielleicht das? fragte ich mich. Ich war elf Jahre alt.

Ich lief den Strand entlang, bis zu der Stelle, wo Mam mit gesenktem Kopf auf den Boden starrte und mein Alter mit ausgestreckten Armen dastand wie der gekreuzigte Jesus, schimpfend, weil keine Butter auf den Broten war – «Soll ich diese Scheißdinger etwa trocken essen?» –, und so setzte ich mich auf den Rand der Decke und beobachtete, wie Donnelly und der Kesselflicker weiter den Strand entlangzogen. Ein Brot wurde mir in den Schoß gelegt.

«Mam, was bedeutet ‹einen blasen›?»

Mein Alter schlug sich plötzlich brüllend auf die Schenkel. «Jesses, das hab sogar ich vergessen! Sogar ich hab vergessen, was das ist!» Mam wurde blaß, sie zupfte an den Bommeln der Decke. «Ich weiß nicht, *m'ijo*, frag mich später.»

Donnelly und der Zigeuner waren jetzt unten am Strand, zwei Mädchen saßen auf dem Rücken des Esels, ein Mann lief neben ihnen, ein Taschentuch um den Kopf geknotet, Plastikeimer und Schaufel in der Hand, und strengte sich an, Schritt zu halten. Mein Vater brummte und ging ans Wasser, zupfte sich Fusseln aus dem Bauchnabel. Nach einer Weile leerte sich der Strand. Es war Mams Zeit – ich hatte es schon vorher beobachtet –, sie streckte die Beine am Rand der Decke aus, griff mit den Armen hoch, um sich den Nacken zu massieren. Donnelly und der Zigeuner zogen von der Düne ab, hielten ihre Zigaretten in der hohlen Hand. Den ganzen Strand entlang waren die Decken verschwunden, Dunnes-Stores-Tüten flogen herum, eine Fantadose rollte den Dünen entgegen, eine Zigarettenkippe stieß gegen eine Qualle. Die Sonne verbeugte sich vor dem Meer. Bald war niemand mehr am Strand außer dem Zigeuner, der seinen Esel zu dem Gestell mit dem rotweißen Rettungsring hochzog. Die Straße wand sich wie ein Seil zwischen Steinmauern hindurch, die gebaut waren, um einer Ewigkeit von Stürmen standzuhalten, anders als Mams. Keine Menschenseele war mehr da, nur wir und ein paar zufriedene Möwen, die über dem Meer mit Brotkrusten prahlten.

Sie zog sich die Bluse aus, knöpfte sie langsam auf, darunter trug sie ihren violetten Badeanzug, der sie wie eine meeressüchtige Anemone umschloß. «Kommst du mit?» fragte sie. «Klar komm ich mit, Mam.» Die tiefen Höhlen an ihrem Halsansatz, rauchblau, ein Kreuzmuster von Linien bis hinauf zu einem seltsamen Lächeln, sich ihres Körpers bewußt, zögernd, verschämt, und vielleicht starrte der Zigeuner in unsere Richtung, aber plötzlich sprang sie vor mir her, wie ein violettes Zehn-Pence-Stück, dem Ozean entgegen. Während mein Alter in den Anblick der Quallen versunken war, vollführte sie mit ihren flinken dünnen Armen im flachen Rand des Atlantiks Schmetterlingsfiguren, spritzte mich naß, beugte sich verschwörerisch zu mir und sagte: «Conor, den Ausdruck werde ich dir erklären, wenn du älter bist.»

An jenem Abend stand sie im Neonlicht der Küche und schob ihre Gabel durch eine nicht angerührte Portion Essen.

Als ich am nächsten Tag von der Schule kam, war sie unten bei der Feuerstelle. Sie trug eine Schürze vom Schrein von Knock, ein Geschenk von Mrs. O'Leary, das Bild der Heiligen Jungfrau mit einem Klecks selbstgemachter Salsa auf der Nase. Ich fuhr mit dem Fahrrad das Sträßchen entlang und hielt mit quietschenden Bremsen dicht vor ihr.

«Was machst du da, Mam?»

Sie fuhr herum, etwas erschrocken. «Du bist aber früh zu Hause», sagte sie und wischte sich am Gesicht auf ihrer Schürze die Hände ab.

«Was verbrennst du denn da, Mam?»

«Nichts, *m'ijo*, komm rein. Ich hab was für dich.»

Sie nahm mir die Schultasche von der Schulter, während wir zur Veranda gingen. Auf dem Tisch war ein Paket aus Dublin, braun und knitterig. Sie reichte mir mit langen mageren Fingern die Schere – «Na los, mach's auf.» Im Paket war ein brandneuer blauer Anorak. Ich legte ihn auf den Tisch, aber sie sagte, ich solle ihn anziehen. Es war noch heiß draußen, und ich wollte nicht, streifte ihn dann aber doch über und machte den Reißverschluß zu. Dann stand sie glücklich vor ihrem Salsatopf und sah zum Fenster hinaus. Ich sagte, ich wolle kurz rausgehen, zog den Anorak aus und ließ ihn auf dem Küchentisch liegen.

Draußen bei der Feuerstelle hatte sie sich selbst verbrannt, hatte aus ihrer Vergangenheit einen Scheiterhaufen gemacht, ein riesiger Pappkarton mit Büchern, der in Flammen stand, sie leckten an ihr, wie es die Bergbrände getan hatten, ein Feuerwal, auf Büchern gestrandet. Ich stocherte mit einem Stock in den verkohlten Seiten herum, in dem Moskitonetz, das der Walroßmann so liebte, in einem Dutzend verschiedener Schlafzimmer, in einem Getümmel von Haut, einem Frisiertisch-Photo, unverbrannt, einem Baumhain, verrußt am Rand, einem vom Knie abwärts entblößten Bein, einem verschwindenden Bettlaken. Plötzlich rief sie mich von der Veranda aus, die Jacke in den Händen.

«Komm her, komm sofort her!»

Ich rannte über den Hof.

«Was ist los? Gefällt dir die Jacke nicht?»

«Doch, sie gefällt mir, doch, doch.»

«Willst du sie nicht anziehen?»

«Ich will sie nicht schmutzig machen, Mam.»

Sie nickte und winkte mich mit einer großen, von roter Soße überzogenen Holzgabel heran. «Komm her und probier meine Salsa, sag mir, ob sie gut ist, vielleicht fehlt noch Chili.»

Aber ich lehnte in der Tür, stellte meinen schlammigen Fuß auf das schwarzweiße Linoleum und sagte: «Ich hasse ihn auch, Mam. Ich hasse ihn auch, er ist ein Dreckskerl! Ich hasse ihn!» Ich hatte an jenem Tag in der Schule herausbekommen, was das Wort bedeutet. – *He, Leute, Lyons weiß nicht, was ‹einen blasen› heißt! Bist du ein bißchen schwer von Kapee, Lyonsy? Weiß doch jeder, was das ist, einen blasen!* – und ich war nach Hause gegangen, voller Abscheu vor meinem Vater wegen der Ungeheuerlichkeit, die er begangen hatte.

Aber Mam wirbelte herum und zerrte mich zum Stuhl – mit erstaunlicher Kraft –, legte mich über ihr Knie und schlug mich mit der Gabel auf die Rückseite meiner Beine, fest, sechsmal, wobei die Soße herumspritzte. «Sag so was nie wieder, laß mich das nie wieder hören, sag das nie wieder!» Ich verstand sie nicht. Meine Beine brannten, und später, am Küchentisch, sagte sie: «Eigentlich sollte dein Papa dich schlagen, aber er hat noch nie in seinem Leben jemanden geschlagen, du solltest dankbar sein, er hat noch nicht mal nach einer Fliege geschlagen! Dein Papa hat noch nie jemandem ein Haar gekrümmt!» Später an jenem Nachmittag, als der Schleier der Abenddämmerung sich über den Hof senkte und der Schlachtgeruch von der Fleischfabrik herüberwehte, sah ich, wie sie mit schwingenden Armen zielstrebig hinaus zur Feuerstelle schritt. Sie beendete ihr Werk – verbrannte die Bücher mit einem kleinen Schuß Benzin und einem Streichholz. Es gelang ihr ewig nicht, eins zu zünden, denn sie waren feucht und brachen ständig ab. Sie warf keinen nennenswerten Schatten mehr.

Er wachte in seinem Gartenstuhl auf, nicht wissend, daß ich da saß, griff nach seinen Zigaretten. Bevor er sich eine anzündete, hustete und rotzte er und spuckte Richtung Fluß. Der schleimige Placken landete beim Ufer, fast neben mir, er war mit Blut durchzogen. «Jesses», sagte er, als er mich bemerkte, «ich muß eingeschlafen sein.» Er sah, wie ich zu Boden blickte. Er schwieg eine Weile, atmete dann wieder tief durch die Nase ein.

«Zuviel Himbeermarmelade auf meinem Toast heute morgen.»

Ich empfand dumpfen Abscheu und Liebe für ihn.

Wir in der Küche. Ihr Haar zurückgeworfen, in langen wolframweißen Strähnen. Sie sah zu ihm hoch, während er ein Plastikfeuerzeug und eine Packung Major aus seiner Hemdtasche holte. «Mit dir zusammenzuleben ist, wie mit einem Aschenbecher zusammenzuleben!» schrie sie. Er erhob sich von seinem Stuhl, stieß ihn zu Boden, die Zigarette zwischen den Zähnen, und brüllte, den Finger auf sie gerichtet: «Und mit Scheißaschenbechern solltest du dich auskennen, verdammt noch mal.»

Es war der Morgen, als die Bücher zu Asche geworden waren, die Wände der Feuerstelle rußgeschwärzt, dazwischen sie, gleichsam eine leuchtende Erscheinung. «Du und deine Pommespfannen und deine Bücher und deine Feuer», sagte er, jetzt wieder leiser, «kannst du dich nicht mal zusammenreißen?»

Er ging theatralisch zur Tür hinaus, die Kameratasche lässig über die Schulter geworfen – wieder unterwegs, um ein paar Kühe zu photographieren, die mit Mais gemästet wurden, um dann in der Fleischfabrik zu landen. Er schloß die Autotür, hupte, hob träge die Finger vom Lenkrad.

Mam stand in der Küche am Herd, überspült von ihren Gedanken, vielleicht erinnerte sie sich an Feuer von so spektakulärer Größe, daß sie bei dem Anblick der Pommespfanne oder der Feuerstelle bloß den Kopf schütteln konnte. Sie wischte sich an der Tasche ihrer heiligen Schürze den Seifenschaum von den Händen – «Okay, *m'ijo*, ich hab mir das jetzt sehr lange angesehen», sagte sie, auf den Fleck über dem Herd starrend. «Wie kriegen wir den von der Wand?» Der Wagen fuhr in Richtung Straße davon. Fliegen landeten auf dem klebrigen gelben Streifen, der im Fenster hing. Ich stützte mich auf den Herd, scheuerte mit dem Topfreiniger. Wir arbeiteten praktisch in die Wand hinein, aber der Fleck ging nicht weg, sosehr wir uns auch anstrengten, er hatte seine eigenen Stigmata. Sie starrte ins Leere, griff nach unten und drehte an den Knöpfen des Radios. Nach einer Weile stieg ich vom Herd und sagte: «Mam, ich sollte jetzt gehen, sonst komm ich wieder zu spät zur Schule.»

Sie starrte einen Moment auf den Brandfleck. *«Quitate»*, sagte sie lächelnd. «Ich schaff das schon alleine.»

Sie wischte einen schwarzen Schmierer über meiner Augenbraue weg, küßte mich sanft auf die Wange. «Deine neue Jacke steht dir ausgezeichnet.» Sie schob mir einen Riegel Schokolade in die Tasche. Ich ging hinaus in die gischtige Luft, vorbei an dem Haufen Asche in der Feuerstelle, sprang aufs Fahrrad, trat wie ein Wilder in die Pedale, wobei braunes Pfützenwasser hinten auf meine

Jacke spritzte. Bei der Fleischfabrik plauderte mein Vater mit einem Mann, der ein halbes Dutzend fette Kühe hinausführte, die photographiert werden sollten – um später geschlachtet und an Haken aufgehängt zu werden. Zwei der Kühe ließen gleichzeitig ihre Fladen ab, die ihnen die Schwänze bespritzten. Krähen ließen sich hinter dem Vieh nieder, um die aufgescheuchten Insekten über den Hufspuren zu fressen. Ich schaute kurz zu meinem Vater hinüber, lehnte mich dann auf die Lenkstange und fuhr über die bucklige Brücke zur Schule.

Später in jener Woche reiste mein Alter wieder nach Europa ab, und Mam blieb zu Hause und wartete darauf, daß Mrs. O'Leary zum Mittagessen kam. Es war das erste Mal, daß Mrs. O'Leary bei uns zum Essen eingeladen war. Mam hatte Blumen gepflückt. Ich dachte, sie könnte an diesem Tag sogar vielleicht etwas Kräftiges essen, sie hatte Tortillas vorbereitet. Sie rieb sich nervös die Finger.

Gegen Mittag kam ein Taxi die Auffahrt hoch. Mrs. O'Leary kam zur Haustür gelaufen, tastete sich mit einem Gehstock vor. Der Taxifahrer trug Farbeimer, Rollen, bunte Vasen und einen großen Strauß exotischer Blumen. «Ein kleines Geschenk für dich, Juanita», sagte Mrs. O'Leary. Die Sachen wurden auf dem Wohnzimmerfußboden ausgebreitet. Der Fahrer lupfte mit Blick auf Mrs. O'Leary seinen flachen Hut und verschwand.

«So», sagte Mrs. O'Leary, «los geht's mit dem Renovieren.»

Wir schleppten zu dritt die alten Möbel aus dem Wohnzimmer in den Hof, Mrs. O'Leary fluchte über ihre schlimmen Augen. Der Hof mit den Tischen und Stühlen, die schief auf den wackligen Steinen standen, sah komisch aus. Wir deckten den Teppich mit Plastiktüten, Zeitungen und Bettlaken ab, strichen das Wohnzimmer in einem sehr hellen Rosa, wie Fleisch. Wir stellten die Vasen auf den Kaminsims, und die Blumen wurden vorsichtig von Ecke zu Ecke verschoben. «Ich finde, wir sollten die Pflanze in die hintere Ecke stellen, meint ihr nicht auch?» sagte Mam. Musik kam aus der Victrola. Am frühen Nachmittag machten wir eine Teepause, und Mrs. O'Leary zog eine Flasche Guinness aus ihrer Handtasche. Sie fragte Mam, ob ihr der neue Anstrich gefalle, ob er mexikanisch genug sei. Mam sagte: «Ja, er ist sehr echt», und dann flüsterte sie wie in Trance, daß sie noch nie in ihrem Leben so glücklich gewesen sei, aber sie rieb sich immer noch die Finger, und es wurde wenig gesprochen bei Tisch, die Tortillas waren inzwischen kalt geworden, und Mrs. O'Leary fragte sich, wie ihre Vertretung in der Bar zurechtkam.

Zwei Tage später, als mein Alter aus Frankreich wiederkam, nickte er großzügig, während er das Zimmer musterte und sagte: «Nicht schlecht, gar nicht schlecht.» Er stellte einen Kasten mitten auf den Boden, zündete sich eine Zigarette an. In der Küche wurde Mams Gesicht hohl, weil sie sich in die Wangen biß. Er hob den Kasten Bücher vom Boden auf und stellte ihn in die Dunkelkammer, die er dann mit einem Vorhängeschloß verriegelte. «Die wirst du mir nicht verbrennen», sagte er. Er wollte sie ihr nicht zeigen, aber Jahre später erfuhr ich, daß es ein anderes Buch war, ein völlig anderes, mit Aufnahmen aus seinem früheren Leben in Mayo, als er noch die Loyola benutzt hatte. Er muß für das Buch ein Vermögen bezahlt haben. Mam verschwand bald darauf, und mein Vater wurde zum Einsiedler – zog sich vor mir und fast allen anderen zurück –, seine einzige Beschäftigung wurde das Zischen einer Angelleine in der Luft. Mrs. O'Leary mied ihn, O'Shaughnessy beschäftigte sich mit anderen Dingen, nur Mrs. McCarthys Autoreifen knirschten hin und wieder auf dem Kies, wenn sie ihm aus Nächstenliebe eine Mahlzeit brachte.

Ich fühlte mich angespannt, als der Abend hereinbrach. Wir saßen immer noch an derselben Stelle. Er döste, hatte den ganzen Tag nicht geangelt, trotz der neuen Fliegen. Ich bemerkte ein paar alte Spar-Tüten, die sich im Stechginster verfangen hatten, stand auf, zupfte sie herunter und fing an, am Ufer Müll einzusammeln. Ging zuerst hinunter zum Steg, dessen Planken lose und wackelig waren und knarrten, als ich den Fuß darauf setzte. Zog mit einem Stock das Styroporstück ans Ufer. Holte es mit den Fingern heraus und steckte es in die Tüte, angelte die anderen Plastiktüten mit dem Stock aus dem Schilf. Die Sonne stand niedrig, die Gänse waren vom Himmel verschwunden, es waren nur noch ein paar Mauersegler unterwegs. Ich ging etwas weiter hinten, hob einen Sack auf, ein Stück Seil, etwas Papier.

Es begann zu nieseln.

«Was machst du denn da?» fragte er mich, als er aufwachte, auf dem Gesicht Regentropfen, die der Wind dort hingeweht hatte.

«Sammle bloß ein bißchen Müll ein.»

«Wieso das denn?»

«Um mich zu beschäftigen.»

«Leuchtet ein.»

Er stand auf und ging zum Haus zurück. Ich sah ihm nach, wie er durch das Gebüsch ging und über den Zaun trat. Er war lange weg, und ich dachte schon, er hätte sich wegen des Regens untergestellt, aber er überraschte mich, als er mit einem großen schwarzen Plastiksack wiederkam.

Er trat ans Ufer, grüßte mit wehenden Haaren den Himmel. Es nieselte jetzt nicht mehr so stark. Er schälte einen großen schwarzen Plastiksack auf, schüttelte ihn, um ihn mit Luft zu füllen, so daß er sich wie ein Ballon blähte. Ich kam über den Steg, und gemeinsam sammelten wir weiter Müll vom Ufer auf, eine Chipstüte, eine durchweichte Zeitung, die beim Schilf verweste, eine riesige Injektionsnadel von der Fleischfabrik, auf der Böschung eine Papiertüte voller Nägel, ein paar kleine Weinflaschen, die im Kreis in den Boden gesteckt waren. Er warf mir eine der Flaschen zu, lachte, schlurfte umher und stocherte mit seinem Stock im Müll, zerrte, beugte sich langsam hinunter, um etwas aufzuheben, füllte den Sack zur Hälfte, zwischendurch innehaltend, um ein bißchen vor sich hin zu summen oder den Himmel zu betrachten, oder sich mit den Händen über das Gesicht zu fahren.

Ich war etwa zwanzig Meter von ihm entfernt, und er starrte ins Schilf hinunter. Ich schlenderte zu ihm hinüber, neugierig. Ein entrolltes Kondom lag in der kleinen brakkigen Stelle hinter dem Schilf, und er starrte darauf – «Scheißumweltverschmutzer, alle miteinander», sagte er und zeigte zur Stadt, «die da oben.»

Er hob einen trockenen Ast vom Flußrand auf, der sich an einem Ende gabelte wie eine Wünschelrute. Er starrte einen Moment auf den Ast, während er ihn zwischen den Fingern zwirbelte. Ein kleines Lächeln legte sich auf sein Gesicht, als er mit einem Nicken auf das Kondom deutete.

Er holte ein rotes Messer aus der Tasche, klappte es mit dem Daumennagel auf, hantierte herum, um den Ast anzuspitzen. «Was machst du da?» fragte ich. Er zuckte wieder mit den Achseln, ließ das Lächeln um seine Augen herum ein paar Falten bilden. Ich hörte auf der fernen Straße ein Auto vorbeifahren. Holzstücke fielen auf die Böschung, während er mit langsamer Präzision schnitzte.

«Gott, Dad», sagte ich. «Laß es doch liegen.»

Er zuckte mit den Achseln, hielt den Ast, stützte sich darauf, beugte sich zum Schilf hinunter. Ich packte ihn am Arm, damit er nicht hineinfiel. Er beugte sich weiter vor, fing das Kondom mit der Spitze, wo es einen Moment lang baumelte und dann wieder herunterfiel.

«Ach, Scheiße.»

«Laß es», sagte ich.

Er zog seinen Arm aus meinem Griff, legte die Hand auf die schlammige Böschung, schob sich langsam ins Wasser hinein, bis zum Rand seiner Gummistiefel. Er hob das Kondom mit einem Gabelende hoch und lachte plötzlich, als er es in die Luft hob, wo es absurd herabhing.

«Eine Million Scheißfische in dem Ding da», sagte er, «und das ohne Angel!»

Er hielt das Kondom an der Spitze des Astes, wirbelte es kichernd und hustend herum, öffnete den schwarzen Sack, schüttelte das Kondom hinein zu dem restlichen Müll, schleuderte den Ast die Böschung hinunter. Ich reichte ihm die Hand und half ihm hoch. «Wir sollten zusehen, daß du aus deiner nassen Hose da rauskommst», sagte ich. Er legte den Arm um meine Schultern, sagte, er sei geschafft. Er hängte den Sack um sein Handgelenk, und dann gingen wir zum Haus zurück, die Abendsonne blitzte in den Pfützen, durch die er kichernd hindurchstapfte. Im Haus setzte ich Wasser auf. Er ließ sich im Sessel nieder, zog sich die Hose aus, hängte sie über das Feuergitter, saß in seiner Unterwäsche da. «Etwas Goldgrain in den Tee!» rief er, als er die rote Katze hochhob und streichelte. Es ist schon lange her, daß ich ihn mit so roten Wangen gesehen habe – sie waren glutrot, als hätte er endlich etwas Außergewöhnliches mit seinem Leben angestellt.

«Eine Million Scheißfische, mein Junge», sagte er immer wieder, bis er nach oben ging. Dampf wirbelte aus seiner Teetasse hoch, bei jedem Schritt knarrte die Treppe ein wenig. Er war immer noch in der Unterhose.

«Dad», sagte ich unten an der Treppe. «Kann ich dir was sagen?»

«Klar kannst du.»

«Es ist mir etwas peinlich.»

«Wieso das?»

«Na ja, ich reise morgen nachmittag ab.»

«Ja und?»

«Und ich glaube ...»

«Ja, was glaubst du?»

«Ich meine, das Bad.»

«Wie?»

«Es wäre, glaube ich, mal wieder Zeit.»

«Conor, bitte!»

«Ich dachte, ich laß dir mal ein Bad ein.»

«Ach, hör bitte auf. Ich brauch kein Bad. Das ist das letzte, was ich brauche, ein Scheißbad. Wozu brauch ich ein Bad?»

«Okay.»

«Das Bad kann warten.»

«Wie du willst. Okay. Okay.»

«Verdammt noch mal», sagte er.

Er verlagerte sein Gewicht auf den anderen Fuß. Er ging in sein Zimmer, machte leise die Tür hinter sich zu, aber dann streckte er wieder den Kopf hinaus und sah zu mir herunter, schaute weg und machte die Tür wieder zu.

Ich empfand es als eine Art Einladung. Ich folgte ihm hinein. Er stand mit einem Bein in seiner Pyjamahose.

«Du hast wirklich eine Begabung, immer im falschen Moment reinzuplatzen.»

«Na ja.»

«Was gibt's?»

«War nicht ernst gemeint, das mit dem Bad», sagte ich.

«Schon gut.»

Er kletterte unters Laken. Er griff noch nicht einmal nach seinen Zigaretten, zog sich einfach nur das Laken über. Der Tee auf dem Nachttisch wurde kalt.

«Erinnerst du dich ...», sagte er und brach dann ab.

«An was soll ich mich erinnern?»

«Ach, Scheiße», sagte er. «Ich erinnere mich neuerdings an gar nichts mehr.»

«Wie kommt das?» fragte ich.

«Da ist man besser dran. Wenn man sich an nichts erinnert.»

Er langte nach seiner Tasse Tee.

«Weißt du, was mir mal jemand gesagt hat, Dad?»

«Was?»

«Mir hat jemand mal gesagt, daß Erinnerung zu drei Vierteln Einbildung ist, und der Rest besteht aus Lügen.»

«So ein Schwachsinn. Absoluter Quatsch. Wer hat das gesagt?»

«Eine Freundin.»

«Die dir Scheiße erzählt hat.»

Ich setzte mich auf den Bettrand. Ich war selbst überrascht, als ich es einfach aussprach. «Sag mal, Dad, wieso hast du das mit Mam gemacht?»

«Was?»

«Du weißt schon.»

«Was?» sagte er. Er bewegte sich ein bißchen.

«Wieso hast du zugelassen, daß das passiert?» sagte ich. «Das mit den Photos.»

«Meine Güte, steckt das also dahinter?»

«Ich frage doch nur. Wieso hast du …?»

«Darf man denn nicht vergessen?»

«Glaub nicht.»

Er schwieg einen Moment, betrachtete seine Teetasse. «Und weißt du, was mir jemand mal gesagt hat?» sagte er und streckte mir den Zeigefinger entgegen. «Weiß nicht mehr, was für ein Arsch mir das gesagt hat, aber er hat's begriffen – er hat gesagt, wenn du das Haus eines Reichen betrittst, gibt's nur einen Platz, wo du hinspucken kannst, in sein Gesicht.»

Er fuhr sich in Erwartung einer Antwort mit den Händen übers Gesicht und sagte dann: «Und was passiert also, wenn du das Haus eines Armen betrittst, na?»

«Keine Ahnung.»

«Ach, Quatsch», sagte er. «Das einzige, was ich will, ist ein bißchen Ruhe und Frieden. Geh jetzt. Laß mich schlafen.»

Er drehte den Kopf in sein Kissen.

«Weißt du, wo ich war, Dad? In diesen ersten paar Jahren, als ich weg war? Weißt du, wo ich war?»

«Wo?»

«Ich hab Mam gesucht.»

Er setzte sich auf und starrte mich an, ein Auge geschlossen, und das Leben sickerte aus seinem Gesicht, es wurde weiß. «Warum hast du denn so einen Schwachsinn gemacht?» fragte er.

«Deswegen.»

«Wie deswegen.»

«Deswegen.»

«Meine Güte.»

«Keine Spur von ihr.»

Schweigen schlich sich ins Zimmer. Der Tee war fast leer, aber er trank noch die letzten Tropfen, hielt die Tasse hoch und wartete darauf, daß etwas herauskam, sah zu, wie sich am Rand das braune Rinnsal sammelte, leckte den Tropfen vom Tassenrand. Er hielt die Tasse, rührte mit den Fingern in den Blättern herum. Er begann, die Blätter von seinem Zeigefinger wegzuschnipsen.

«Meine Güte, Conor.»

«Ich bin jetzt in Wyoming», sagte ich.

«Was zum Teufel treibst du in Wyoming? Gibt doch nur Bäume dort.»

«Früher hast du anders darüber geredet.»

«Ach, scheiß drauf, was ich früher mal gesagt hab.»

Ich erzählte ihm von meiner Arbeit als Swimmingpool-Reiniger, von den Lifts, Kutch und Eliza, der Faust auf dem Turm, wie ich immer wieder mal zu Fuß losziehe, wandern gehe. «Es gefällt mir dort», sagte ich ihm. Er nickte mir zu und begann «Hit the Road, Jack» zu summen – ich wußte nicht, ob er mich damit aufforderte, das Zimmer zu verlassen, oder ob er bloß in seine eigene kleine Welt versunken war. Er sagte nichts mehr über Mam, summte einfach weiter, und ich blieb auf der Kante seines Bettes sitzen und dachte über die Worte nach: «Hit the road Jack, don't you come back no more no more no more no more». Ich wollte, daß er noch etwas sagte, irgendwas, und ich starrte ihm ins Gesicht, als könnte ich eine Antwort herausschneiden, aber ich nehme an, er wollte mir klarmachen, daß man im Haus eines alten Mannes nicht anders spuckt als im Haus eines reichen Mannes, daß alles aufs gleiche hinausläuft.

MONTAG

Ein Mann braucht seinen Frieden

Als er mich weckte, war es draußen noch dunkel. Ich lag zusammengerollt am Fußende seines Bettes. Er mußte mich in der Nacht zugedeckt haben. Ich war bis zu den Füßen eingepackt, und bei meinen Füßen war eine Wärmflasche kalt geworden. Er hatte mir ein Kissen unter den Kopf geschoben. Die rote Katze lag zusammengerollt neben mir, der Untertassenaschenbecher auf dem Nachttisch war voll. Er sagte, er werde mir Frühstück machen, daß ich für meine Fahrt nach Dublin etwas im Magen haben müsse. Rieb sich die Brust und ging zur Tür hinaus. Ich nahm die Untertasse und ging ins Bad, spülte die Kippen im Klo herunter, rasierte mich – zum erstenmal seit einer Woche – spülte das Waschbecken aus, wusch mich schnell, ging nach unten.

Ich mußte lachen, als ich sah, daß er die Eier ‹sunnyside up› gebraten hatte.

Er saß mir am Tisch gegenüber, in einem weißen Hemd, das mit Ei bespritzt war. Er rieb sich immer noch mit den Fingern übers Brustbein und blickte durchs Küchenfenster gedankenverloren in die aufgehende Sonne. Und dann öffnete er einen Knopf an seinem Hemd, und seine Finger wanderten weiter um seinen Körper herum. Er schob die Hände in die Achselhöhlen, legte seine Arme darüber, ließ sie einen Moment dort, zog sie wieder hervor, fast so, als wäre er Napoleon. Er hielt sich die Finger an die Nase, roch daran, rümpfte die Nase und kicherte.

«Meinst du wirklich, daß ich baden sollte?»

«Ja, ich denke schon.»

«Ich stinke ein bißchen, stimmt's?»

«Ein bißchen.»

«Ist mir gestern abend aufgefallen», sagte er. Er hustete tief, ging zur Küchenspüle und griff nach dem Spülmittel.

«Was machst du?»

«Kein Shampoo im Bad», sagte er.

«Natürlich ist welches da», sagte ich. «Ich hab welches.»

«Mußt du es nicht mitnehmen?» fragte er.

«Eigentlich nicht, das geht schon.»

«Hast du schon gepackt?»

«Mehr oder weniger.»

«Hatten nicht viel Zeit, uns mal richtig zu unterhalten, stimmt's?»

«Ja, da hast du recht.»

«Manchmal hat man zuviel Zeit. Und dann wird einem klar, daß zuviel Zeit überhaupt keine Zeit ist. Verstehst du, was ich meine?»

«Nicht ganz.»

«Dann komm mit nach oben. Du kannst draußen vor der Tür mit mir plaudern.»

Er ging aus der Küche, und ich ging rückwärts vor ihm her, boxte ihn leicht auf die Schulter, bis er mir sagte, daß er mich niederstrecken werde, wenn ich nicht aufhörte, daß er immer noch das Zeug habe, einen ordentlichen Schwinger zu schlagen.

Scheinwerferlicht kurvt die schmale Straße entlang auf unser Haus zu. Ein unbekanntes Gebiet für die Feuerwehr – sie waren diese Straße schon oft runtergefahren, für Feuerwehrübungen wegen der Fleischfabrik, aber noch nie so weit wie jetzt, und als einer der Wagen versuchte, sich durch die Auffahrt zu fädeln, geriet ein Rad in einen Graben, und er rutschte seitwärts und blockierte die Einfahrt. Ein Chor von Obszönitäten stieg von den Männern auf.

Mam schaukelte auf der Veranda hin und her, ihr Kopf in den blauen Tiegel ihres Kleides gesteckt. Mein Alter versuchte, den Schlauch an den Hahn vor dem Haus anzuschließen. «Himmelherrgott noch mal!» brüllte er, die Haare standen ihm vor Schreck zu Berge, «verdammte Scheiße!» Der Schlauch spritzte um den Hahn herum – er hatte ein winziges Loch, auf das ich meinen Finger halten sollte. Ein Stück Regenbogen vor der Glyzinie an der Hauswand. Der Schlauch war knapp zu kurz. Mein Vater klopfte sich heftig auf den Schädel – «Du dämliches Miststück! Du dämliches Miststück!» Zwölf Feuerwehrleute in gelben Jacken hantierten mit einer Seilwinde, um den Wagen wieder auf die Straße zu ziehen, andere kamen die Auffahrt hochgerannt, mit wackelnden Bäuchen, einer war noch im Schlafanzug, und sein Penis hüpfte ihm aus dem Hosenschlitz. Im Rennen zog er seine gelbe Jacke über, stopfte sich den Penis in die Schlafanzughose zurück und rannte weiter, eine Hand im Schritt, als wäre er verwundet. Sie waren nicht mehr die Jüngsten, schnauften wie Güterzüge, als sie das Ende der Auffahrt erreichten, und einen Moment lang waren sie beim Anblick der in Flammen stehenden kleinen Dunkelkammer wie erstarrt.

Rauch hustete unter der blauen Tür hervor, Motten und Mücken wirbelten über den Schwaden herum. Die

Männer wandten sich schnell an meinen Vater, fragten ihn etwas. Er schnappte sich einen Eimer aus der Scheune, einen roten Eimer, schwang ihn herum und stieß ihn in die Faust eines Feuerwehrmannes. «Wo ist der verdammte Löschwagen?» brüllte er und stieß weitere Flüche in die leuchtende Nacht. Er war in panischer Hektik, hob flehend die Arme, schnappte dann wieder den Eimer. Die Feuerwehrleute versuchten, ihn zu beruhigen, ihn von den Flammen wegzuziehen, mit hysterischen Stimmen: «He, das Ding macht's nicht mehr lange, Jungs, paßt auf, die Scheißbalken stürzen gleich ein.» Ein paar Handfeuerlöscher spritzten kraftlos gegen die Gewalt der Flammen an. Mein Vater schrie was von brennbaren Chemikalien, aber der Löschwagen war jetzt wieder flottgemacht, kam die Auffahrt hochgerast, mit blitzenden Lampen, wie das Karussell auf dem Rummel. Mein Alter beobachtete den Wagen, wedelte ihn mit den Armen heran, stampfte mit den Füßen auf dem Boden herum. Ich sah mich nach Mam um, die sich an ihr blaues Kleid klammerte, ihre Hände am Stoff abwischte, sie von etwas trockenwischte.

Ein scharfes Krachen schoß mit gewaltiger Beschleunigung in die Nacht hinaus, ein Balken, der in einem anmutigen Bogen hinunterschwang, und dann brach das gesamte Dach mit einem ohrenbetäubenden Splittern zusammen, Funken spritzten über den Hof, verglommen ekstatisch, löschten sich wirbelnd und stürzend aus, stoben zum Himmel hinauf, dann wieder hinunter, in graue Materie verwandelt, um den Erdboden anzureichern. Andere Funken lispelten seitwärts und verflüchtigten sich Richtung Fluß. Das Dröhnen hallte hinaus. Vielleicht war da drinnen eine Versammlung von Käfern und Spinnen in heller Aufregung, ein Kettenwerk von Gefleuche zwischen Wellen von Negativen und Abzügen und Objektiven und Dias und Papier und halbgegessenen Broten, eine Litanei, die zusammen mit dem Dröhnen erklang. «Du dämliches Miststück! Du dämliches Miststück!» Der Löschwagen war jetzt im Einsatz, vier Männer aufgeregt an dem riesigen Schlauch, sie alle die Hände vor den Augen als Schutz gegen die Feuersbrunst. Mam war gebogen wie der Ast eines schweren Obstbaumes, gekrümmt, starrte auf den Boden, schaukelte nicht mehr. «Ist alles in Ordnung, Mam?» Sie blickte nicht einmal auf, und mir fiel auf, daß ihre Haare angesengt waren und der Flaum auf ihren Armen zu Stoppeln verkohlt. Ich setzte mich neben sie, verrückt vor Stolz, aber sie sagte bloß: «Bettzeit, *m'ijo.*»

Ich schlenderte zu einer kleinen Gruppe Schaulustiger. Ein Haufen von Autos kam unsere Auffahrt hoch, für ein Spektakel, das tausendmal besser war als jede Fernsehsendung – «Kommt schnell, seht nur, Lyons' Dunkelkammer steht in Flammen.»

Ein erboster Feuerwehrmann scheuchte die Menge weg, auf die Auffahrt hinaus. Frauen mit Lockenwicklern standen in ihren Morgenmänteln da, die Zahnbürsten noch feucht zwischen den Fingern. Ein eulengesichtiger Mann, den ich noch nie zuvor gesehen hatte, kniete sich vor mir hin – «Ist schon gut, mein Junge», sagte er, «es sind alle in Sicherheit, du brauchst keine Angst zu haben.» Plötzlich kam ein schlabbriger Arm aus der Menge heraus, schob sich an dem Fremden vorbei und drückte mich an Guinnessflecken und kalten Rauch – Mrs. O'Leary, die irgendwie ahnte, daß ich es war, packte mich vorne am T-Shirt: «Wo ist deine Mam?» Ein weiterer Schrei kam über den Hof – «Achtung, die Funken, paßt auf, daß das Haus nicht Feuer fängt, Jungs!» Rauch drängte die Flammen weg, einige Schwaden wirbelten um uns herum, so daß Mrs. O'Leary ein Taschentuch herausholte und mir sagte, ich solle es mir vor den Mund halten. Der Duft von Waschpulver überschwemmte mich.

Doktor Moloney, jung und schlank wie ein Hurlingschläger, bahnte sich einen Weg durch die Menge hinter uns und sprintete zu den Feuerwehrleuten hinüber, die bei der Dunkelkammer herumschwirrten, wie Wespen in ihren Jacken, sich zumurmelten, einige sahen sich nach Mam um, die sich nicht von der Türschwelle gerührt hatte. Mein Alter wurde von den Feuerwehrleuten zurückgehalten, zwei auf jeder Seite, seine Arme fest im Griff, während sich seine Beine wild bewegten und er etwas von einem Leica-Objektiv brüllte und einer bestimmten Filmrolle. Aber er wurde von dem rauchspeienden Gebäude zurückgehalten, als sei er auf der Welt aufgespießt, wie ein Insekt in einem Kasten. Mrs. O'Leary beugte ihre Brust über Mam, besänftigende Worte strömten aus ihr heraus und sie streichelte ihr über das zurückgebundene Haar.

«Schon gut, Juanita, schon gut.»

Sie schickte mich in die Küche, wo ich Whiskey holen sollte. «Schnell, Junge, bevor sie einen Schock kriegt!» Aber Doktor Moloney stand plötzlich hinter mir und hielt mich mit einer Hand auf der Schulter zurück – «Sie braucht was anderes als Whiskey.» Zusammen hoben sie Mam, einer an jeder Schulter, ins Wohnzimmer, das nach der Renovierung ein Wirbel von Farben war – die Vasen, Pflanzen, Amulette, unruhige Bilder, rote Kaffeekannen mit Blumen –, und sie setzten sie in den riesigen Sessel und blieben bei ihr. Bei der Stille, die sich draußen herabgesenkt hatte, hätte es ebensogut ein friedlicher Sonntag sein können, das rote Licht des Feuerwehrautos, das durch das

Ostfenster in Kreiseln ins Zimmer sickerte. Mrs. O'Leary hatte in der Küche den Kessel aufgesetzt, im Radio, das angeblieben war, lief gerade ein Gospel-Song – *Lead me on, precious Lord, through the ripening sun, lead me on, precious Lord, gonna get a glass of buttermilk before the day is done.*

Mrs. O'Leary schaltete forsch das Radio aus. Doktor Moloney hielt Mam einen weißen Waschlappen auf die Stirn, während sie ruhig im Sessel saß und vor sich hin starrte und an den versengten Spitzen ihrer Haare herumfingerte, ohne das geringste Zeichen dafür, daß sie jemals sprechen gelernt hatte. «Den Tee nicht zu heiß machen!» rief der Doktor. «Und mit viel Zucker!» Mrs. O'Leary kam mit vorsichtigen Schritten ins Zimmer zurück. Sie blies auf den Tee, tat noch etwas Milch und Zucker hinein, als die Tür hinter ihr zuschlug. Mein Vater stand da, so riesig wie ein uralter Elch, der aus dem Sumpf ausgegraben worden war, und brüllte: «Ich will ihre Hände riechen! Ich will ihre Hände riechen!», und zwei Polizisten kamen hinter ihm herein und nahmen ihre Hüte ab, als sie über die Schwelle traten. «Ich hab gesagt, ich will ihre Hände riechen!» Einer der Polizisten packte meinen Vater am Ellbogen. Mein Alter sah sich um und starrte ihn an, wirbelte dann wieder herum. Und dann, anmutig, wie ein Schwan, traurig, sah mein Vater plötzlich Mams Gesicht, wandte sich mit dem ganzen Körper um und geisterte zwischen den Polizisten hindurch zurück in die Nacht hinaus.

Draußen im Hof hatte sich die ganze Welt versammelt, um zuzusehen, wie die Dunkelkammer in einer Hülle von Nichts dastand, hart und zerbrochen, backsteinhoch, ohne Decke und durchstreift von Gestalten, die stumm die Köpfe über die Kühnheit der Flammen schüttelten. Gerüchte wurden in Handflächen geflüstert.

«Ist das nicht trotzdem schrecklich traurig?»

«Angeblich hat sie sie angezündet.»

«Hat sie gründlich abgefackelt.»

«Ach, hör doch auf.»

«Nun, das ist wahrscheinlich seine gerechte Strafe.»

Jungs in meinem Alter schleuderten Steine gegen den ausgebrannten Bau und rückten näher heran, immer näher, bis sie von den Erwachsenen weggescheucht wurden, die ihrerseits herantraten, um besser sehen zu können. Es war das Spektakulärste, was seit Jahren passiert war. Ich murmelte vor mich hin: Ich geh nie wieder im Leben zur Schule, ich geh nie mehr irgendwohin. Und am Küchenfenster beobachtete ich, wie mein Alter um das Gebäude herumging, langsam, hinter zwei Feuerwehrleuten durch die niedergetretene Tür, um dann wieder aufzutauchen, die Hände vors Gesicht geschlagen. Feuerwehrleute zerrten die Aktenschränke heraus. Im Wohnzimmer sagte Mrs. O'Leary: «Es ist alles in Ordnung, Juanita, ich bleibe die Nacht über bei dir», und sie fuhr mit den Fingern über Mams Stirn, die ganze Zeit psalmodierend: «Ist ja gut, ist ja gut.»

Mrs. O'Leary, in sich zusammengefallen, sagte zu mir: «Du und deine Mam, ihr kommt mit mir, sie braucht etwas Ruhe, sie ist furchtbar müde, weißt du. Ihr bleibt ein paar Tage bei mir, bis es ihr wieder bessergeht.» Und draußen mein Vater, in einem fleckigen grauen Hemd, der die Asche seiner Dunkelkammer durchkämmt.

Von draußen vor der Tür konnte ich das Wasser in die Wanne laufen und meinen Alten an seinen Kleidern herumnesteln hören. Es gab einen lauten Schlag gegen eine der Schranktüren, und ich zog an dem Griff der Tür, um sie zu öffnen. Sie war abgeschlossen. «Ist alles in Ordnung», sagte er von drinnen, «ich zieh nur gerade meine Schuhe aus.»

Mrs. O'Leary tastete sich zum Ende der Theke vor, um für die Feuerwehrleute Bier zu zapfen. Sie hatte mir als Hocker ein leeres Guinness-Faß hingestellt, graublau, am Rande klebrig von altem Bier. Die Männer in der Bar waren gruppiert wie ein Hünengrab, plauderten düster und ernst, einer löste sich aus dem Kreis, um die Gläser zu holen. Sie wischten sich mit den Händen über die Stirn und flüsterten: «Meine Güte, bin ich jetzt reif für ein Glas. Davon würde sogar ein Beduine Durst kriegen.»

Ich setzte mich auf das Faß, baute aus Zahnstochern ein Wigwam, starrte auf die Namen der Hurlingstars auf den Plakaten an der Wand.

Mam war oben in einem staubigen Zimmer mit einem Kruzifix, Mrs. O'Leary hatte sie dorthin gebracht, einen sonderbar trotzigen Ausdruck im Gesicht, während sie nach oben ging. Mrs. O'Leary ging immer wieder zu ihr hoch, um nach ihr zu sehen, sie flüsterte Gebete, stützte sich an der in die Wand gemeißelten Furche ab. Ich schlich mich hinter die Theke und goß mir heimlich etwas Bier in eine Limoflasche, beobachtete die im Kreis sitzenden Männer. Sie blickten sich verstohlen nach mir um, einer sagte: «Ist schon gut, mein Junge, morgen sieht die Welt wieder besser aus.» Ich setzte die Flasche an – ich wollte ein Feuerwehrmann sein, ich wollte außerhalb von alldem hier sein, auf mich selbst blicken, Gemurmel, Sympathie und Dummheiten beschwören.

«Außerdem ist es jetzt Zeit für dich, schlafen zu gehen, junger Mann», sagte Mrs. O'Leary, die gerade heruntergekommen war und mir eine Hand auf die Schulter legte. «Stör mir aber nicht deine Mam.»

«Ich will nicht schlafen gehen.»

«Komm jetzt, es wird schon gehen.»

Ich ließ den Blick über die Flaschen hinter der Theke schweifen – sie waren aufgereiht wie Poller am Pier –, und ich griff nach einer Flasche Whiskey, nahm sie beim dünnen Hals, versteckte sie schnell hinter meinem Rücken und stopfte sie mir in den Bund, ließ mein Hemd drüberhängen. Die Flasche war kalt auf meiner Haut. Ich tat ein paar Schritte um Mrs. O'Leary herum, und sie sagte: «Laß das.»

«Was?»

«Laß die Flasche da.»

«Was für eine Flasche?»

«Na komm, Conor.»

«Ich hab keine Flasche!»

«Ach, komm jetzt.»

Die Feuerwehrleute hatten sich umgedreht, Zigarettenrauch hing über ihren Köpfen.

«Ich hab keine Scheißflasche!»

«Gib sie mir.»

«Das ist nur Limonade.»

«Sicher, du bist ein bißchen durcheinander. Es war ein schlimmer Unfall.»

«Es war kein Unfall.»

«Ach komm, natürlich.»

Ich stürmte an ihr vorbei, wobei ich sie mit der Schulter anrempelte, und sie stolperte etwas nach hinten, streckte den Arm aus und suchte Halt an der Theke. Ein Feuerwehrmann kam mir mit ausgestreckten Armen entgegen. Er zog sanft die Flasche aus meiner Hose, und ich war plötzlich ein Wirbelwind von Armen, meine Faust rammte sich ihm zwischen die Beine, er krümmte sich, und ich rannte schon zur Tür, als mir von einem anderen stämmigen Feuerwehrmann die Arme hinter den Rücken gedrückt wurden, und dann schossen mir Tränen aus den Augen. Mrs. O'Leary kam herüber, einen rasselnden Rosenkranz um den Hals, und sagte: «Es ist spät, wir bringen dich jetzt ins Bett.»

Sie schürzte die Lippen, hob den Kopf, sagte den Feuerwehrleuten, es sei Zeit zu gehen, behielt ihre Hand auf meiner Schulter, während sie hinter mir die Treppe hinaufging. Die Tür war angelehnt, und ich sah Mam aufrecht im Bett sitzen, geisterhaft, Pullover über ihrem Nachthemd, sie schaute gerade in einen kleinen Spiegel und schminkte sich. Ich traute meinen Augen nicht. Ich hatte gedacht, sie würde vielleicht noch schaukeln, aber sie hielt ein rundes braunes Schwämmchen und betupfte damit sorgfältig ihr Gesicht, scheinbar voller Liebe für das, womit sie sich beim Blick in den Spiegel vielleicht abgefunden hatte. «Sag gute Nacht», sagte Mrs. O'Leary, was ich von der Tür aus tat. Mam blickte auf und lächelte mir zu, sagte, das ganze Durcheinander tue ihr leid, sie wolle es morgen wiedergutmachen, vielleicht könnten wir zusammen einen Ausflug machen. Ihre Stimme war fest.

«Gute Nacht, *m'ijo.*»

Ich sagte nichts.

Mrs. O'Leary beugte sich zu mir: «Du kannst in meinem Bett schlafen.»

«Ich will nicht in Ihrem Bett schlafen.»

«Na komm, gönn deiner Mam etwas Ruhe.»

Ihr Zimmer war seltsam hell und bunt, ein paar Bilder an der Wand, die heilige Lucia, die aus einem Holzrahmen herunterstarrt, daneben ein Wandbehang mit einem radschlagenden Pfau. Mrs. O'Leary kniete an meinem Bett nieder und sprach ein paar Gebete – «Müde bin ich, geh zur Ruh, schließe beide Äuglein zu. Vater, laß die Augen Dein über meinem Bette sein» –, und auf einmal fühlte ich mich leer und zornig und sprach die Worte nach, eine Litanei der Sinnlosigkeit – schon damals, als Zwölfjähriger, empfand ich es als sinnlos, dieses Beten. Die nackten Zeiger einer Uhr bewegten sich, und ich tat so, als würde ich schlafen, als sie mich zudeckte und die Laken zurückschlug. «Sei ein braver Junge.» Sie beugte sich herab und küßte mich auf den Scheitel, ging auf Zehenspitzen aus dem Zimmer. Ich wollte nicht ins Bett gebracht werden. Ich riß die Laken unter der Matratze hervor und knüllte sie zu meinen Füßen zu einem Haufen zusammen. Später hörte ich, wie sie unten im Pub sagte: «So, meine Herren, ich glaube, jetzt ist aber genug, ich hab's schon tausendmal gesagt, sie brauchen ihre Ruhe, habt ihr denn kein Zuhause?»

Ich stand auf und sah aus dem Fenster – Autos fuhren vom Pub weg, eine Hupe ertönte, wie der Schrei eines kranken Brachvogels, die Lichter des Löschwagens wirbelten nicht mehr –, und plötzlich kamen Stimmen vom Flur, und ich sprang wieder ins Bett zurück.

«Alles in Ordnung, Juanita?»

«Mir geht es gut.»

«Soll ich bei dir bleiben?»

«Alles in Ordnung, Alice, alles in Ordnung.»

«Ich bleibe bei dem Jungen.»

«Danke, Alice.»

«Bist du sicher?»

«Ganz sicher, *gracias*.»

Und dann das Schlurfen auf dem Treppenabsatz, der Türknauf drehte sich, Mrs. O'Leary kam herein und beugte sich über mich, trat zu einem Stuhl, zog sich die Schuhe aus, seufzte in die Kälte, holte einen Mantel aus dem Schrank, machte langsam die Knöpfe zu, das Drehen eines Flaschendeckels und dann ein kleiner Schlürfer, der sich in ihr Fleisch senkte, noch ein tiefer Seufzer, bevor ich schließlich einschlief. Als ich am Morgen aufwachte, war Mam fort, und auf dem Bett, in dem sie gelegen hatte, lag ein Schminkset, draußen war alles still, in einem kleinen Spiegel reflektierte das Licht.

Das Schloß der Badezimmertür schnappte auf, und er steckte den Kopf um die Ecke und sagte: «Komm rein, verdammt noch mal, bevor mir die Klunker abfrieren.»

Er hatte noch sein Hemd an, aber Schuhe, Socken und Hose waren schon ausgezogen. Er hatte seine Badehose an, die alte rote, in der er früher geschwommen und auf dem Strand herumgehüpft war. Zog die Schnur fest, bis der Stoff um seine Hüften herum Falten warf, aber sie war ihm immer noch viel zu groß. Fast erschreckte mich die Vorstellung, daß er einen Schwamm über seinen Körper reiben könnte. Daß ich Zeuge werden könnte, wie er zu Staub zerfiel. Wie er vielleicht unter seinen eigenen Händen zerkrümelte. Seine Finger zitterten, als er an den unteren Knöpfen des Hemdes herumnestelte. Seltsam, daß ihm das Nacktsein peinlich war, trotz der Badehose, daß er sich die gesunde Hand vor den Schoß hielt.

Ich ging zu ihm hin, wollte ihn unter der Schulter stützen, aber er stieß mich weg, ging langsam zur Badewanne, prüfte mit den Zehen die Wassertemperatur. «Das Wasser ist zu heiß, verdammt noch mal», sagte er. «Ich weiß nicht mal mehr, wie man sich eine Wanne einlaufen läßt!» Aber ich prüfte es mit den Fingern, bevor er hineinstieg, und es war bloß lauwarm. Ich war mir sicher, daß er schon ein bißchen das Gefühl verloren hatte. So wie sein ganzer Körper sanft zitterte. Er tastete nach der Seife, die ihm unter das linke Bein gerutscht war. Ich wollte hineinlangen und sie greifen, aber er schüttelte bloß den Kopf. «Komm, laß, ich bin kein Scheißinvalide, das hab ich dir schon tausendmal gesagt.» Ließ die Seife sich unter seinem Bein auflösen.

«Also», sagte er und ließ den Arm über den Rand der Badewanne baumeln, als gehöre er ihm nicht, wie eine Requisite. «Erzähl mir von deiner Reiserei», sagte er. «Du hast mir gestern ja fast einen Herzinfarkt beschert.»

«Ich wollte nur ein paar Dinge wissen.»

«Was für Dinge?»

«Über die Vergangenheit.»

«Gott, Mann, hätte ich dir das nicht alles erzählen können, Conor? Hab ich dir nicht alles erzählt? Und du wolltest mir nicht mal in die Augen sehen. Stimmt's etwa nicht? Hab ich dir nicht alles erzählt?»

«Ich glaube nicht.»

«Hab ich aber.»

«Vielleicht.»

«Da gibt's kein Vielleicht.»

«Laß uns nicht streiten.»

«Ich streite nicht. Streite ich? Seh ich so aus, als würde ich streiten?»

Er hob die Hände aus dem Wasser und drehte die Handflächen nach außen. Ich wandte mich um und hob seine Hose vom Boden auf, legte sie auf die Heizung, damit sie schön warm wurde. Das hat sie früher immer für mich gemacht, als ich sehr jung war, fünf oder sechs, schnatterte sich durch ein Liedchen oder einen Vers, faltete sie zuerst sorgfältig in der Beuge ihres braunen Arms, zog ihre Hand darunter hervor, glättete die Hose, legte sie auf die Heizung, immer sehr genau, danach holte sie besondere Seifen aus dem Schrank, beugte sich vor.

«Ich meine», sagte er, «das ist jetzt alles so lange her.»

«Eigentlich nicht.»

«Jeder macht Fehler.»

«Das tun wir alle», sagte ich.

«Dann gehen wir weiter.»

«Genau.»

«Man begreift schließlich, daß manche Dinge nie verheilen werden.»

Er sagte es ohne Sentimentalität. Seine Stimme war so zäh wie Sirup. Er ließ den Kopf gegen den Wannenrand rollen und klackte mit den Zähnen, seufzte. Draußen, durch das beschlagene Badezimmerfenster, meinte ich ein paar Vögel zu sehen. Ich wandte mich wieder zur Badewanne. Ich muß ihn wohl zu lange und fest angesehen haben, weil er sich wegdrehte und mich erst nach einiger Zeit wieder ansah.

«Conor», sagte er nach einer Weile, wobei er sich an der Stirn kratzte, «könntest du mir eventuell was von dem Shampoo da auf die Haare tun?»

«Wieso?»

«Mein Arm tut mir weh. Kann ihn nicht richtig hochstrecken. Jedesmal ein stechender Schmerz.» Er rieb sich die Schulter. «Vielleicht könntest du mir einfach beim Haarewaschen helfen.»

Ich stand auf.

«Was ist los mit dir?» fragte er.

«Nichts, nichts.»

«Ach, ist egal», sagte er und tauchte seine Hände wieder ins Wasser.

«Klar», sagte ich, «klar, mach ich.»

«Bist ein guter Junge.»

Ich griff in den Schrank, tastete herum und holte mit zitternden Händen das Shampoo heraus. Er tauchte den

Kopf unter Wasser, ein sinkendes Boot von Knochen, machte sich die Haare naß, tauchte wieder auf, fuhr sich mit den Fingern durch die Haare, die fettig und zerzaust waren. «Pfffff», sagte er und schüttelte den Kopf.

«Kann's losgehen?»

«Ja. Aber sachte, es ist nicht mehr viel übrig, verdammte Scheiße.»

Ich tat einen kleinen Kleckser Shampoo in meine Hand, sagte ihm, er solle seine Haare noch einmal naß machen, rieb die Hände zusammen. «Du siehst aus wie ein verdammter Scharfrichter, mein Sohn», sagte er, während er langsam aus dem Wasser hervorkam. Ich setzte mich auf den Wannenrand und beugte mich vor. «Als müßte ich gleich auf den elektrischen Stuhl.» Er zog sich hoch, hielt sich an der Haltestange fest, die Adern hart und blau. Der Haarpelz auf seinem Rücken reichte bis zu seiner roten Badehose hinunter.

Das Shampoo schäumte in seinem Nacken auf, und er summte glücklich, während ich seinen Schädel massierte.

«Sie war nicht in Mexiko.»

«Nein», sagte er. Es war keine Frage, so wie er es sagte.

«Ich hatte gedacht, sie wäre dort.»

«Siehst du, man kann sich eben nie ganz sicher sein.»

«Und sie war nicht bei Cici.»

«Warum sollte sie?»

«Warum nicht?»

Ich massierte weiter seinen Schädel, um die Altersflekken herum.

«Ich vermisse sie», sagte er.

«Das weiß ich.»

«Nein, nein, das verstehst du nicht. Ich vermisse sie wirklich. Ich vermisse sie ganz ehrlich.»

«Ich weiß, das merke ich.»

«Man kann die Vergangenheit nicht verändern. Verstehst du, selbst wenn man versucht die Vergangenheit zu verändern, man kann es nicht.»

Er stieß einen langen Pfiff aus und schloß die Augen, und meine Finger arbeiteten sich in die weichen Stellen auf seinem Kopf, und er schob seinen Kopf fest in meine Hände zurück, und ich dachte, wie einfach es wäre, ihm weh zu tun, einfach indem ich meine Finger in seinen Kopf hineinkrallte.

«Und Cici, was treibt sie so?» fragte er nach einer Weile.

«Dies und das. Eigentlich nichts.»

«Wie wir alle. Schreibt sie immer noch Gedichte?»

«Sagt, das alles ist einen Dreck wert.»

«Da liegt sie goldrichtig.»

«Wieso hast du das Photographieren aufgegeben, Dad?»

«Mein Gott, was für eine blöde Frage! Jetzt rubbel mir nicht die ganzen Haare weg! Verdammt noch mal!»

«Tauch mal unter.»

Er brauchte lange, um sich in eine Stellung zu bringen, aus der er wieder untertauchen konnte.

«Noch mal», sagte ich. «Ich seif dich noch mal ein.»

«Mensch, so schmutzig ist es auch wieder nicht!»

«Halt jetzt still.»

«Und du? Ich meine, verdienst du genug zum Leben?»

«Ja, geht schon.»

Er schloß die Augen. «Ach, das wird Jahre reichen. Ich werde die saubersten Haare westlich von Waterloo haben.»

Ich hatte zuviel Shampoo draufgetan, und etwas von dem Schaum fiel ihm von den Haaren herunter und in den Nacken. Ich fing ihn auf, ließ meine Finger an seinem

Nacken und fing an, ihn zu waschen. Sein Kopf zuckte zuerst nach vorne, etwas erschrocken, und legte sich dann in meine Hände zurück. Ich spürte seltsame Knoten in seinem Nacken. Als würde ich Käse reiben. Es war eine eigentümliche Textur, weder hart noch weich. Er rührte sich nicht, während ich massierte, und vielleicht entspannte sich sein Körper, vielleicht rief er sich Dinge in Erinnerung, denn ich konnte eine Art Wegschmelzen spüren, während ich den sonnengebräunten Ring um seinen Hals wusch. Der Schaum glitt auf seine Schultern, und ich verrieb ihn über seinen Rücken, mit beiden Händen, wobei meine Finger sich auf seiner Wirbelsäule trafen – dabei dachte ich, daß ich ihm, wenn ich zu fest drückte, das ganze Nervensystem zerbrechen könnte –, und die Zeit schien mühelos von uns fortzutreiben, vor sich hin zu rollen, bis er sich wegzog und ins Wasser eintauchte.

«Mir ist Seife in die Augen gekommen», sagte er.

Aber ich wußte, was es war, und er wandte sich ab und sagte: «Mir geht's prächtig. Ein Mann braucht seinen Frieden, um sich seine Scheißbadehose auszuziehen.»

Ich schürzte die Lippen und nickte: «Ich bin draußen, falls du mich brauchst.»

Er zog an der Schnur seiner Badehose, als ich die Tür zumachte, und machte Anstalten, sie auszuziehen.

«Conor», sagte er.

Ich linste durch den Türspalt. «Was?»

«Ich hab wirklich keine Ahnung.»

«Wovon?»

«Was mit deiner Mam ist.»

«Ist schon gut.»

«Sie könnte ebensogut in Timbuktu sein.»

«Ich glaub nicht, daß ich dort hingehen werde.»

Er versuchte krampfhaft zu lächeln.

«Ist einfach weggegangen», sagte er. «Wußte nicht einmal, daß sie weg war, erst als Mrs. O'Leary vorbeikam und es mir sagte. Ich war gerade dabei, mit dem großen Hammer die Reste der Dunkelkammer einzuschlagen. Sie zu Brei zu schlagen. Hab's mir seitdem immer wieder in Gedanken durchgespielt. Dachte, sie würde zurückkommen. Hab's mir geschworen. Hab's erst gar nicht so ernst genommen, erst ein paar Stunden später. Dann wurde es ein Tag. Dann zwei. Drei. Manchmal denke ich, sie ist vielleicht runter zum Fluß gegangen. Sie war fürchterlich deprimiert, weißt du.»

«Zum Fluß?»

«Ich weiß nicht. Alles ist möglich, oder?»

«Du meinst, sie ist in den Fluß gegangen?»

«Kann sein.»

«Wann?»

«Vielleicht in jener Nacht.»

«Bist du sicher?»

«Ach, man kann sich nie ganz sicher sein, oder? Über nichts. Das ist die einzige Gewißheit, die man hat. Nichts. Aber ich vermisse sie. Ich vermisse sie mehr, als irgend jemand glaubt.»

Er nahm den Waschlappen vom Bord und tauchte ihn ins Wasser, hob den Arm und schrubbte so fest er konnte seine Achselhöhle. Das Wasser war offenbar inzwischen kalt geworden, denn er zitterte ein wenig. Wasser tropfte ihm aus den Haaren auf die Schulter. Seine Augenränder waren gerötet.

«Ich hol den Fön», sagte ich.

«Das Scheißding werd ich garantiert nicht benutzen», murmelte er. «Kommt nicht in Frage.»

Ich machte die Tür zu, damit er seine Badehose ausziehen und sich abseifen konnte. Ich setzte mich oben auf die Treppe. «In den Fluß, Dad?» sagte ich von draußen, aber er wird mich nicht gehört haben, weil das Wasser gerade durch den Ausfluß gurgelte.

Aus Wasser sind wir gemacht. Es hat seine eigene Einsamkeit. Ein Sturm kam auf, und die Suche wurde nach ein paar Stunden abgeblasen. Der Regen füllte die Gräben auf, hämmerte auf das Dach nieder, bildete kleine Seen auf den Straßen, die Auffahrt wurde unpassierbar. Mein Alter blieb drinnen und sah zu, wie es herunterschüttete. Zweifel beschlich die Suchenden, und wieder schwirrten Gerüchte herum. Sie sei nach Chile gegangen, wo sie sich in einen Militärdiktator verliebt habe. Sie sei in Dublin gesehen worden, mit Blüten hinterm Ohr. Sie sei in einem Boot in den Sturm hinausgefahren. Sie sei in einer psychiatrischen Klinik in Castlebar, hinter den großen gähnenden Toren. Aber für mich war sie zu Hause, dort wo sie hingehörte – und eines Morgens würde ein Brief für mich kommen.

Eine der Suchenden, ein Mädchen, gab mir einen goldenen Ohrring, sagte, er bringe Glück, und ich glaubte ihr, stopfte ihn in meine Jackentasche und nahm ihn mit nach Hause.

«Sie ist bloß für ein paar Tage verschwunden», sagte mein Vater. Er schlief in jener Nacht – und die folgenden achtzehn Monate – auf dem Boden vor meinem Zimmer, jeden Abend gab er Geschichten von sich, wie halluzinatorische Gebete, großartige Traumlandschaften, während ich – brutal jung – auf ein Klopfen an der Tür wartete und einen goldenen Ring zwischen den Fingern zwirbelte. Erst Jahre später kam ich eines Tages von der Schule nach Hause und hatte den Ring im Ohr. Er hatte damals mit seinem Angeln begonnen, jeden Tag ging er zum Fluß hinunter. «Nimm das Stück Scheiße aus deinem Ohr», sagte er am Flußufer zu mir, «oder du kriegst eine Abreibung, die sich gewaschen hat.»

«Du gehst mir auf den Sack», sagte ich. Aber das war eins der wenigen Dinge, die ich je zu ihm sagte.

Nachdem er sich die Haare abgetrocknet hatte, zog er zwei Pullover an, die gewärmte Hose und den Mantel. Holte sich sogar ein Paar Wollsocken. Er streckte sich und schnüffelte. «Jesses, hab seit Jahren nicht mehr so gut gerochen.»

Er erzählte mir, daß süße Düfte die Morgenmücken und andere Insekten anzogen und daß er belagert werden würde, wenn er jetzt nach draußen ginge, bei den Mengen Shampoo, die ich ihm ins Haar getan hatte. Aber wir gingen trotzdem in die Morgendämmerung hinaus, und ich bemerkte nicht mehr Insekten als gewöhnlich. Sie hielten bei den Büschen ihre üblichen Versammlungen ab, und ein paar schwebten um uns herum, graue Flecken. Es begann zu nieseln, hörte auf, begann wieder.

«Was hab ich dir gesagt», sagte er, während er versuchte, ein paar Mücken totzuschlagen.

Wir streiften durch den Hof, und er machte einen Witz über die Schubkarre, daß ich ihn doch darin herumschieben könnte. Gab dem Rad sogar einen Tritt, der daneben ging. Mir fiel auf, daß die Vorderkappe einer seiner Gummistiefel lose war, und erzählte ihm von dem alten Mann in Mexiko, den ich hatte tanzen sehen, in seinem kragenlosen Hemd und seinen löchrigen Schuhen. «Gibt nichts Besseres als einen alten Mann, wenn's ums Tanzen geht», sagte er, während er über den Hof zum Weg schlurfte. Wir verließen den Hof. Wolken zogen über den Himmel,

Mauersegler hinterher. Eine Brise wehte um unsere Köpfe. Noch kam kein Geruch von der Fabrik. Er schob sich über den Übertritt und durch die Lücke im Gebüsch zum Wasser hinunter. Der Fluß war so tot wie eh und je.

Ich hüllte mich fest in meine Jacke und suchte mir ein Plätzchen am Rand der Böschung. Er saß in seinem Gartenstuhl, bekam einen Hustenanfall, stand dann auf und fing an, ein paar Zigarettenkippen einzusammeln, die wir gestern übersehen hatten. Ich half ihm, steckte zwei Kippen in meine Jackentasche. Ich stand bei ihm, als seine Arme hinausschossen.

«Sieh dir das an!» rief er. «Guck!»

Ich sah mich um, aber da war nichts, absolut nichts, nicht mal ein Kräuseln.

Aber ich weiß, was er sah. Im Sprung das Blitzen eines leuchtenden Bauches, gekrümmt und ungebändigt in seiner Drehung, über die Wasseroberfläche steigend, die Flossen angelegt, der Schwanz in einem peitschenden Zucken, Tropfen verspritzend, ein riesiger Blitz, ein Meter über der Oberfläche, das Maul geöffnet, um Luft zu schnappen, die Augen riesig und vorstehend, ein Saum von Wasser drum herum – Ort und Bewegung gleichermaßen eingefangen, wie auf einem der alten Photos – hinaufschießend, die gesamte Fläche des Wassers darunter in Aufruhr, so daß die Strömung zuckte und sich befreite aus dem Zuhause zwischen dem Schilf, hinunterzog, dem Meer entgegen, selbst das Gras beugte sich unter der Bewegung, bis sein Lachs den Zenit erreichte und kopfüber ins Wasser zurückschoß, mit einem magischen Laut, einem Chor von Platschern, die sich wie Gewitter entluden, und das Wasser wußte etwas über sich selbst und wurde auf einmal ganz still, und da war eine Freude, ich spürte sie, wunderbar, beständig, und er lehnte sich mit der Schulter gegen mich und sagte: «Ein verdammtes Wunder war das, stimmt's?»

Er klopfte mir auf den Rücken und bat mich, ins Haus zu gehen und seine Angelrute und die Fliegen zu holen, was ich tat. Ich öffnete die Holzkiste und brachte ihm die bunte, die er neulich gemacht hatte. Als ich zurückkam, stand er nickend an der Böschung, klatschte mit den Händen und lachte über seinen großartigen Fisch. Ich ging mit der Angelrute zu ihm und sagte zu mir und zu den kreisenden Mauerseglern und zu den Mücken, die sie fraßen, und zu den gemächlich vorbeiziehenden Wolken, die entlangbummelten: Laß diese Freude bis in die Nacht andauern.

Er befestigte die Fliege. Er flüsterte: «Hast du das gesehen, mein Junge?»

Ich sah hinüber und sagte zu ihm: «Ja, ich hab's gesehen.»

Er grinste, justierte die Kurbel, stellte sich von mir weg, nur ein paar Schritte, ließ etwas Leine aus, streichelte die Angelrute, wobei er durch die Zähne pfiff, peitschte die Rute über seinem Kopf hin und her, so daß sie mit dem Zischen und Wischen etwas Fließendes bekam, und warf sie aus, als gäbe es kein Morgen, nein, kein Morgen, er warf einfach mit ganzer Kraft.

COLM TÓIBÍN

Flammende Heide

Roman
Deutsch von Matthias Müller
288 Seiten. Gebunden

Kurz vor der Pensionierung stehend, wird der erfolgreiche Richter Eamon Redmond immer häufiger von Selbstzweifeln geplagt: Die Werte, auf die er bisher souverän seine Urteile gründete, geraten ins Wanken. Als schließlich seine Frau Carmel schwer erkankt, kann Redmond die Liebe, die er empfindet, kaum zeigen, weil er stets die falschen Dinge für wichtig gehalten hat. Aber er hofft, daß es noch nicht zu spät ist, sich und Carmel von der traurigen Schuld eines ungelebten Lebens zu befreien.

Der Süden

Roman
Deutsch von Elga Abramowitz
rororo Band 13381

Die junge Irin Katherine Proctor verläßt Ende der vierziger Jahre Familie und Heimat. In Spanien hofft sie, die gesellschaftlich wie privat unerträglichen Verhältnisse hinter sich zu lassen. In Barcelona lernt sie den Maler Miguel kennen, der ihr hilft, ihre eigenen künstlerischen Pläne zu verwirklichen. Doch die Liebe der beiden ist überschattet vom Terror des Franco-Regimes.
Colm Tóibín findet bei aller politischen Brisanz eine wunderbar poetische Sprache für seine Geschichte, die vom Schicksal einer ungewöhnlichen Frau erzählt.

J. P. DONLEAVY

Ginger Man

Roman
Deutsch von Gustav Kemperdick
Neu durchgesehen und überarbeitet von Matthias Fienbork
416 Seiten. Gebunden

In J. P. Donleavys Roman kommt wie vielleicht in keinem anderen literarischen Werk das antibürgerliche Lebensgefühl der Nachkriegsgeneration zum Ausdruck. Erst Mitte der sechziger Jahre konnte das 1951 abgeschlossene, als pornographisch verschriene Buch in den angelsächsischen Ländern ungekürzt erscheinen – und kam gleichwohl auf den Index. Heute ist das Werk längst zum Klassiker geworden.